Veronika Bauer

Der Busführer

Veronika Bauer

DER BUSFÜHRER

Adolf Schweiger bricht aus

Roman

dtv

MIX
Papier | Fördert gute Waldnutzung
FSC® C083411

Originalausgabe 2022

Satz: Fotosatz Amann, Memmingen
Gesetzt aus der Sabon 11/14,8˙
Druck und Bindung: CPI books GmbH, Leck
Printed in Germany · ISBN 978-3-423-26322-1

Prolog

Es waren sieben Schritte und eine olivgrün gestrichene Schranktür, die ihn von den Keksen trennten. Eine müde Armbewegung, ein dumpfes Klacken, und schon lag sie vor ihm, die dunkle Kammer – feuchtwarm und ein wenig muffig. Es roch nach Rosinen, nach ranzigen Nüssen und nach Schokolade. Seine Finger fanden ganz von selbst ihren Weg, schoben das Fruchtmüsli mit den gefriergetrockneten Himbeeren zur Seite. Zellophan raschelte, der gerillte Karton, der die Verpackung verstärkte, ächzte, als er ihn zur Seite bog. Und dann lag der Keks in seiner Hand. Groß, rund, mit gewelltem Rand und etwas weicher als sonst. Die Luftfeuchtigkeit in der Küche musste bei über achtzig Prozent liegen. Auf drei verregnete Juniwochen waren einige heiße Tage gefolgt, die das Land zum Dampfen brachten.

Die Keksschichten waren mürbe im Mund. Er ärgerte sich über die weiche Feuchte, kaute rasch, damit sich der Teig mit der Schokocreme vermischte. Schluckte. Dann aß er noch einen Keks. Und noch einen. Schloss die Schranktür, ging die sieben Schritte und setzte sich wieder an den Küchentisch. Es war Sonntag.

1

Sonntage mochte er nicht. Sie schienen endlos und waren dann doch so schnell vorbei. An Sonntagen konnte er den Tag selbst gestalten und tun, was er wollte. Er war kein Gestalter. Und was er wollte, wusste er nicht. Auch nicht sonntags. »Es gibt Menschen, die wollen, und Menschen, die müssen«, sagte seine Mutter stets. Früher hatte er diesen Satz gehasst, denn immer, wenn er fiel, standen unangenehme Dinge an. Er musste den Kohleintopf aufessen. Er musste die Sommerferien bei Tante Margit verbringen. Er musste die abgetragenen Hosen seiner Cousins anziehen. Er musste jeden Donnerstag eine Flasche Weinbrand für Vater beim ADEG kaufen. Er musste still sein, wenn die Großen redeten. Und dann, wenn er gar nichts zu sagen hatte, sollte er plötzlich heraus mit der Sprache.

Damals *wollte* er noch: fliegen, Schätze ausgraben und Hanni heiraten. Doch statt Pilot, Astronaut oder zumindest Astrologe war er Busfahrer geworden. Und Hanni hatte Dirk geheiratet. Die beiden lebten in einem dieser Architektenhäuser mit viel Lärchenholz und Beton und hatten zwei Kinder und einen Rasenroboter.

Heute wusste er, seine Mutter hatte recht gehabt: Er war ein *Müsser*. Von denen gab es viele. Manche mussten mit einem Lächeln auf den Lippen, das irgendwann zum

Grinsen erstarrte. Den meisten sah man ihr missmutiges Müssen deutlich an. Ihm nicht. Sein Gesicht war weich und rund. Auf eine seltsame Weise kindlich und alt zugleich. Es hatte einen rosafarbenen Ton und schlaffe Züge, die selten eine Regung zeigten. Gleichgültigkeit war seine Waffe gegen das Müssen. Sie war eine mächtige Waffe, denn das Leben wollte ernst genommen werden. Und den Gefallen tat er ihm nicht.

2

»Adolf!«

Mutters Stimme drang aus dem Wohnzimmer, wo der Fernseher fröhlich seine Monologe plauderte. Im Hof ratterten die Gündör-Kinder mit ihren Rollern über den Asphalt. An der Wäscheleine flatterten neben Herrn Welsers Arbeitshosen bunt karierte Geschirrtücher im Wind. Durch das gekippte Fenster strömte der Geruch von gegrilltem Fleisch, von Zigarettenrauch und Weichspüler.

»Adolf!«

Erst halb vier. Die Zeiger der Küchenuhr mussten kleben geblieben sein. Es kam ihm so vor, als ob sie sich jedes Mal, wenn er den Kopf hob, noch an derselben Stelle befanden. Mit der Wochenendausgabe der Tageszeitung war er lange durch. Das Bezirksblatt schlug er lieber gar nicht erst auf. Im Herbst fanden Landtagswahlen statt, und die Stadtpolitiker und ihre Handlanger ließen bereits jetzt keine Gelegenheit aus, ihre hohlen Phrasen auf die Bevölkerung von Merk loszulassen.

Er gähnte, ging in die Speisekammer, nahm zwei Bierflaschen aus der Kiste und legte sie in den Kühlschrank. Am Fenster gegenüber schüttelte Frau Weninger eine Decke aus, dass es staubte.

»Adolf!«, rief Mutter erneut aus dem Wohnzimmer, »sag, Adolf, bist du taub?«

Sein Name war ein Fluch. Mit diesen fünf Buchstaben hatte ihm sein Vater einen Stempel aufgedrückt. A d o l f. Das war Gottfried Schweigers Art gewesen, der Welt seine Verachtung zu zeigen, ohne dafür das Fernsehzimmer verlassen zu müssen. Verachtung für seine Frau, die den Buben im Kindergarten und später in der Schule hatte anmelden müssen. Die die Blicke des Arztes und des Pfarrers hatte ertragen müssen. Zuallererst aber war der Name eine Strafe für das Kind gewesen, das dem Vater stets fremd geblieben war. Dicklich, scheu und schweigsam. Unsportlich. Es schien ihm aus dem Weg zu gehen, schlich vorbei in sicherer Distanz. Hätte er sein rechtes Bein noch gehabt, er wäre fort gewesen. So waren ihm nur der Rollstuhl geblieben, die Fernbedienung und der Schnaps. Zwar hatte Gottfried Schweiger durchaus eine gewisse Sympathie für den Führer gehegt, damit war er im Ort aber nicht allein gewesen.

Bis vor einigen Jahren noch hatten beim Brucknerwirt jeden 20. April Eiernockerl mit grünem Salat auf der Speisekarte gestanden, die Leibspeise von Adolfs unrühmlichem Namensvetter. Und dennoch – niemand sonst in Merk hätte es gewagt, seinen Sohn nach dem »größten Feldherren aller Zeiten« zu taufen. Vater schon. Er hatte den Buben gebrandmarkt, um sicherzugehen, dass er einst vor verschlossenen Türen stehen würde. Dass ihm auch genügend Steine in den Weg gelegt würden. Dass die Lehrer ihn mit Skepsis betrachten und mit schlechten Noten bedenken würden. Keinen Schritt sollte das Kind weiterkommen als er selbst. Manchmal hatte er sich einen Spaß daraus gemacht, Adolf mit dem Besenstiel den Weg abzuschneiden. Ein paar Mal hatte er damit auch auf den Buben eingedroschen, doch da saßen seine Schläge längst nicht mehr so wie früher. Verdammtes Bein. Elendiges Leben. Verfluchtes Balg, das ihn an dieses Haus, an dieses Kaff band.

Adolf widerstand dem Drang, sich noch einen Doppelkeks zu nehmen. Jedes Mal, wenn jemand seinen Namen rief, gewann sein Vater wieder einige Sekunden lang Macht über ihn.

Er versuchte, an etwas anderes zu denken, sah sich die Werbeprospekte mit den Angeboten für die kommende Woche durch. Rasenmäher und Gartenbrausen, Sonderaktion Badebekleidung, italienische Wochen im Lebensmitteldiscounter und minus dreißig Prozent auf alle Einbauküchen im Möbelhaus. Schließlich holte er sich doch einen Keks und blätterte den Anzeigenteil im Bezirksblatt durch. Ein Supermarkt suchte Reinigungspersonal, eine Tischlerei Lehrlinge, ein jung gebliebener Er, 65, eine anschmiegsame Sie bis 40.

»Wir müssen ihn rehabilitieren, deinen Namen«, meinte er Hannis Stimme zu hören. »Ein A ist ein guter Anfang. A wie Amen. Und ein O. Ich mag Os. O wie Omen.« Aus Hannis Mund klang sein Name schön. Nach einem samtig vibrierenden Auftakt, der das Weiß ihrer Schneidezähne aufblitzen ließ, rollte er rund über ihre Zunge und entwich ihrem Mund in einem Fauchen. »Ffffff«, streifte der Luftstrom seine Wange.

Mutters Stimme riss ihn aus seinen Gedanken. »Ich schrei mir die Seele aus dem Leib, und du sitzt da und rührst dich nicht.«

Sie hatte sich hinter ihm im Türrahmen aufgebaut, die Hände in den Hüften.

»Die Socken nicht zu den Hemden. Das habe ich dir doch schon hundertmal gesagt.«

Er starrte sie verwirrt an.

»Jetzt haben die Hemden einen Grauschleier, weil du dir die einfachsten Dinge nicht merken kannst.«

»Ist doch halb so schlimm«, brummte er. »Ich zieh sie auch so an.«

»Wie schaut das denn aus, ein Busfahrer mit einem dreckigen Hemd?« Die Empörung ließ ihre Brille beschlagen. »Da will doch keiner mehr mitfahren.«

»Aber sie sind doch frisch gewaschen.«

»Die Leute werden reden über dich.« Mutter schüttelte so heftig den Kopf, dass ihre roten Wangen wackelten. »Und auf mich fällt es dann zurück, wenn du so schlampig daherkommst.«

»Gar nichts werden sie sagen. Die starren doch alle auf ihre Handys.« Er seufzte und schielte auf die Küchenuhr. Vier Minuten nach fünf. Manchmal wünschte er sich, seine Mutter hätte irgendwo einen *Aus*-Knopf.

»So gehst du mir nicht zur Arbeit«, schnaubte sie. »Die schmeißen dich sonst raus, und das können wir uns bei Gott nicht leisten. Gleich morgen bringst du mir eine Flasche Gardinenweiß mit.«

Adolf nickte resigniert. Es hatte keinen Sinn, Mutter zu widersprechen.

3

Es war eine laute Stille.

Das Getrappel ihrer Füße hallte noch lange nach. Das Schwingen der Türen. Die Stimmen. Mamas konzentrierte Sätze. Papas harte Entgegnungen. Pingpongbälle. Hektisch. Vor und zurück. Nicht zu fest. Nicht zu weit. Schön vorsichtig. Papas Zorn, der wuchs. Der so groß wurde, dass er bald das Erdgeschoss ausfüllte. Warum merkte Mama nie, wann es genug war?

Er selbst hatte das längst kapiert. Wenn Papa nichts mehr sagte und nichts mehr tat, sondern einfach nur dastand, dann durfte man nicht weiterreden. Man musste auf den Boden schauen, sich kleinmachen. Mit dem Weiß der Wände verschmelzen. Und langsam rückwärts gehen. Schritt für Schritt. Nicht atmen. Nicht hochsehen. Niemals weinen und schon gar nicht lachen. Ins Zimmer schlüpfen, ganz vorsichtig. Die Tür lautlos schließen und sich auf den Boden setzen. Warten, während die Zeiger sich drehten. Bis die Tür ins Schloss fiel. Bis Papas Rennrad surrte und das Gartentor leise klick *machte. Dann erst konnte man weiteratmen.*

Aber Mama blieb diesmal mitten im Raum stehen, trug den Kopf viel zu hoch und spielte weiter Pingpong. Helle, schnelle Sätze, Prasselwörter, die von den Wänden abprallten. Sie wusste doch, was folgte. Warum tat sie das?

Ein Sessel fiel um. Drei Schritte. Stolpern. Poltern. Noch drei Schritte. Ein wildes Tier schrie. Flügel schlugen. Ein dumpfer Knall. Etwas brach.

Dann kam die Stille. Die war fast schlimmer. Sie rauschte in den Ohren. Tickte im Kopf. Tat in der Brust weh. Kein Vogel sang. Kein Auto fuhr vorbei. Kein Rasenmäher brummte. Sie war so weiß, so schwer, so kalt. Die Stille.

4

Adolf zog die Tür hinter sich zu und steckte den Schlüssel in seine Hosentasche. Im Treppenhaus roch es nach Chlor und Zigarettenrauch. Die Fliesen glänzten feucht. Er trottete die Stockwerke hinunter und ließ seine Finger dabei über den Handlauf streichen. Neun Stufen, drei Schritte, neun Stufen. Neun Stufen, drei Schritte, neun Stufen. Im zweiten Stock lehnte Dunja Feichtinger am offenen Fenster und rauchte. »Herr Chauffeur!«, rief sie ihm entgegen und lachte. Dunjas Lachen war bunt und laut. Montags rot, dienstags lila, dann pink oder violett unter schwarz umrahmten Augen und schillernden Lidern. Auch ihr schulterlanges Haar wechselte mindestens einmal pro Monat die Farbe. Zurzeit war es dunkelviolett wie eine Aubergine. Der helle Rotton ihrer Lippen erinnerte Adolf an den Klatschmohn am Straßenrand. Er nickte ihr zu, doch er wusste bereits, dass er ihr nicht so einfach entkommen würde. Da griff sie auch schon nach dem Geländer und versperrte ihm den Weg. Lachsfarbene Fingernägel auf schwarzem Metall. Sie roch süß nach Parfum, Deo oder Haarspray. Wahrscheinlich nach allen dreien, dachte Adolf. Er mochte Dunja. Sie redete zu viel und zu laut und schminkte sich zu viel und zu grell. Sie war eine optische und akustische Herausforderung. Zugleich war sie die herzlichste Bewohnerin der Wohnhausanlage 3 im Mitterweg 5.

Im Alter von vierundzwanzig war sie aus Serbien nach Merk gekommen. Obwohl sie eine Ausbildung zur Bürokauffrau absolviert hatte, arbeitete sie als Putzfrau. »Mag ich nicht den ganzen Tag sitzen vor Computer«, pflegte sie zu sagen, »siehst du eh, was bei Armin herauskommt.« Armin war Dunjas Sohn, dreiundzwanzig, arbeitslos und computerspielsüchtig. Jetzt drückte sie ihre Zigarette im Aschenbecher auf dem Fensterbrett aus und sah Adolf so direkt in die Augen, dass er einen Schritt zurückwich und den Blick senkte.

»Kommst du zu Grillerei? Dein Mama kommt auch.«

Am Samstag in zwei Wochen fand das Grillfest der Wohnhausanlage statt, das Dunja jedes Jahr im Frühsommer organisierte. Sie hatte es sich in den Kopf gesetzt, das Gemeinschaftsgefühl unter den Nachbarn zu fördern. Nach so vielen Jahren im Land konnte sie es noch immer nicht glauben, dass sich die Leute hier am liebsten aus dem Weg gingen und ihre Nachbarn im besten Fall ignorierten. Dabei müsste Dunja es nach vierundzwanzig Jahren Ehe mit Erwin Feichtinger eigentlich besser wissen. Er verabscheute jeden, der andere Ansichten, Lebensgewohnheiten oder kulturelle Gepflogenheiten hatte. Adolf verabscheute er ganz besonders, seit sich dieser im Alter von fünfzehn geweigert hatte, seiner Gruppe, den Deutschen Wölfen, beizutreten. Obwohl er doch aufgrund seines Namens geradezu prädestiniert dafür schien. Dunja ignorierte Erwins Fluchen und Armins Murren und hängte jedes Jahr wieder bunte Lampions an den Ahornbäumen im Hof auf. Sie kaufte picksüßen Sangria, den niemand mochte und den trotzdem alle tranken. Am Morgen nach Dunjas Fest erwachten im Mitterweg 5 alle über dreizehn mit pochenden Kopfschmerzen.

Trotz aller Skepsis war bisher kein einziger Bewohner der Wohnhausanlage dem Fest je ferngeblieben. Herr Welser, der in der Kantine der Mittelschule arbeitete, brachte Hühnerkeulen und Koteletts, Frau Maratschek hatte jedes Mal eine Großpackung Bratwürste dabei. Die Familie Gündör kam mit Baklava, Adolf mit Apfelsaft und Cola, und seine Mutter machte zu diesem Anlass eine riesige Schüssel Kartoffelsalat und den obligatorischen Kirschenkuchen. Eine Weile waren alle mit dem Essen beschäftigt. Danach hatte man einander jedoch nicht mehr viel zu sagen. Adolfs Mutter konnte Frau Maratschek nicht leiden und ließ sie das deutlich spüren. Den Grund dafür kannte Adolf nicht, er wusste nur, dass es etwas mit deren verstorbenem Mann zu tun hatte. Herr Welser begann für gewöhnlich nach dem zweiten Bier, Dunja zweideutige Komplimente zuzuraunen. Herr und Frau Schneeweiß machten kein Geheimnis daraus, dass sie Dunjas Kleidungsstil ordinär fanden, Armin für einen Nichtsnutz und Erwin für einen hirnlosen Schläger hielten. Erwin Feichtinger verachtete die Familie Gündör, die seiner Ansicht nach zu viele Kinder und zu geringe Deutschkenntnisse hatte. Adolf hielt sich aus diesen Animositäten heraus. Erwin ging er auch an diesem Abend so gut wie möglich aus dem Weg.

Manchmal spielte er mit Samira und Achmed, den beiden älteren Gündör-Kindern, Uno. Oder er erklärte der alten Frau Weninger ein weiteres Mal den Busfahrplan. Früher oder später kam sie dann mit der Frage, ob er denn nicht endlich eine Frau gefunden hätte.

»Na, was ist jetzt?«, holte ihn Dunja in die Gegenwart zurück. An der Unterlippe war das helle Klatschmohnrot von der Zigarette etwas verblasst. *Sie wird die Lippen bestimmt nachmalen und bis zum Abend weiterblühen*, dachte Adolf. Er nickte. »Klar komm ich.«

Als hätte er den magischen Code endlich erraten, nahm Dunja ihre Hand vom Geländer und ließ ihn vorbei. Er würde es auch diesmal überleben, Dunjas Fest.

5

Der Verkehr war stockend – und das, obwohl es bereits nach zehn Uhr war. Zwei Baustellen brachten Großstadtflair nach Merk, zumindest was die Wartezeit an den Ampeln betraf. Adolf ließ sich davon nicht aus der Ruhe bringen. Er mochte Stau. Das ruckweise Weiterfahren und der ewige Wechsel von Rot zu Gelb zu Grün hatten etwas Meditatives an sich. Das Schimpfen der Alten und das Lärmen der Kinder ignorierte er. Adolf verschmolz mit dem Grau des Asphalts, mit dem rhythmischen Aufleuchten der Bremslichter, mit dem Hupen. Er wurde zur Straße. Nach dem Autohaus Gruber lockerte sich das dichte Band an Autos langsam auf. Im Gewerbepark stiegen einige Rentner aus, die statt durch den Park lieber durch Schuhgeschäfte, Drogeriemärkte und 1-Euro-Shops spazierten, um sich anschließend im Restaurant des riesigen Möbelhauses ein billiges Schnitzel zum Mittagessen zu bestellen. Er fuhr an der Tankstelle und an der Brauerei vorbei und hielt am Würstelstand. Am Rautenweg stieg wie immer der alte Herr Kratochwil aus, der hier sechs Tage die Woche sein Bier trank. Er litt an Parkinson und war mit dem Konsum einer Flasche gut und gerne zwei Stunden beschäftigt. Auch das Aussteigen fiel ihm zusehends schwerer. Wenn die anderen Passagiere allzu ungeduldig wurden, stand Adolf manchmal auf, um Herrn

Kratochwil zu helfen. Er wusste jedoch, dass es dem alten Mann widerstrebte, vor aller Augen Hilfe anzunehmen. Deshalb hielt er sich möglichst zurück und wartete, bis der zitternde Greis mit seinem Gehstock schließlich auf dem Gehsteig angekommen war. Heute hatte Herr Kratochwil einen guten Tag. Adolf beobachtete im Rückspiegel, wie er sich in nur dreißig Sekunden aus dem Bus kämpfte.

Gerade wollte er die Türe schließen, da roch er sie. Er erkannte sie an ihren Ausdünstungen, noch bevor er sie sah. Die Knopffrau roch säuerlich und zugleich irgendwie süß – nach altem Schweiß, nach Urin und nach den Parfumproben aus der Drogerie. Sommer wie Winter trug sie eine verfilzte graue Strickweste, die einst himmelblau gewesen sein musste. Jedes Mal wieder fragte er sich, wie alt sie wohl war. Sie hatte die Stimme und die Bewegungen einer jungen Frau. Ihr abgetragenes Gesicht dagegen wirkte, als wäre sie weit über fünfzig.

»Nach Nonnendorf«, lispelte sie, ohne ihn anzusehen.

»Drei Euro zwanzig«, sagte Adolf.

Den Blick auf den Boden geheftet, streckte sie ihm blitzschnell die Faust hin, ließ den Inhalt in seine Handfläche fallen und schnappte wie ein Fuchs nach dem Ticket. Dann drehte sie ihm den filzigen Rücken zu und trippelte ins Hintere des Busses, wo sie sich in der vorletzten Sitzreihe vor seinem Spiegelblick verbarg.

Adolf legte die Bezahlung in die Zahnstocherschachtel, die für diesen Zweck in der Ablage bereitstand. Er wollte sich die Sachen später in Ruhe ansehen. Am Ende seiner Schicht nahm er den Betrag für ihr Ticket aus seiner eigenen Brieftasche und legte ihn in die Kasse.

Die Knopffrau zahlte nur selten mit Euromünzen. Meist erhielt er Einkaufswagen-Chips aus Plastik oder Metall,

Spielgeld, Knöpfe oder ausländische Geldstücke, die noch warm waren von ihrem schmutzigen Griff. Er tat so, als bemerkte er den Irrtum nicht. Und sie tat so, als wüsste sie nicht, dass er sie durchschaute.

Zu Hause sammelte Adolf die Gaben der Knopffrau in einem Schuhkarton. An verregneten Sonntagen kramte er manchmal darin, ließ glatte und raue, gerillte und gewellte Knöpfe aus Kunststoff, Holz und Horn durch seine Finger gleiten. Drehte Münzen mit kyrillischen Buchstaben und sortierte die Plastik-Chips nach Supermarkt und Farbe. Dabei sah er sie vor sich, wie sie durch die Stadt streunte und mit den hektischen Bewegungen eines Wiesels die Mülleimer durchwühlte. Wie sie Probepackungen sammelte und an eisigen Wintertagen Runde um Runde im Bus schlief, eingerollt wie ein Hamster. Er fragte sich, wer sie gewesen war, bevor sie zur Knopffrau wurde.

6

Mittlerweile war der Bus fast leer. Direkt hinter Adolf saß eine alte Dame mit einem Strohhut, die er noch nie zuvor gesehen hatte. Sie musste im Urlaub sein, denn neben ihrem Sitz stand ein kleiner Koffer im Gang. Eigentlich wäre es seine Pflicht, sie darauf hinzuweisen, dass das Abstellen von Gepäck im Gang verboten war. Doch viele Fahrgäste waren bis Nonnendorf nicht mehr zu erwarten. An der hinteren Tür lärmte eine Gruppe Jugendlicher, die offensichtlich die Schule schwänzten und unterwegs zum Badeteich waren. Der Geräuschkulisse nach sahen sie sich Musikvideos auf dem Handy an. Von Zeit zu Zeit johlten sie und gaben undefinierbare Laute von sich, die Adolf an die Zoobesuche seiner Kindheit erinnerten. Irgendwo ganz hinten versteckte sich die Knopffrau hinter den Sitzen. Ihr Geruch hing noch in der Luft.

An den Wegrändern blühten bauschige Margeriten und der Wiesensalbei mit seinen tiefen Lila- und Violett-Tönen. Hier und da war das junge Grün des Weizens mit Klatschmohn gesprenkelt. Das aufblitzende Rot ließ ihn wieder an Dunjas Fest denken. Es war keine große Sache. Drei, vier Stunden im heißen Hof, zähe Koteletts, trockene Semmeln, lauwarmes Bier. Furchtbare Musik, fettige Kinderhände. Dann war das Ganze auch schon wieder vorbei.

Dennoch wuchs seine Abneigung gegen diese Veranstaltung von Jahr zu Jahr, was nicht an Dunja lag. Es war ihm einfach unangenehm, im Schlepptau seiner Mutter zu erscheinen, so als wäre er zehn, und immer wieder dieselben Fragen über sich ergehen zu lassen. Den Rest des Jahres störte es ihn nicht, dass er noch in der Wohnung lebte, in der er aufgewachsen war, Tür an Tür, Wand an Wand mit Mutter. Sein Zimmer genügte ihm vollkommen. Da seine Mutter große Angst davor hatte, alleine zu sein, war ihr Zusammenleben, so gesehen, die beste Lösung. Bei Dunjas Fest wurde ihm das jedoch plötzlich zu eng, zu heiß und zu klebrig. Er sehnte sich nach einem windigen Herbstabend auf der Bank mit dem Bus-Bertl und einem kalten, herben Bier.

Er schob die Gedanken an das Sommerfest zur Seite und schaltete den Scheibenwischer ein. Aufschäumendes Wasser spritzte aus der Düse und wusch den Staub der Straße und die toten Insekten fort.

Hinter der nächsten Kurve tauchte Hannis Haus auf. Er konzentrierte sich auf die weiße Linie in der Mitte der Fahrbahn. Doch wie jedes Mal schweifte sein Blick über den golfplatzgrünen Rasen, auf dem ein unermüdlicher Rasenroboter seine Runden drehte. Neben der kahlen Fassade aus Beton und unbehandeltem Lärchenholz glitzerte ein eisbonbonblauer Pool. Er sah Hanni vor sich, beim Baden im Schotterteich, ihr Gesicht weiß von der Sonnencreme, Wassertropfen an den Wimpern. Sie lachte auf, die ebenmäßigen Schneidezähne ganz nahe an seiner Wange. Dann knickte sie ohne Vorwarnung den Oberkörper ab und tauchte wie ein Delfin unter ihm durch. Obwohl die Scheibe sauber war, betätigte Adolf noch einmal die Scheibenwischer.

7

»Der warme Wind macht die Leut' ganz deppert.« Der Bus-Bertl nahm einen großen Schluck aus seiner Halbliterflasche mit gespritztem Apfelsaft. »Erst waren sie alle depressiv, weil es wochenlang nur geregnet hat. Und kaum ist's richtig Sommer, ist's ihnen auch wieder nicht recht.« Er betrachtete das mit Salami belegte Mohnweckerl in seiner Hand von allen Seiten, bevor er hineinbiss.

»Es sind die Menschen selbst«, stellte er mit vollem Mund fest, Mohn am Mundwinkel. »Die sind nämlich gerne unzufrieden. Das Wetter ist ihnen nur ein willkommener Anlass, um endlich einmal allen Frust rauszulassen.«

Er legte das Mohnweckerl auf dem Jausenpapier ab, in dem es verpackt gewesen war und das er über seinen Knien ausgebreitet hatte.

»Es ist doch noch lange kein Grund, seinem Sitznachbarn den Tod zu wünschen, nur weil einem das Hemd am Rücken klebt.« Er trank noch einen Schluck vom Apfelsaft. »Dieser sinnlose Ärger über das Wetter vereint sie. So gemein die Menschen auch zueinander sind, die Hundstage und die Frostnächte machen sie zu einer Gemeinschaft, zum Volk der Wettergeplagten. Eine dunstige Busfahrt mit feuchter Kleidung und beschlagenen Scheiben bringt sie zusammen. Da können sie sich endlich gemeinsam ärgern und ihrem aufgestauten Grant freien Lauf lassen.«

Der Bus-Bertl sah Adolf an. »Sag, hörst du mir überhaupt zu?«

Sie saßen hinter dem ehemaligen Bahnhofsgebäude im Schatten des Wellblechdachs auf ihrer angestammten Bank. Vor ihnen die stillgelegten Gleise. Zwischen den Schienen hatten wilde Möhren ihre weißen Blütenschirme aufgespannt. Auf den großen Doldenblüten krabbelten schwarz-rot gestreifte Wanzen. Schwebfliegen ließen sich den Nektar schmecken.

Adolf verfolgte mit seinem Blick ein bizarres wespenähnliches Insekt mit schmalem, gebogenem Hinterleib und einem langen Legestachel, das von Blüte zu Blüte segelte.

Bertl, der sich im Moment weder für Flora noch Fauna der Kleinstadt interessierte, fragte laut: »Darf ich um Ihre geschätzte Aufmerksamkeit bitten, Herr Busführer?«

Adolf schaute ihn irritiert an, er konnte es nicht leiden, wenn man ihn so nannte.

»Jetzt hast du es also doch noch zum Führer gebracht!«, hatte ihm Erwin Feichtinger damals zugerufen, als er ihn vor vielen Jahren in der neuen Uniform in den Bus steigen sah. Diese Worte hatten Adolfs Freude und seinem Stolz einen Dämpfer versetzt. Während der ersten Monate hatte er immer wieder daran denken müssen.

In der Morgensonne verschwammen die filigranen Blüten des Unkrauts vor seinen Augen zu bunten Flecken. Und wie damals hing auch jetzt ein schwerer Klumpen in seinem Brustkorb. Sein Name war ein Fluch.

Der Bus-Bertl wusste, dass seine Worte ihr Ziel nicht verfehlen würden. Doch manchmal ertrug er Adolfs Lethargie nicht. Er philosophierte gerne über das Leben und erfand täglich neue Metaphern, um es mit einer Busfahrt zu vergleichen. In Adolf hatte er einen geduldigen Zuhörer und in gewisser Weise eine verwandte Seele gefunden, deshalb ärgerte ihn dessen Zerstreutheit.

»Was ist los mit dir?«, fragte er und knüllte das Jausenpapier zu einem Ball zusammen. »Du bist heut wohl an der falschen Haltestelle ausgestiegen. Sag jetzt nicht, dass es am Wetter liegt.«

Adolf streckte die Beine aus. »Nichts ist«, murmelte er, »was soll schon sein?«

Der Bus-Bertl begann, das zusammengeknüllte Papier mit der einen Hand in die Luft zu werfen und mit der anderen wieder aufzufangen.

Adolf wollte seinen Freund nicht kränken, deshalb gab er widerstrebend zu: »Es ist dieses Hoffest.«

Der Bus-Bertl hörte augenblicklich auf zu jonglieren. »Will es deine Dunja also wieder einmal wissen?«

»Sie ist nicht meine Dunja«, stellte Adolf schnell richtig.

»Das könnte sie aber längst sein.« Der Bus-Bertl war hingerissen von der farbenprächtigen Erscheinung der extrovertierten Serbin und versuchte, Adolf seit etwa fünfundzwanzig Jahren davon zu überzeugen, dass sie an seiner Seite besser aufgehoben wäre als beim Kellernazi Erwin Feichtinger. Adolf musste zugeben, dass er diesen Gedanken manchmal ganz reizvoll fand. Trotzdem konnte er sich ein Leben mit Dunja schwer vorstellen. Nicht nur, weil er den Zorn ihres komplexbehafteten Ehemannes fürchtete, der jedes Mal einen Wutanfall bekam, wenn seine Frau sich länger als dreißig Sekunden mit Adolf unterhielt. Dunja war so bunt, dass er sich daneben grau und still vorkam wie ein Stein. Bereits eine halbe

Stunde mit ihr laugte ihn völlig aus. Ihre Worte prasselten auf ihn nieder wie Regen, und nie hatte er einen Schirm dabei.

»Sag nicht, du hängst immer noch deiner alten Schulfreundin nach«, meinte der Bus-Bertl und trank den letzten Schluck vom gespritzten Apfelsaft. »Die lebt ein schönes Leben mit ihrem Alphamann und verschwendet seit dreißig Jahren keinen Gedanken mehr an dich.«

Adolf stand auf und zupfte an seiner Hose. »Dass du an nichts anderes als an Frauen denken kannst, ist deine Sache. Aber sei so gut und lass mich damit in Ruhe!« Er war selbst verwundert über die Heftigkeit seiner Worte.

»Es geht mir nicht um die Frauen. Ich mach mir Sorgen um dich.« Bertl presste die PET-Flasche geräuschvoll flach. »Das hier ist dein Leben. Und es ist höchste Zeit, dass du einsteigst. Du hast Jahr um Jahr im Wartehäuschen verbracht.«

Adolf machte eine wegwerfende Handbewegung und wandte sich zum Gehen.

»Nimm endlich dein Leben in die Hand«, rief ihm der Bus-Bertl nach, »dann ist dieses Fest kein Spießrutenlauf mehr!«

Adolf eilte davon, ohne sich umzudrehen. Erst dreihundert Meter weiter, vor dem neuen Bahnhofsgebäude, blieb er stehen. Er zerrte ein Taschentuch, eine Handvoll Bonbonpapiere und die leeren Verpackungen zweier Schokoladenriegel aus seinen Taschen und warf sie in den Mülleimer. Beinahe hätte er einen großen roten Knopf mit wulstigem Rand, der sich zwischen den Abfällen verborgen hatte, ebenfalls weggeworfen. Er wischte mit dem Zeigefinger einen halb geschmolzenen Schokoladenkrümel ab und steckte den Knopf in die Brusttasche. Seine Kopfhaut juckte, sein Gürtel spannte, und das Hemd schnitt ihn unter seinen Armen ein. So sehr er die Mittagspausen mit dem Bus-Bertl mochte, heute war ihm sein Freund gehörig auf die Nerven gegangen. *Das muss am Wetter liegen*, dachte Adolf, als er den Bus aufsperrte.

8

Ein milchiger Schleier, der ihn an die Spitzenvorhänge der alten Frau Weninger erinnerte, hatte sich über den juniblauen Himmel gelegt, als Adolf den Motor startete. Bei seiner zweiten Fahrt am Nachmittag tauchten am Horizont voluminöse weiße Wolken auf. Sie türmten sich höher und höher.

Zwei Runden später war der Himmel so dunkel wie die frisch asphaltierte Straße im Bereich der Baustellenabschnitte. Der Bus war laut und voll. All die Kinder, die den Zwei-Uhr-Bus zum Badeteich genommen hatten, waren bereits um halb fünf wieder auf dem Rückweg in die Stadt, auf der Flucht vor dem drohenden Gewitter. Sie waren aufgekratzt vom herannahenden Ferienbeginn und von der düsterschwülen Stimmung. Hinter dem Steinbruch grollte der erste Donner.

Adolf schwitzte und dachte wieder an den Bus-Bertl. Knapp fünfundzwanzig Jahre waren sie Kollegen. Mit der Zeit war der kleine Mann mit den O-Beinen Adolfs bester Freund geworden, genau genommen sein einziger. Die Kinder, die er seit fünfundvierzig Jahren in die Schule, zum Schotterteich, zum Schwimmbad, zum Eislaufplatz, zum Stadtpark oder zum Kino brachte, hatten Hubert Obermoser seinen Spitznamen gegeben. Er war der älteste Busfahrer in Merk – und der beliebteste. Obwohl er bereits sechsundsechzig war, dachte er noch nicht ans Aufhören. »So lange sie mich nicht als Gefahr für die Öffentlichkeit einstufen, dreh ich meine Runden«, pflegte er zu sagen. Bei den jährlichen Check-ups schnitt er besser ab als seine jungen Kollegen. Der Bus-Bertl war Busfahrer mit Leib und Seele. Er kannte viele seiner kleinen Fahrgäste beim Namen. Auf der Straße winkten ihm die Kinder zu, wenn er vorbeifuhr. Problematische Jugendliche waren unter den Lenkern gefürchtet, weil sie die Sitze beschmierten oder vollkotzten, sich lautstark stritten, während der Fahrt rauchten und die Fahrgäste anpöbelten. Wenn der Bus-Bertl am Steuer saß, verhielten sie sich zahm und beinahe zivilisiert. Es kam vor, dass der eine oder andere Randalierer dem Bus-Bertl während der letzten Fahrt vor Dienstschluss sein Herz ausschüttete. Bis zum Hals tätowierte Schläger erzählten von den Alkoholproblemen ihrer Eltern, vom Mobbing in der Berufsschule oder dass ihre Freundin sie für einen anderen verlassen hatte. Seine späten Fahrten hatten oft mehr mit einem psychosozialen Notdienst als mit der öffentlichen Personenbeförderung gemeinsam.

Soweit Adolf wusste, hatte Bertl auch eine schwierige Zeit hinter sich. Sein Vater hatte einige Jahre im Gefängnis gesessen, und seine Mutter war schwer depressiv gewesen. Zwischen zwanzig und dreißig war er selbst spielsüchtig gewesen und hatte allabendlich bis zu zehn Flaschen Bier geleert. Als ihn deshalb seine Frau verließ, hatte ihm sein Beruf Halt gegeben. Heute spielte er nur noch Lotto und trank Apfelsaft statt Bier. »Mit dem Zeug kannst du dir auch die Leber ruinieren, wenn du dir Mühe gibst«, sagte er, wenn er Adolf zuprostete.

Adolf mochte ihre gemeinsamen Mittagspausen. Zusätzlich trafen sie sich zweimal die Woche abends an einer der Bushaltestellen der Stadt. Adolf hörte Bertl gerne beim Philosophieren zu. In letzter Zeit jedoch mischte sich sein Freund mehr in sein Leben ein, als ihm lieb war. Und das mit einer Penetranz, die Adolf höchst unangenehm war und das gemütliche Beisammensein störte. Eine unausgesprochene Regel zwischen ihnen lautete, dass sie einander in Ruhe ließen. Bisher hatten sie sich beide daran gehalten. Es gab zwar die eine oder andere Meinungsverschiedenheit, aber Streit hatten sie nie. »Nimm dein Leben in die Hand«, hörte er den Bus-Bertl sagen.

Er wischte sich mit dem Taschentuch über die Stirn und schob sich eine Zitronenschnitte in den Mund. Über dem Wellblechdach der Brauerei schnitt ein Blitz ein Zickzackmuster in den schwarzen Himmel. An der Haltestelle vor der Sporthalle stand eine Menschentraube. Ein Schwall kühle Luft drang in den Bus, als Adolf die Türen öffnete. Tief hängende Wolken hetzten über die Stadt. Es sah so aus, als würden sie die Dächer der Hochhäuser berühren. Drei Minuten nach fünf zeigte die Uhr, doch es war so dunkel, als wäre es schon nach neun. Die Tür zischte. Adolf warf einen routinierten Blick in den Seitenspiegel. Blinker. Erster Gang. Gas. Dann bemerkte er es. Es roch anders im Bus. Nach frisch gemähtem Gras und Regen auf warmem Asphalt statt nach Red Bull, Wurstbrot und Schweiß. Er atmete tief ein. Ein neuer Klang vermischte sich mit dem monotonen Brummen des Motors. Auf einmal war da mehr Raum im stickigen Bus. Mehr Luft. Im Rückspiegel sah er sie: Hanni. Sie stand nur zwei Meter hinter ihm und schaute über seine Schulter hinweg auf die Straße. Ihr feines Haar, das immer nach Schwimmbad oder Badeteich gerochen hatte, trug sie jetzt kürzer. So nahe waren sie sich seit damals nicht mehr gewesen.

Sie war älter, ihre Augen ernster, die Lippen schmaler. Und trotzdem war sie die gleiche Hanni – aufrecht, jungenhaft und anmutig. Er wollte sie anschauen, doch im dunklen Gang verschwamm sie vor seinen Augen. Für einen Moment bekam er Angst, dass sie nur eine Einbildung war. Der Bus schaukelte durch die Straßen. Bremste und beschleunigte, öffnete und schloss die Türen. Rot, gelb und grün. Ausweise, Wechselgeld. Und da stand immer noch Hanni. Kinder drängten vorbei, füllten die Sitze, jedes ein Handy vor dem Gesicht. Dort vorne tauchte schon der Bahnhof auf. Da traf ihn ihr Blick. Sie öffnete den Mund, zeigte ihre großen Schneidezähne. Er bremste.

»Adolf«, sagte sie, als mit einem Zischen die Tür aufging. Sie trug rote Schuhe. Drei Schritte. Dann schloss sich die Tür. Der Bus fuhr an. Es roch nach Kirschen.

Die letzte Runde drehte er, ohne es zu bemerken. Er bremste, fuhr an, blinkte. Und als die ersten dicken Tropfen auf die Scheibe platzten, schaltete er den Scheibenwischer ein. Der nervöse Abendverkehr verwandelte sich in einen Schwarm glitzernder Fische, die alle der Mündung zustrebten. Adolf schwamm mit dem Strom. Wie Konfetti tanzten die Lichter der Ampeln über der Straße. Kastanienblüten wirbelten im Wind, blieben an der Scheibe kleben, bis die gnadenlosen Scheibenwischer sie zur Seite schoben. Im Gewerbegebiet flogen Plastiktüten mit den bunten Logos der Geschäfte und leere Pappbecher durch die Luft. Er nahm es kaum wahr, als er die Stadt hinter sich ließ. Ein hektischer Hase mit nassem Fell kreuzte hakenschlagend die Fahrbahn. Blutrot leuchteten die verklebten Mohnblüten in den regengepeitschten Feldern.

Diesmal schaute er in der Kurve nicht hinüber zu Hannis Haus. Wozu auch? Sie war in seinen Bus gestiegen und hatte acht Minuten lang direkt hinter ihm gestanden. Mit ernstem Blick und roten Schuhen. Wenn er denn hinübergeschaut hätte, vielleicht wäre ihm dann aufgefallen, dass der Pool im kurz gemähten Golfrasen sein eisbonbonblaues Auge geschlossen hatte. Hanni hatte ihn mit einer Plane abgedeckt.

9

Die Stadt dampfte. Schwere Tropfen fielen ihm auf den Kopf, drangen durch das spärlicher werdende Haar auf die Kopfhaut. Flossen ihm über den verschwitzten Nacken ins Hemd, den Rücken hinunter. Seine Hose war nass, seine Socken, seine Schuhe. Er war diesmal nach Dienstschluss nicht wie üblich beim Bus-Bertl mitgefahren, dessen Strecke an der Wohnhausanlage am Mitterweg vorbeiführte. Heute ging er die ganzen vier Kilometer zu Fuß. Er musste aufwachen, durfte jetzt nicht an sie denken. Es wäre ein fataler Fehler, sich wie ein Kind über ihren Blick im Spiegel zu freuen. Was bedeutete das schon. Hanni hatte den Bus genommen. Das stand jedem frei. Die Zeiten mit Hanni waren vorbei, ebenso wie seine Kindheit. Sie war verheiratet. Sie hatte zwei Kinder, einen Pool, einen Rasenroboter, einen brandneuen SUV und garantiert kein Interesse an einem übergewichtigen Busfahrer, der noch bei seiner Mutter wohnte.

Er durfte jetzt auf keinen Fall wieder mit dem Wollen anfangen. Das würde nur Unglück bringen. Adolf war zwar nicht abergläubisch wie seine Mutter, doch in diesem Punkt hatte sie recht. »Die Kunst ist, zu glauben, dass du willst, was du musst«, pflegte sie zu sagen.

Wie sehr er diesen Satz damals gehasst hatte. Doch

Mutter meinte es nur gut. »Es gibt die«, wusste sie, »und es gibt uns. Wir können es uns nicht aussuchen.«

Adolf war ihr eine Bürde gewesen, die sie jedoch stets mit Fassung getragen hatte. Seinetwegen war sie im Gemeindebau festgesessen mit seinem Vater. Seinetwegen hatte sie nicht mehr als Schuhverkäuferin arbeiten können. »Damals im Schuhhaus Wimmer, das war noch was«, erzählte sie oft mit leuchtenden Augen. Da hatte man sie um Rat gefragt. Da war sie noch wer. Bis der Mann hereingekommen war und sie ihm ein Paar braune Halbschuhe an die Füße gesteckt hatte – da hatte er noch zwei gehabt –, von denen er meinte, sie passten wie angegossen. Das war es dann gewesen. Dann war das Kind gekommen. Und dann der Name, der dafür gesorgt hatte, dass keine der anderen Mütter mit ihr sprach. Danach hatte sie tagein, tagaus im Supermarkt an der Kassa gesessen und Toastbrot und Geschirrspültabs über den Scanner gezogen. *Piep. Piep. Piep. Piep.* Und niemand hatte ihre schmutzigen Hände, die schwarzen Nägel, die hängenden Mundwinkel beachtet. *Piep. Piep. Piep. Piep. Piep.* Von sieben bis vierzehn Uhr, täglich außer sonntags.

Es war ein Kreuz gewesen mit dem Jungen. Sie musste ihm jeden Tag aufs Neue begreiflich machen, dass er sich nichts erwarten konnte vom Leben. »Die Kunst ist, zu glauben, das zu wollen, was man muss.« Sie hatte es als ihre mütterliche Pflicht angesehen, das Kind vor Enttäuschungen zu bewahren. Selbst wenn es Adolf hieß.

Adolf trottete die regengraue Straße entlang. Diese Woche hatte nicht gut begonnen. Erst war da, noch früh am Morgen, die Sache mit Dunja und ihrem Fest. Spätestens nach der Mittagspause mit dem Bus-Bertl hätte er es wissen müssen: Das war heute nicht sein Tag. Warum hatte er Hanni so lange angesehen im Spiegel? Warum hatte sie sich nicht in eine der hinteren Reihen gesetzt und auf ihr Handy gestarrt, wie das die anderen Fahrgäste machten. Sie wäre ihm gar nicht aufgefallen. Adolf ging schneller. Bei jedem Schritt quoll Wasser aus seinen Schuhen und warf Blasen. Er trat in Pfützen. Er keuchte und schnaufte. Endlich erreichte er die Haustüre. Eilte tropfend die Stiegen hinauf. Neun Stufen, drei Schritte, neun Stufen. Neun Stufen, drei Schritte, neun Stufen. Neun Stufen, drei Schritte, neun Stufen. Er sperrte die Wohnung auf, machte kein Licht im Flur, wollte sich unbemerkt ins Bad schleichen. Doch Mutter hatte ihn längst gehört.

»Mein Gott, Bub. Du bist ja patschnass!« Sie schlug die Hände vor der Brust zusammen und eilte ins Schlafzimmer.

»Sag, hast du schon wieder keinen Schirm dabeigehabt!«, schimpfte sie und kehrte mit einem rot-grün gemusterten Handtuch und einem Aufwischfetzen zurück.

»Sie haben doch Regen angesagt für heut Abend!« Mutter ließ das Tuch vor Adolf zu Boden fallen und begann, mit einem Fuß die Pfützen, die seine Schuhe hinterlassen hatten, aufzuwischen.

Er zog sich die tropfenden Schuhe aus.

»Du hast doch den guten Schirm noch vom Vater. Den braunkarierten.«

Als sie nun auch noch begann, Adolfs Rücken und Schultern mit dem Frotteehandtuch zu bearbeiten, verlor er die Geduld. Er zwängte sich an ihr vorbei, marschierte ins Bad und verriegelte die Tür.

»Und das Gardinenweiß hast du natürlich vergessen«, hörte er sie draußen zetern. »Alles muss man selber machen.«

Erst duschte er heiß, dann kalt. Dabei beschloss er, diesen Tag einfach aus seinem Gedächtnis zu streichen. Dass Hanni den Bus genommen hatte, war ohnehin eine einmalige Angelegenheit gewesen. Das hatte sie in all den Jahren bisher kein einziges Mal getan. Wozu sollte er sich aufregen? Er würde sie nicht wiedersehen. Adolf trocknete sich ab und zog seinen Sommerpyjama an.

Bevor er die Türe öffnete, lauschte er, ob Mutter noch in der Nähe war. Aus dem Wohnzimmer drangen die Abendnachrichten. Sie saß bereits vor dem Fernseher. So leise wie möglich tappte er in die Küche, nahm vier Doppelkekse aus dem Schrank und eine Dose Bier aus dem Kühlschrank. Er schlich durch den dunklen Flur in sein Zimmer und stellte den Proviant auf dem Nachttisch ab. Dann ging er zum Kleiderschrank und hob die Schuhschachtel herunter. Er fischte vier kleine, runde Gegenstände aus der Brusttasche seines Pyjamas: einen großen roten Knopf mit wulstigem Rand, einen kleineren blauen Knopf, den Einkaufswagen-Chip eines Baumarktes und eine Schokomünze in Goldfolie, auf der ein Marienkäfer abgebildet war. *Heute ist dein Glückstag!*, stand darauf. Adolf ließ die Knöpfe und den Chip zu den anderen Schätzen in die Schachtel fallen. Die Münze drehte er eine Weile zwischen den Fingern. Dann schälte er die Goldfolie mit den Fingernägeln ab. Die Schokolade hatte einen weiß-grauen Belag. Er steckte sie in den Mund und zerkaute sie schnell. Sie schmeckte alt und billig.

Nachdem er den Karton zurück auf den Schrank gestellt hatte, öffnete er sein Bier und spülte den schalen Geschmack auf der Zunge fort. Alles war gut. Sein

Leben würde weiterhin so angenehm ereignislos dahinplätschern, wie er es mochte. Er saß hier auf seinem Bett, aß Doppelkekse und wollte nichts. Hanni war nur noch eine Spiegelung im Fenster, die er mit dem Scheibenwischer wegwischen konnte.

10

Am nächsten Morgen um 8:23 Uhr stieg Hanni an der Haltestelle in Nonnendorf in seinen Bus. Sie trug ein blaues Kleid mit kleinen weißen Segelbooten darauf und die roten Schuhe.

»Einmal Bahnhof Merk«, sagte sie.

»Hallo, Hanni«, sagte Adolf.

Ihr Zeigefinger streifte flüchtig seinen Daumen, als sie das Ticket aus seiner Hand nahm. Sie ließ ihre weißen Schneidezähne aufblitzen, drehte sich um und setzte sich in die erste Reihe schräg hinter den Fahrersitz. Der Himmel war noch verhangen, doch zu beiden Seiten der Straße leuchtete das Johanniskraut hell wie die Sommersonne. Der Bus flog dahin. Im grünen Weizen stand ein Reh, das hob den Kopf und sah ihm nach. Über den Feldern kreiste ein Bussard. Es würde ein schöner Tag werden.

Adolf vermied es, in den Spiegel zu schauen. Während der nächsten drei Stopps gelang ihm das auch. Als ihm seine Augen nicht länger gehorchen wollten, traf ihn Hannis Blick – ernst und graugrün.

Schnell schaute er auf den Tacho – vierundsechzig Stundenkilometer – und schaltete die Scheibenwischer ein. Sieben Mal ließ er sie über die Frontscheibe gleiten. Dann überholte er einen Traktor. An der Haltestelle vor der Mittelschule wagte er noch einmal einen schnellen Blick. Hannis Wange ruhte an der Fensterscheibe. Sie hatte die Augen geschlossen. Ihr milchkaffeefarbenes Haar reichte ihr bis zum Mund. Es sah weich aus, wie das Bauchfell eines Kaninchens. Ihr Ohr stand ein wenig daraus hervor.

Adolf dachte daran, wie leicht Hanni rote Ohren bekam. Wenn sie sich aufregte, wenn man sie beim Lügen ertappte oder wenn sie sich über ein Lob freute. Auf ihrer Stirn und auf der Nase ahnte er ein paar Dutzend Sommersprossen. Ihre schlanken Hände hielt sie im Schoß gefaltet. Wie sie so dasaß in ihrem blauen Kleid, erinnerte Hanni ihn an das Marienbild in der Kirche, die er als Kind manchmal sonntags mit seiner Großmutter besucht hatte. Während die anderen Mädchen in seiner Klasse früher oder später eine Vorliebe für bunten Nagellack entwickelt hatten, waren ihre Nägel stets kurz und farblos geblieben.

Das Geheimnis von Hannis Schönheit bestand darin, dass sie gar nicht schön war. Auch heute, im Alter von sechsundvierzig, hatte sie etwas von einem Jungen. Zart, hochgewachsen und eigensinnig – mit scheuem Blick und kleinen, harten Fäusten.

Das ungeduldige Gemurmel im Bus schwoll an und holte Adolf zurück in die Realität. »Keine Ahnung, worauf wir da so lange warten«, nörgelte eine untersetzte Frau, die sich hinter ihm im Gang aufgebaut hatte. Durch ihr gelbes, viel zu enges Kleid sah er ihre große schwarze Unterhose, die am Bauch einschnitt. Die Mischung aus Vorwurf und Selbstmitleid in ihrem Tonfall ließ ihn an seine Mutter denken. Er riss seinen Blick von Hanni los, blinkte und trat aufs Gas.

An der Endstation am Bahnhof von Merk stand Hanni auf.

»Mach's gut«, sagte Adolf, als sie ausstieg.

Da wandte sie sich zu ihm um. »Bis später!« Sie lachte dieses Hanni-Lachen, das vor allem ihren Augen entsprang. Den Mund öffnete sie bloß, um ihre Schneidezähne zu zeigen. Dabei zog sie die Nase kraus.

»Es ist halt so, dass der Mensch nicht für den Stillstand gemacht ist«, philosophierte der Bus-Bertl. »Weder die Kinder noch die Alten. Und alle dazwischen sowieso nicht. Weil nur die wenigsten wissen, wohin ihre Reise gehen soll, fahren sie halt im Kreis. Das ist immerhin besser als festzustecken.«

»Hmhm«, machte Adolf, um zu signalisieren, dass er zuhörte. Nach der gestrigen Schieflage bemühte er sich um eine friedliche Atmosphäre. Gedanklich war er jedoch im Bus zwischen Nonnendorf und Merk. Und hinter ihm saß Hanni.

Ob ihr Auto kaputt ist?, fragte er sich. In den letzten Monaten hatte er sie manchmal von der Kurve aus in den neuen silberfarbenen SUV steigen sehen, der seit dem Jahreswechsel im Carport stand. Ein Volvo, wenn er es richtig erkannt hatte.

Adolf interessierte sich nicht besonders für Autos, er fuhr ja Bus. Seinen alten Golf hatte er vor Langem verkauft, weil er im Jahr nie mehr als achthundert Kilometer gefahren war. Er brauchte kein Auto. Für den Weg zur Arbeit konnte er meist in den Bus eines Kollegen steigen. Nach zehn Stunden hinter dem Steuer hatte er abends keine Lust mehr auf sinnlose Spazierfahrten.

Er nahm sich vor, bei der nächsten Runde gezielt nach

Hannis Wagen Ausschau zu halten. »Bis später«, hatte sie gesagt. Das konnte nur bedeuten, dass sie auf dem Heimweg wieder den Bus nehmen wollte. War sie zur Arbeit gefahren oder hatte sie Urlaub? Soweit er wusste, war Hanni Buchhalterin.

»Was würdest du dem dann raten?«, fragte der Bus-Bertl und öffnete mit einem lauten Zischen seine zweite Apfelsaft-Flasche. Adolf sah ihn verwirrt an. Er hatte keine Ahnung, wovon Bertl sprach, aber das durfte er sich nicht anmerken lassen. War nicht zuvor von Stillstand die Rede gewesen? Es ging beim Bus-Bertl doch stets ums Busfahren.

»Da gibt's nur zwei Möglichkeiten«, sagte Adolf aufs Geratewohl, »aussitzen oder aufbrechen.«

»Das hast du schön gesagt!«, rief Bertl und gestikulierte vor Begeisterung so heftig, dass der Apfelsaft überschäumte. »Einen besseren Rat hätt ich dir auch nicht geben können!«

Adolf steckte sein Pausenbrot wieder in die Tasche. In seinem Magen vollführte heute eine junge Ziege Bocksprünge.

»Lass mich aus dem Spiel«, bat er und bemühte sich um einen freundschaftlichen Ton. »Schau, Bertl, ich gehör nicht zu deinen Fahrgästen. Die kannst du von mir aus therapieren. Ich brauch das nicht.«

Der Bus-Bertl leckte sich den Schaum von den Lippen und wischte sich die vom Saft klebrige Hand an der Hose ab. »Dass es dir in letzter Zeit nicht so gut geht, ist ja schwer zu übersehen. Wenn ich dich ein Stück mitnehmen kann, dann mach ich das gerne.«

Adolf wurde dieses Gerede langsam zu esoterisch. So kannte er seinen Freund gar nicht.

»Aussitzen oder aufbrechen«, wiederholte Bertl. »Du hast es ja selbst gesagt. Die Entscheidung liegt bei dir.«

Adolf atmete tief durch. »Ich werd's mir überlegen«, brummte er und stand von der Bank auf. Er nickte dem Bertl zu und machte sich auf den Weg zum Bahnhofsgebäude. Mittlerweile war die Sonne hinter den Wolken hervorgekommen. Ein Zitronenfalter taumelte vorbei. Und auch wenn er es nicht einmal vor sich selbst zugeben wollte, war Adolf neugierig, was der Nachmittag bringen würde.

Die Kühlerhaube und die Frontscheibe waren so spiegelblank, dass sich der Japanische Ahorn, der neben dem Carport wuchs, darin spiegelte. Adolf, der ohnehin zu den ruhigsten unter den Busfahrern der Stadt zählte, nahm die Kurve vor der Ortseinfahrt von Nonnendorf heute besonders langsam. Hannis Wagen sah aus wie neu. Soweit er das von hier aus beurteilen konnte, hatte er keinen Kratzer. Natürlich gab es auch Defekte, die von außen nicht sichtbar waren. Aber hätte sie dann das Auto nicht in die Werkstatt gebracht?

Das Haus im großzügigen sanft hügeligen Garten wirkte wie ein Werbefoto auf der Webseite eines Immobilienbüros – schlicht, modern und auf auffällig unauffällige Art teuer. Aus reiner Gewohnheit griff Adolf in die Packung mit den Schnitten. Aber heute schmeckten sie ihm nicht so recht. Die rebellische Ziege in seinem Magen wollte nicht gefüttert werden.

Er entdeckte sie sofort. Sie saß etwas abseits auf der Mauer, die den Pendlerparkplatz umgab. Den Rücken an den schwarzen Gitterzaun gelehnt, beobachtete sie die

Tauben, die über den Asphalt trippelten in der Hoffnung, dass einer der Wartenden ihnen ein paar Krumen zuwarf. Als der Bus einfuhr, sprang sie auf, schirmte ihre Augen mit der Hand ab und winkte Adolf zu. Das knielange Kleid mit den Booten ließ sie femininer wirken, als er sie in Erinnerung hatte. Vorne an ihren flachen roten Schuhen saßen Maschen. Sie kam auf den Bus zu, das kinnlange Haar wippte im Takt ihrer Schritte. Hanni wartete ab, bis die letzten Fahrgäste ausgestiegen waren. Eine Gruppe zwölf- bis dreizehnjähriger Mädchen drängte kichernd ins Freie, gefolgt von einem alten Ehepaar mit bunten Walkingstöcken.

Noch bevor Adolf seinen Sitz verlassen konnte, kletterte Hanni in den Bus und setzte sich wieder schräg hinter ihn. Er hatte jetzt eigentlich zehn Minuten Pause. Meist nutzte er die Zeit, um einen Kaffee am Automaten im Busbüro zu kaufen und aufs Klo zu gehen. Den Bus sperrte er währenddessen ab, und die Fahrgäste mussten an der Haltestelle warten. Gemäß der Vorschrift hätte er Hanni jetzt bitten müssen, wieder auszusteigen.

»Alles gut bei dir?«, fragte er stattdessen und setzte sich so, dass er sie direkt ansehen konnte.

Hannis Blick flackerte, und es wirkte fast so, als wäre sie erschrocken oder hätte keine Lust auf diese Unterhaltung. Er wollte sich schon wegdrehen, da zog sie die Nase kraus und lachte.

»Es ist Sommer«, sie schüttelte den Kopf, »wenn die Sonne scheint, kann es einem nur gut gehen!«

Ihr feines Haar hatte sich am Sitzpolster statisch aufgeladen und stand jetzt ab. Hanni liebte den Sommer – Schwimmen, Tretboot fahren, Kirschen stehlen und Wassermelonenkerne spucken.

»Und du?« Sie lehnte die Stirn an den schmutzigen Sitzbezug. »Was machst du immer?«

»Busfahren«, antwortete Adolf wahrheitsgemäß.

Abermals lachte sie laut auf. Dabei schnellte ihr Oberkörper ruckartig vor, um sofort wieder in den Sitz zurückzufallen.

»Ich auch!«, rief sie, »ab heute fahr ich bei dir mit! Wusstest du, dass ein neues Auto hundertdreiundzwanzig Gramm CO_2 pro Kilometer ausstößt?« Als er nicht antwortete, fuhr sie fort: »Ich auch nicht. Leni hat das letztens beim Abendessen erzählt.«

»Wer ist Leni?«, fragte Adolf.

»Meine Tochter.« Hanni beugte sich zu ihm vor. »Sie hat das in Sachkunde gelernt. Und wenn wir ehrlich sind, Adolf, wissen wir das doch auch. Nicht die exakten Zahlen, aber dass es viel zu viel ist, um jeden Meter mit dem Auto zu fahren.«

Er nickte. Dann lag es wirklich in gewisser Weise an ihrem Auto, dass sie jetzt den Bus nahm.

»Und deine Steine?« Hanni hatte die Angewohnheit, plötzlich das Thema zu wechseln und ihre Gesprächspartner mit ihren Gedankensprüngen zu verwirren.

Damals hatte Adolf an keinem Stein vorbeigehen können, ohne ihn aufzuheben und zu betrachten. Er war fasziniert von ihren Farben, Formen und Strukturen gewesen. In seiner Hand waren harte, kalte Kiesel warm und lebendig geworden. Ihm war, als würde in ihnen ein Herz schlagen. Er hatte sich ausgemalt, was sie alles erlebt hatten – Mammuts, Raubritter, Kriege und Überschwemmungen.

»Kistenweise im Keller«, antwortete er. »Falls du deine Terrasse pflastern möchtest, greif nur zu.«

Mit einem Mal waren sie wieder zwölf, saßen Seite an Seite im Bus und lachten. Bis die anderen Fahrgäste kamen und Adolf wieder zum Busfahrer wurde. Da startete er den Motor und fuhr Hanni nach Hause.

11

»Ich hab schon geglaubt, du kommst gar nicht mehr!«, rief Mutter aus dem Wohnzimmer. »Die Krautrouladen sind kalt. Die musst dir halt selber wieder aufwärmen.«

Adolf war heute wieder zu Fuß nach Hause gegangen. Seit Hanni zweimal täglich seinen Bus nahm, brauchte er Bewegung, um sich zu beruhigen.

Bisher hatte er körperliche Anstrengung jeglicher Art vermieden. Statt quer durch die Stadt zu laufen, hatte er lieber eine Dreiviertelstunde auf den nächsten Bus gewartet. Über die Jahre war er immer dicker geworden und kam nun schnell außer Atem. Schlank war er nie gewesen, allerdings hatten die vielen Kekse, Schnitten und Schokoriegel, die er täglich zwischen den Mahlzeiten naschte, deutliche Spuren hinterlassen. Sein Bauch wölbte sich unter der Uniform, und beim Zähneputzen blieb sein Blick immer öfter an seinem Doppelkinn hängen.

»Du wolltest doch heut den Vater gießen!«, schimpfte Mutter aus dem Nebenraum, als er gerade die Auflaufform in die Mikrowelle schob.

»Es hat doch eh geregnet«, brummte er und stellte den Timer auf zwei Minuten ein.

Da erschien sie auch schon im Türrahmen. Sie hatte wieder diesen vorwurfsvollen Gesichtsausdruck, den er nicht leiden konnte.

»Ich hör dich drüben nicht. Du musst schon rüberkommen, wenn du mir was sagen willst.«

Will ich ja gar nicht, dachte er und wiederholte laut: »Es hat doch gestern mehr als genug geregnet.«

»Einmal in der Woche gehört es sich halt einfach«, beharrte Mutter.

Adolf nahm eine Bierflasche aus dem Kühlschrank und kramte in der Besteckschublade nach dem Öffner.

»Der Wind hat sicher wieder die Vase umgeworfen oder die Laterne zum Nachbarn geweht.«

Die Mikrowelle klingelte. Er griff nach einem Topflappen.

»Hast du vielleicht neuerdings was Besseres zu tun?« Mutter stemmte die Hände in die Hüften.

Da reichte es Adolf. Er warf den Topflappen auf die Arbeitsplatte und den Bieröffner zurück in die Schublade. Dann drängte er sich an Mutter vorbei, schlüpfte in seine Halbschuhe und sein Jackett, stürmte aus der Wohnung und ließ die Tür ins Schloss fallen.

Auf dem Friedhof hüpfte ein Rotkehlchen zwischen den rot blühenden Eisbegonien mit ihren wachsartigen Blättern umher und pickte in der schwarzen Erde. Irgendwo im Efeu, der sich an den alten Bäumen emporrankte, sang eine Amsel. Nach acht war es ruhig hier. Im Sommer kamen die Rentner am frühen Abend zum Gießen. Jetzt saßen sie längst zu Hause vor dem Fernseher und sahen sich das *Traumschiff* an. Jüngere Leute waren auf dem Friedhof nur selten anzutreffen.

Adolf saß auf der Bank neben der vierhundertjährigen Eibe und lauschte dem Zwitschern der Amsel. Über seinem Kopf tanzten Mückenschwärme im Abendlicht. Er hatte seine Pflicht erfüllt, drei Kannen Wasser über dem ohnehin feuchten Grab verteilt und die Vase aufgestellt. Mutter hatte wieder einmal recht gehabt, der Sturm hatte das halb transparente Behältnis, auf dem zwei Engel abgebildet waren, die selig die Augen verdrehten, tatsächlich umkippen lassen.

Die Abendluft war angenehm. Es duftete nach Lindenblüten und nach frisch gemähtem Gras. Obwohl sein Magen knurrte, hatte er nicht die geringste Lust, in die stickige Wohnung zurückzukehren, wo es nach Krautrouladen roch und nach Mutters Haarspray.

Adolf hatte seit dem Frühstück nur ein paar Schnitten mit Haselnusscreme gegessen. An so viele Stunden ohne Nahrungszufuhr war sein Körper nicht gewöhnt. Jetzt war ihm schwindlig, und er fühlte sich matt. Er ärgerte sich darüber, dass Hanni ihn so leicht aus dem Konzept bringen konnte. Es durfte nicht wieder vorkommen, dass er das Essen vergaß, nur weil sie ein paar Worte mit ihm wechselte. Ganz gleich, was sie sagte und wie ausgelassen sie lachte, sie war verheiratet. Er war keine fünfzehn mehr, und sie war nicht mehr die Hanni von damals.

Plötzlich fiel Adolf sein Pausenbrot wieder ein. Er tastete sein Jackett ab und fand das in Alufolie gewickelte Paket in der linken Tasche. Der Käse war warm und von den Tomatenscheiben aufgeweicht. Aber es schmeckte gut.

Adolf aß und ließ seinen Blick über die Gräber schweifen. Mutter schickte ihn regelmäßig zum Friedhof. Rund um Allerheiligen und Weihnachten musste er Kerzen anzünden oder die LED-Lichter austauschen. Im Frühjahr musste er Stiefmütterchen einpflanzen, gießen und Unkraut jäten. Im Sommer die Stiefmütterchen durch Eisbegonien oder Tagetes ersetzen und noch mehr gießen.

Mutter blieb zu Hause. Sie behauptete, das Bücken und Schleppen wäre nichts für ihr marodes Kreuz. Adolf wusste, dass sie schlicht und einfach zu wütend auf Gottfried Schweiger war, um ihm diese Dienste zu erweisen. Er konnte es ihr nicht verdenken, schließlich verspürte er selbst keinerlei Sehnsucht nach seinem Vater.

Weil er Mutters Jammern und Nörgeln nicht mehr ertragen hatte, kümmerte er sich seit Jahren alleine um das Grab. Er wusste, dass es ihr dabei ausschließlich um ihren guten Ruf ging. Wie sah denn das aus, wenn sie das Grab verwahrlosen ließ? Da würden die Leute doch reden.

Ihm selbst war das Gerede der Leute genauso egal wie das Grab und sein Vater darin.

Als Kind hatte er sich manchmal das Skelett tief unter der schwarzen Blumenerde vorgestellt, dem das linke Bein fehlte. Die Ärzte hatten es seinem Vater abgeschnitten, als Adolf vier Jahre alt gewesen war. Jahrelang hatte es ihn beschäftigt, und mit zehn hatte er dann das erste Mal gefragt. Hatte man das Bein begraben, zu Hundefutter verarbeitet oder in einer großen Tiefkühltruhe im Keller des Krankenhauses aufbewahrt, neben den Körperteilen der anderen Patienten?

Mutter war wütend geworden und hatte ihm verboten, noch einmal mit dem Thema anzufangen. Hanni hingegen war von seinen Überlegungen fasziniert gewesen.

Die dritte Theorie gefiel ihr am besten. Unzählige Busfahrten zur Schule und wieder zurück hatten die beiden damit verbracht, sich diese Tiefkühltruhe im Keller des Krankenhauses von Merk auszumalen. Randvoll mit Fingern, Armen, Beinen, Nieren, Augen und Blinddärmen, die fein säuberlich in durchsichtigen Plastiksäcken abgepackt und mit Name und Datum beschriftet waren.

»Wenn du dann stirbst, bekommst du deinen Blinddarm zurück«, hatte Hanni erklärt, »und ich meine Mandeln.«

»Bauen die das dann wieder ein?«, hatte Adolf mit leichtem Schaudern gefragt.

»Natürlich nicht, Dummi! Das passt ja dann gar nicht mehr – wir sind ja weitergewachsen.«

Das hatte ihm eingeleuchtet.

»Und wer weiß, was wir bis dahin noch alles verlieren«, hörte er ihre Stimme in seinem Ohr. »So ein Leben kann ja ganz schön lang und gefährlich sein.«

Die Sonne versank hinter der Weißenhof-Siedlung und ließ die Fenster des Einkaufszentrums auf der anderen Seite des Friedhofs rotgolden aufleuchten. Adolf saß auf der Bank unter der alten Eibe, kaute an seinem Käsebrot und dachte an Vaters Bein. Und an Hanni.

»Und wie schaut's aus, das Grab?«, fragte Mutter, die natürlich den Schlüssel im Schloss gehört hatte. Sie trug ihr lila geblümtes Nachthemd und roch nach Handcreme.

»Nass«, sagte Adolf, trottete in die Küche und holte sich das Bier, das seine Mutter wieder zurück in den Kühlschrank gestellt hatte. Er öffnete es und nahm es mit in sein Zimmer.

12

Er wollte kein Eis. Weder Schoko noch Banane, nicht einmal Pfefferminz. Das war sonst seine Lieblingssorte, weil es türkis war und nach Kaugummi schmeckte.

Auch mit den bunten Eislutschern konnte Mama ihn nicht locken. »Fehlt dir was?«, fragte sie ihn immer wieder.

Er schüttelte den Kopf.

Mama machte sich Sorgen, weil er nicht im Pool planschen wollte. Er kauerte auf der Wohnzimmercouch vor dem Fernseher. Bunte Figuren turnten über den Bildschirm, doch er blickte durch sie hindurch. Mama legte ihm im Vorbeigehen manchmal die Hand auf die Stirn. Er hatte kein Fieber. Er durfte nur nicht an die Eiskristalle denken, die sich unten im Keller um die Eislutscher legten. Wie weiße Blumen blühten sie. Sie wuchsen und wucherten. Überzogen die Kartonbox, die Plastikfolie und das bunte Fruchteis darin mit einer weißen Membran. Ganz fein, fast durchsichtig.

Noch konnte man die rot-grün-gelbe Spirale und den Schokoüberzug an ihrer Spitze durchsehen. Doch sie wuchsen und wuchsen, wurden zu einer weißen Haut. Zu einem eisigen Pelz, dicht gewebt aus Eiskristallen. Das, was darunter war, verblasste, erstickte und verschwand für immer im kalten Weiß.

Doch, ihm fehlte etwas. Er wollte Papa zusehen, wie er den Rasenroboter programmierte oder den Poolroboter reinigte. Ganz still würde er sein, nicht hinfassen und keine dummen Fragen stellen. Er würde nicht mit der Gabel über den Teller kratzen, das Wasserglas nicht mehr mit beiden Händen packen und ohne Murren schlafen gehen. Er war doch schon groß jetzt. Er konnte den Mund halten und lange stillsitzen. Nie wieder würde er sich mit Leni zanken.

Wenn Papa nur zurückkäme.

13

Freitagmorgen streckte Hanni ihm einen Stein entgegen, als sie in den Bus stieg. Er hatte die Größe einer Avocado, war mittelgrau und warm von ihrer Hand.

»Den hab ich im Garten gefunden«, sagte sie, während sie ihr Ticket bezahlte.

Adolf wog den Stein in seiner Handfläche. Er fühlte sich gut an – schwer und glatt bis auf zwei leicht erhabene weiße Linien, die ihn wie ein Band umgaben.

»Du musst ihn nass machen«, flüsterte sie und nahm das Ticket und das Wechselgeld entgegen. Sie war heute eine Stunde früher dran. Zu dieser Zeit war der Bus voll besetzt mit Schülern unterschiedlichen Alters. Hanni fand einen Platz in der dritten Reihe. Jedes Mal, wenn er in den Spiegel sah, traf ihn ihr Blick. An der Endstation verlor er sie in der Menge aus den Augen.

In der Mittagspause hielt er Hannis Stein im Waschraum des WCs unter den Wasserstrahl. Das matte Grau verfärbte sich in ein intensives Meerblau, das die weißen Linien wie Schaumkronen auf den Wellen leuchten ließ. Er setzte sich mit dem nassen Stein in der Hand auf die Bank hinter dem alten Bahnhofsgebäude und betrachtete ihn in der Sonne. Feine gelbe Sprenkel und dunkle Adern durchzogen das Blau, stellenweise war es durchscheinend, dann wieder dicht und dunkel. In der heißen Luft trocknete die funkelnde Oberfläche schnell und zog sich unter den schützenden Grauschleier zurück.

Als der Bus-Bertl kam und sich neben Adolf setzte, war der Stein wieder zu einem unauffällig grauen Flusskiesel geworden. »Gestern hab ich deine Knopffrau gesehen«, erzählte Bertl und stellte seine Apfelsaftflasche auf die Bank.

»Wohin war sie unterwegs?«, fragte Adolf.

»Bei mir steigt sie ja nicht ein. Aber ich glaube, es geht ihr gar nicht gut.«

Adolf horchte auf. Die Knopffrau nahm seinen Bus, weil sie bei ihm in ihrer Währung zahlen konnte, das war ihm bewusst. Aber er mochte sie, und er konnte selbst nicht genau sagen, warum. Sie war eine Streunerin, die sich manchmal vor dem Regen, vor dem Wind oder vor der Sonne in den Autobus flüchtete. Er wusste nichts von ihr. Hatte keine Ahnung, woher sie kam und wohin sie unterwegs war. *Wahrscheinlich weiß sie das selbst nicht*, dachte er. »Was ist mit ihr?«, fragte er und wog den Stein in seiner Hand.

»Nervös ist sie. So als wäre ihr jemand auf den Fersen. Sie schaut sich ständig um, läuft hin und her. Zweimal ist sie hingefallen – der Länge nach auf den Gehsteig.«

Adolf winkte ab. Die Knopffrau war sehr vorsichtig. Sie mochte es nicht, wenn ihr jemand zu nahe kam. Den Bus nahm sie nur, wenn er fast leer war. Sie wählte immer einen Sitzplatz im hinteren Bereich. Ihr Geruch hielt ihr die anderen Fahrgäste vom Leib. Wenn sich doch einmal jemand in ihre Nähe setzte, sprang sie auf, flüchtete zum Ausgang und stieg an der nächsten Haltestelle aus.

Wahrscheinlich hatte irgendwer sie erschreckt, das

würde ihre panische Reaktion erklären. Die Jugendlichen, die den ganzen Tag am Bahnhof herumhingen, konnten boshaft sein, wenn ihnen langweilig war. Und das war ihnen meistens.

»Wer weiß, was sie erlebt hat«, murmelte er und ließ den Stein von der einen Hand in die andere gleiten.

Bertl nickte, klemmte die Apfelsaftflasche zwischen seine Knie und schraubte sie auf.

»Langos morgen um elf?«

Bevor Adolf antworten konnte, war Hanni schon aus dem Bus gestiegen. Sie drehte sich kurz um und ließ ihre Zähne aufblitzen. Ihr Lachen war ein Fauchen, das ihn herausforderte. Adolf war viel zu verdutzt, um zu reagieren. Er schloss die Tür und fuhr an.

Damals hatten sie sich samstags oft einen Langos geteilt. Weil Adolf kein Taschengeld bekam, hatte sie ihn gekauft und dann mit fachmännischem Blick in zwei Hälften gerissen. Er erinnerte sich an den lauwarmen salzigen Teig im Mund. An das Fett, das ihm aus den Mundwinkeln übers Kinn gelaufen war. Fettige Hände, salzige Fingerspitzen. Leichte Übelkeit, Durst und Hannis öliges Lachen.

»Ja«, sagte er zur Verwunderung der alten Frau Ramsauer, die neben dem Fahrersitz an der Tür stand, laut zu sich selbst, »ich komme.«

14

Mutter merkte es. Er versuchte, sich so normal wie möglich zu verhalten, aber das half nichts. Sie musterte ihn, wenn er nach Hause kam. Tastete seinen Rücken mit ihren Blicken ab. Belauerte ihn. Die Art, wie sie die Leberknödelsuppe auf den Tisch stellte, war eine Anklage. Jeder Schöpfer, den sie in seinen Teller goss, eine Unterstellung. Ein Dutzend Fettaugen starrte ihn an und ließ ihn an morgen und an den Langos denken.

Mutter las seine Gedanken wie den Anzeigenteil der Zeitung. Todesanzeigen, schwarz umrahmt. Etwas lag im Sterben, das spürte sie. Seit Tagen trug sie ihr Begräbnisgesicht. Ihr Gang war langsamer, ihre Schritte schwer von Selbstmitleid.

Adolf aß alles auf, auch wenn er keinen Hunger hatte. Der fette Langos lag ihm jetzt schon im Magen. Er führte den Löffel locker, fragte sie nach den Blutwerten und nach ihrer Damenrunde. Das war ein Fehler. Das tat er sonst nie. Sie nickte nur knapp, hatte ihn fest im Blick, ohne ihn anzusehen. Mutter konnte das.

Als er aufstand, um sich sein Bier aus dem Kühlschrank zu nehmen, begann sie: »Morgen fahren wir gemeinsam zum Vater, habe ich mir gedacht.«

Er hielt die kalte Flasche mit beiden Händen an den Bauch gepresst.

»Ich war doch erst auf dem Friedhof. Da passt alles.«

»Ich will es halt auch sehen. Vielleicht was ändern. Die Blumen düngen, die Laterne putzen.«

Die Bierkapsel biss ihn mit ihren spitzen Zähnen in den Bauch. »Gräber düngt man nicht«, presste er hervor.

»Als wenn du was davon verstehen tätest!«

Ihre Stimme packte ihn von hinten am Nacken, da wehrte er sich.

»Knochen, Fingernägel und Haare, da wachsen die Blumen ganz von selbst und blühen wie verrückt. Wer braucht da noch Hornspäne?«

Er drehte sich zu ihr um, genoss die Wut in ihren Augen.

»So spricht man nicht von den Toten. Er ist trotz allem dein Vater.«

»So ist das halt, da lässt sich nichts schönreden«, erwiderte er und nahm den Flaschenöffner aus der Schublade.

»Du redest von Sachen, von denen du keine Ahnung hast. Was weißt du schon vom Leben und vom Sterben!« Mutter wischte den Tisch energisch mit einem Stück Küchenrolle ab. »Kommst du jetzt mit morgen?«

»Morgen geht's nicht.«

»Was hast du denn vor, was nicht warten kann?« Da war wieder dieses Lauern in ihrer Stimme.

»Ich treff den Bertl.« Er machte sich auf den Weg zur Tür.

»Den triffst du doch eh jeden Tag.«

»Und morgen eben auch. Wir haben was zu besprechen.«

»Und worum geht's da, dass es nicht bis Montag warten kann?« Sie glaubte ihm kein Wort, das sah er ihr an.

Adolf trank einen Schluck kaltes Bier aus der Flasche und unterdrückte ein Lachen. »Ums Leben und ums Sterben«, antwortete er.

15

Die Stadt war voller Kinder. Grundschüler, die in Begleitung ihrer Großeltern Eis aus Bechern löffelten, mit den Eltern Kleidung für den Sommer oder Ausrüstung für den Urlaub aussuchten. Zwölf-, Dreizehn- und Vierzehnjährige, die in Gruppen auf den Bänken im Park saßen. Die Älteren schliefen wohl noch. *Früher sind die Kinder lauter gewesen*, dachte Adolf, als er auf den Langos-Stand zuging. Sie hatten mehr geredet, gerufen, gelacht. Heute lärmten und sangen ihre Handys, und die Kinder starrten wie gebannt auf den Bildschirm.

Im Inneren des Standes zischte heißes Fett in der Pfanne. Frau Swoboda nahm einen der Teigfladen, die sich neben dem Ofen stapelten, und ließ ihn ins Öl gleiten. Adolf nickte ihr zu und lehnte sich an die Theke. Frau Swoboda hatte ein großes, eckiges Hinterteil, einen kräftigen Rücken und sehnige Arme, die nackt aus der ärmellosen Schürze herausragten und nicht so recht zu ihrem Körper passen wollten. Die breiten, ehemals weißen Träger ihres Büstenhalters waren gelblich vom Frittierfett. An ihren langen, faltigen Ohrläppchen baumelten goldene Ohrringe.

Auf einmal kitzelte ihn etwas an der Wange, und Hannis Gesicht tauchte neben ihm auf. »Zwei Langos!«, rief sie und lehnte sich neben ihn. Sie trug Jeans-Shorts und ein zitronengelbes T-Shirt.

»Heute sündige ich«, verkündete sie, griff in den Serviettenständer und zog zwei dünne weiße Servietten heraus. »Ich bin mit dem Auto da.« Eine Serviette legte sie vor Adolf aufs Pult, die andere behielt sie in der Hand. »Wir essen Langos, bis uns schlecht wird.« Sie lachte.

»Wie geht's deiner Tochter?«, fragte Adolf, weil ihm nichts Besseres einfiel. Immerhin war heute der erste Ferientag, da erschien ihm die Frage passend. Nach ihrem Mann wollte er sich nicht erkundigen. Und sonst wusste er nichts von ihrem Leben.

»Leni und Lukas wollten sofort nach der Zeugnisverteilung zu meinen Eltern. Die haben vor Kurzem einen jungen Hund bekommen. Balu sieht aus wie ein Schaf und schlägt Purzelbäume. Da kann ich natürlich nicht mithalten.«

Frau Swoboda reichte ihr den ersten Langos, und Hanni gab ihn an Adolf weiter. Er war in eine fettgetränkte Serviette eingeschlagen.

»Ich schätze, ich sehe die beiden jetzt mindestens eine Woche nicht. Irgendwann hat meine Mutter dann genug und schickt sie wieder nach Hause.«

Jetzt bekam auch Hanni ihren Langos. Sie zahlte, biss ein Stück ab und schlug mit vollem Mund vor: »Lass uns zum Brunnen schauen.«

Seite an Seite schlenderten sie über das heiße Kopfsteinpflaster der Altstadt, jeder mit seinem Langos in der Hand. Der Garten des Cafés *Zum Franz* war bis auf den letzten Tisch besetzt. Es roch nach Toast und nach frischen Croissants. Schmutzig graue Tauben rauften sich um ein mit Ketchup verschmiertes Brotstück und beschleunigten ihre Trippelschritte, um den Fußgängern auszuweichen.

Hanni trug Riemchensandalen aus braunem Leder. Ihre

Füße mit den runden Nägeln erinnerten Adolf an damals, als er mit dem Kugelschreiber Muster auf ihre staubigen Fußsohlen gemalt hatte. Ihm war, als sei er wieder vierzehn. Seine Handflächen waren feucht und salzig, in seinem Bauch rumorte es. Vor ihm lag ein ganzer langer Sommer, und neben ihm lief Hanni, plaudernd und lachend.

Am Brunnen angekommen, setzte sich Hanni auf den steinernen Rand, obwohl ein Schild darauf hinwies, dass das verboten war. Sie streifte ihre Schuhe ab und tauchte die Füße ins Wasser.

»Komm schon!«, rief sie und klopfte auf den Platz neben sich.

Er fühlte sich unbehaglich, sah sich kurz um und ließ sich schließlich doch neben sie auf den warmen Stein plumpsen. Während sie ihren Langos schon fast aufgegessen hatte, hatte er von seinem erst zweimal abgebissen.

»Läuft alles nach Plan bei dir?«, fragte sie und bewegte die Füße im Wasser, als würde sie rückenschwimmen.

Adolf kaute heftig, doch das Teigstück in seinem Mund wurde immer größer. Er hatte keinen Plan. Genau das war sein Trick. Sie sollte das wissen! So ein Plan machte die Menschen unzufrieden, weil sie kaum je das erreichten, was sie sich vorgenommen hatten. Darüber hatten sie doch damals so oft gesprochen. Deshalb hatte er mit fünfzehn beschlossen, planlos durch sein Leben zu gehen.

Vielleicht hatte sie damals aufgehört, ihm zuzuhören.

Er nickte und schluckte. »Alles bestens! Bei dir ja offensichtlich auch.«

Sie hob die Füße kurz an und ließ sie wieder ins Wasser fallen, dass es spritzte. »Es könnte nicht besser sein! Blauer Himmel, siebenundzwanzig Grad im Schatten und du neben mir. Ich fühle mich wie fünfzehn!«

Ihm schien es, als könne sie nicht stillsitzen. Immer noch kämpfte er heftig kauend gegen den mittlerweile kalt gewordenen Teigfladen an, während Hanni auf ihrem Sitzplatz hin und her rutschte. Manchmal kitzelte ihn der blonde Flaum an ihren braunen Unterarmen. Sie warf den Kopf in den Nacken und sah zu den Tauben auf den Dächern auf. »Jetzt habe ich Lust auf ein Eis«, stellte sie fest, »lass uns ins Freibad gehen.«

Adolf schüttelte so heftig den Kopf, dass er sich in die Wange biss. Er war seit fast dreißig Jahren nicht mehr im Schwimmbad gewesen. »Ich habe keine Badehose dabei«, murmelte er und befühlte mit der Zunge die wunde Stelle im Mund. Süßliches Blut mischte sich mit dem salzigen Geschmack des Langos. Die Wunde brannte.

»Wir kaufen einfach eine«, schlug sie vor. »Der Sommerschlussverkauf hat längst begonnen. Verrückt, nicht?«

»Ich geh nicht ins Wasser«, widersprach er heftig.

»Ach bitte, Adolf, komm schon!« Sie stützte sich mit einer Hand am Brunnenrand ab und wandte sich ihm zu. Ihr Gesicht war seinem so nah, dass er ihr Shampoo riechen konnte. Da nickte er. Und als sie ihre Sandalen anzog, erhob er sich und folgte ihr.

16

Die Blätter der Linden malten ein Sprenkelmuster aus Licht und Schatten auf die Decke. Adolf lag auf dem Rücken, atmete die warme, süße Luft und blinzelte, wenn ihn ein durchs Geäst dringender Sonnenstrahl blendete. T-Shirt und Hose hatte er anbehalten und lediglich die Schuhe ausgezogen. Trotzdem fühlte er sich wie im Urlaub. Das Kreischen der Kinder, das Plätschern und Spritzen versetzte ihn zurück ihn die schier endlosen Sommer seiner Kindheit.

Ein guter Schwimmer war er nie gewesen, doch das Springen vom Zweimeterbrett und das Paddeln auf der Luftmatratze hatten ihm Spaß gemacht. Hanni hatte Ohrringe, Haarbänder und die eine oder andere Halskette vom Grund des Beckens heraufgetaucht und sie ihm unter die Nase gehalten. Manchmal war es ihm gelungen, sie zu überreden, die Fundstücke beim Bademeister abzugeben. Doch meist wollte sie sie behalten. Sie konnte schwimmen wie ein Delfin und ließ keine Gelegenheit dazu aus.

Ihre Schwimmsachen hatte sie auch heute noch den ganzen Sommer über im Auto dabei, wie sie ihm auf dem Weg zum Freibad erklärt hatte. »Ein großes Becken ist einfach etwas anderes als ein Pool«, sagte sie. »Und das Allerbeste ist überhaupt der See. Da müssen wir unbedingt wieder einmal hin!«

Er ließ sich sein Erstaunen über ihre plötzliche Kontaktfreudigkeit nicht anmerken. Doch insgeheim machte er sich Gedanken. Bedeuteten ihre Worte, dass sie ihn jetzt öfter treffen wollte? Er versuchte, die aufkeimende Hoffnung sofort zu ersticken. Er durfte der Freude keine Luft zum Atmen geben. Schon spürte er, wie sie sich in seiner Brust ausbreitete und groß werden wollte.

»Die Hoffnung ist das Tor zum Unglück«, hallte Mutters Stimme in seinem Kopf. *Mutter und ihre Sprüche*, dachte er und verjagte eine Fliege, die über seine Stirn krabbelte. Trotzdem musste er vorsichtig sein. Hanni hatte schließlich ihre Familie. Vielleicht war ihr langweilig, weil die Kinder ausgeflogen waren. Hatte sie sich etwa mit Dirk zerstritten? Er dachte an den großen, braungebrannten Mann im dunkelblauen Poloshirt, den sie ihm damals, als sie sich nach der Matura in der Stadt begegnet waren, vorgestellt hatte.

Ihm war es so vorgekommen, als wäre er, Adolf, ihr plötzlich peinlich.

»Adolf, ein Bekannter«, hatte sie ihn vorgestellt und seinen Namen dabei halb verschluckt. Nur das »Olf« war zu hören gewesen. Dabei war sie es doch gewesen, die ihm im Alter von zwölf erklärt hatte, dass es gar nicht schlimm sei, so zu heißen. *A ist ein guter Anfang* – von wegen.

Ein Schatten fiel auf ihn, gefolgt von einem Sprühregen aus kalten Wassertropfen. Hanni war aus dem Becken zurückgekehrt und legte sich neben ihn auf den Bauch. Das Haar klebte ihr nass am Kopf, unter ihren feuchten Wimpern funkelten ihre Augen. Kleine Rinnsale flossen ihren Hals hinunter. Er konnte die Kühle spüren, die von ihrem nassen Körper ausging.

»Na«, sagte sie und lachte, »du bist wohl auch so müde wie ich. Seit Tagen schon kann ich nicht schlafen.« Sie gähnte. »Das muss am Mond liegen.«

Sie bettete ihren Kopf auf die Unterarme und schloss die Augen. »Weck mich in einer Stunde«, flüsterte sie.

Adolf nickte. Wenige Augenblicke später war sie eingeschlafen, wie er aus ihren tiefen, gleichmäßigen Atemzügen schloss.

Es war wie im Traum – plötzlich, nach dreißig Jahren, lag Hanni nur eine Handbreit entfernt neben ihm und schlief. Tropfnass, mit Gänsehaut auf den Schultern und feinen Linien um die Augen, den Mund leicht geöffnet. Manchmal zuckten ihre Lider.

Adolf machte ebenfalls die Augen zu. Er sog den altvertrauten Geruch von Chlorwasser, Sonnenmilch und Lindenblüten tief ein. In ihm wurde es ruhig, warm und weit. Etwas löste sich, und auf einmal durchströmte ihn wieder der Sommer wie damals, als er noch ein Kind war. Von seinen Fußsohlen ausgehend zog sich ein angenehmes Prickeln durch seinen Körper bis hoch zur Kopfhaut. Er wollte gar nicht weiterdenken, sich nicht ausmalen, was vielleicht sein könnte. Jetzt, an diesem Samstag auf der Liegewiese im Freibad, mit der schlafenden Hanni an seiner Seite, war er so einverstanden mit dem Leben wie seit drei Jahrzehnten nicht mehr.

Er erwachte, weil ihm die Sonne auf die linke Gesichtshälfte brannte. Benommen setzte er sich auf und betrachtete Hanni, die in ihrem weiß-blauen Bikini ausgestreckt neben ihm lag. Über dem Bikini-Höschen hatte sie einen feinen weißblonden Flaum am Rücken und einige Sommersprossen. Ihr Haar war mittlerweile trocken. Noch lag sie im Schatten, doch die Sonne, die hinter den Kronen der

Linden aufgetaucht war, griff bereits nach ihren Unterschenkeln.

Adolf warf einen Blick auf sein Handy. 16:04 Uhr. Vorsichtig, um sie nicht zu wecken, zog er sich die Socken aus und stand auf. Er tastete die Taschen der Hose nach seiner Geldbörse ab und machte sich auf den Weg zum Kiosk. Es musste Jahrzehnte her sein, dass er barfuß über eine Wiese gegangen war. Die Pflastersteine vor dem Kiosk waren so glühend heiß, dass er beinahe umgekehrt wäre. Mit drei uneleganten Sprüngen rettete er sich in den schattigen Bereich direkt an der Theke.

Er kaufte zwei Tüten Eis, Walnuss für Hanni und Schokolade-Vanille für sich, und zwei Dosen Zitronenlimonade. Als er zur Decke zurückkehrte, war Hanni bereits aufgewacht. Sie hatte sich auf den Rücken gedreht und sah ihn an. Auf ihrem Bauch entdeckte er eine lange weiße Narbe. Ihr rechter Oberarm war mit blauvioletten Flecken übersät.

Sie musste seinen Blick bemerkt haben, denn als sie sich aufsetzte, um nach dem Eis zu greifen, erklärte sie: »Lukas hat Epilepsie. Mittlerweile sind die Anfälle selten geworden. Aber er kann ordentlich um sich schlagen.«

Durstig tranken sie die süßsaure Limonade und schleckten ihr Eis.

»Das ist aber eine Überraschung!«

Eine schrille Stimme ließ Adolf hochschrecken. Vor ihm stand eine Rubensfigur in einem grünen Zweiteiler, der der blassen Haut seiner Trägerin einen kränklichen Ton verlieh. Ein üppiger Bauch verdeckte die Bikini-Hose beinahe zur Gänze. Adolf schätzte, dass die Frau in ihren Sechzigern war. Ihre Schultern und Arme glänzten weiß von der reichlich aufgetragenen Sonnencreme. An ihren

Unterschenkeln traten mäandrierende Krampfadern in Dunkellila hervor. An ihr linkes Bein gepresst stand ein etwa dreijähriges, dickliches Mädchen. Es trug einen bonbonrosafarbenen Badeanzug mit Rüschen und lutschte an einer Schokobanane. Wangen und Kinn der Kleinen waren mit geschmolzener Schokolade verschmiert.

»Ein Sommertag wie aus dem Bilderbuch – nicht wahr!«, kreischte die Frau im grünen Bikini. »Nach so einer Woche im Linienbus, da tut die Sonne richtig gut, nicht wahr!«

Während sie sprach, saugte sich ihr Blick an Hanni fest. Adolf versuchte krampfhaft herauszufinden, wen er da vor sich hatte. Sie hatte kurzes rotes Haar mit weißen Ansätzen. Eine Bewohnerin des Mitterwegs war sie nicht, so viel stand fest. Ihre unangenehme Stimme kam ihm bekannt vor, nur hatte er keine Ahnung, wo er sie schon einmal gehört hatte. Vielleicht war sie ein Fahrgast? Immerhin sahen die Menschen angezogen ganz anders aus als in Badekleidung.

Er versuchte, sich auf ihr Gesicht zu konzentrieren: Sonnencreme auf der sonnenverbrannten Nase, zusammengekniffene Augen, die Hanni von Kopf bis Fuß musterten. Ein Doppelkinn.

»Ich bin mit der Celi da«, plauderte die Fremde fröhlich weiter. »Die Yvonne kriegt ja nicht frei. Selbst beim schönsten Sonnenschein wollen sich die Leute die Haare schneiden lassen.«

Yvonne! Endlich fiel es ihm ein. Das war Erna Breidl aus Mutters Damenrunde. Vor zwei Jahren hatten Mutter und Erna monatelang versucht, ein Treffen zwischen Ernas Tochter Yvonne und Adolf zu arrangieren. Erna hatte dabei viel Enthusiasmus an den Tag gelegt. Mutter war deutlich verhaltener gewesen, hatte jedoch nicht gewagt, ihre Freundin zu bremsen. Soviel er wusste, hatte Yvonnes Lebensgefährte sie damals mit zwei kleinen Kindern sitzengelassen.

Als sie sich dann trafen, fand Yvonne Adolf langweilig und vollkommen uncool. Adolf fand Yvonne schlicht und einfach dumm.

»Na, dann noch einen schönen Nachmittag mit der netten Begleitung.« Erna Breidl lächelte süßlich. »Und schöne Grüße an die Mutter!«

Damit zog sie so überraschend an der Hand der kleinen Celi, dass das Mädchen beinahe hingefallen wäre. Die Kleine winkte Adolf und Hanni mit ihrer schokoladenverschmierten Faust zu und stolperte hinter ihrer Großmutter her.

17

»Du bist wie dein Vater.« Mutter schrubbte mit heftigen Bewegungen die Spüle. Adolf versuchte, das Kartoffelpüree so schnell wie möglich aufzuessen. Die Hackfleischbällchen hatte er bereits hinuntergewürgt. Es war Sonntag, kurz vor 13 Uhr. Mutter hatte schon um zwölf gegessen. Er hatte den Vormittag über im Kellerabteil an seinem Fahrrad geschraubt, um ihr aus dem Weg zu gehen, und dabei die Zeit vergessen.

»Dass du das nötig hast.« Sie verteilte noch mehr Scheuermilch im Becken und auf der Abtropftasse und griff nach der Bürste. Ihr Oberkörper, der in einer blauen Kittelschürze aus Nylon steckte, begann dabei zu rotieren, zu zucken und zu beben. »Ich verstehe einfach nicht, warum du mich anlügen musst.«

Der chemische Geruch des Reinigungsmittels nebelte Adolf ein und nahm ihm fast den Atem.

»Das habe ich doch gar nicht«, log er.

»Du sagst mir, du triffst den Obermoser Hubert. Dabei hast du ein Date mit einer halb Nackten.« Mutter scheuerte den Edelstahl, als hinge ihr Leben davon ab.

»Das war doch nur eine alte Bekannte. Die haben der Bertl und ich eben getroffen. Was ist denn da bitte dabei.« Er schob das Püree mit der Gabel von links nach rechts.

»Die Erna hat erzählt, dass dir die Nackte fast auf dem

Schoß gesessen ist«, keuchte Mutter mit hochrotem Kopf. Nun wischte sie das Scheuermittel mit einem feuchten Schwamm ab.

»Aber geh! Die Breidl ist doch nur sauer, weil mich ihre Yvonne nicht interessiert hat.« Er legte die Gabel auf den Tisch.

»Als wenn die Yvonne dich überhaupt gewollt hätte!«, kam es von der Spüle.

»Ist mir auch recht«, knurrte Adolf. »Dann reg dich doch bitte nicht so auf, wenn ich einmal mit jemandem drei Worte wechsle.«

»Du gehst sonst nie ins Freibad. Das Schwimmen musst du ja längst verlernt haben, so lange, wie das her ist«, schnaufte sie. »Aber kaum zieht sich eine aus für dich, da springst du schon kopfüber ins Wasser.«

»Jetzt mach aber einen Punkt.« Er stand auf. »Das war doch nur ein Zufall. Die Frau ist übrigens glücklich verheiratet.«

Mutter, die gerade die Spüle trocken rieb, ließ das Tuch auf die Arbeitsplatte fallen.

»Das wird ja immer besser!«, rief sie. »Pass nur auf, Bub, so fängt es an. Und am Ende kommt das große Heulen. Sag dann nicht, ich hätte dich nicht gewarnt.«

18

Sonntagabend gingen Adolf und Hanni ins Kino. Sie hatte einen stupiden Actionfilm mit Verfolgungsjagden und endlosen Schießereien ausgesucht. Ihm war alles recht, im Dunkeln neben Hanni. Wenn sie in die gemeinsame Popcorntüte griffen, streifte ihn hin und wieder ihre Hand. Sie lachte über die plumpen Witze des Helden und seines Begleiters. Manchmal schubste sie Adolf. Er ließ den Film über sich ergehen und genoss ihre Nähe. Die meisten Zuseher waren männlich und zwischen vierzehn und einundzwanzig. Im stickigen Kinosaal wurden Hanni und Adolf wieder zu Pubertierenden, die die Köpfe zusammensteckten und einander Belanglosigkeiten zuflüsterten, nur um den Atem des anderen am Ohr zu spüren. Während der trotz zahlloser schwerer Verletzungen unerbittlich gegen das übermächtige Böse ankämpfende Held eine weitere Salve aus seinem Maschinengewehr abfeuerte, kitzelte ihn Hannis Haar an der Wange.

»Ich muss dir was sagen, Adolf.«

Ihr Atem roch nach Popcorn. Er sah das Weiß ihrer Augen und ihrer Schneidezähne im Dunkeln aufblitzen.

»Nicht jetzt. Nicht heute. Aber bald, sehr bald«, wisperte sie.

Die Dringlichkeit in ihrer Stimme jagte ihm einen Schauer über den Rücken. Er griff nach ihrer Hand. Kühl, trocken und ganz still lag sie in seiner warmen, feuchten. Nach wenigen Augenblicken besann er sich und ließ Hanni wieder los. Was tat er da? Sie war verheiratet.

Die folgende Stunde konnte er ihre Hand immer noch in seiner spüren. Auf der Leinwand tobte der Kampf zwischen Gut und Böse. In Adolfs Ohr flüsterte Hanni immer wieder: »Ich muss dir was sagen.«

19

Der Kaffee machte alles nur noch schlimmer. Wenn sie den Kopf bewegte, spürte sie einen stechenden Schmerz. Deshalb saß Helga Zenz so reglos wie möglich vor dem Bildschirm und versuchte, den Bericht zu tippen, ohne dabei auf die Tastatur zu schauen. Sie ärgerte sich, dass sie das Zehnfingersystem nie gelernt hatte. Bei jedem zweiten Wort vertippte sie sich. Sie fluchte leise und schielte hinunter auf ihre Hände.

Als Dietmar gestern nach dem Dienst zu ihr ins Zimmer gekommen war, hatte sie gleich gewusst, dass sie es lieber bleiben lassen sollte. Trotzdem war sie zu ihm ins Auto gestiegen. Sie hatten erst Bier und dann Wodka getrunken. In letzter Zeit trank sie zu viel. Das war ihr bewusst. Er hatte von einem Einsatz erzählt. Drei junge Typen auf Speed. Einer hatte Ronny das Ohrläppchen abgebissen. Ronny musste sich jetzt gegen alles Mögliche impfen lassen.

Sie konnte es nicht mehr hören. Die Leute waren völlig durchgeknallt. Inländer wie Ausländer. Schlugen zu. Traten. Bissen. Spuckten. Man musste direkt froh sein, wenn sie kein Messer dabeihatten.

Nach dem dritten oder vierten Wodka hatte sie Dietmar mit zu sich nach Hause genommen. Wieder einmal. Dabei hatte sie sich doch geschworen, sich nicht mehr auf ihn einzulassen. Er klagte zwar über seine Frau, aber Helga Zenz wusste, dass er sich im Großen und Ganzen ganz wohl in seiner Ehe fühlte. Ihm war nur langweilig. Das sagte er so natürlich nicht, sondern redete stattdessen etwas von Problemen und unüberbrückbaren Differenzen daher. Deshalb mochte sie ihn nicht.

Wenn er zugeben würde, dass er gerne fremdging, dann könnte sie das akzeptieren. Dass er stattdessen seiner Frau die Schuld gab und ständig über ihre Streitsucht und ihr Unverständnis jammerte, machte sie wütend. Sie hatte genug vom Wodka, von den Typen auf der Straße und von den Männern in der Dienststelle.

Mit der linken Hand tastete sie nach ihrer Kaffeetasse und verschüttete einen Teil des Inhalts über die Tastatur. Ein stechender Schmerz durchzuckte ihr Gehirn von der Stirn bis in den Hinterkopf, als sie die Schreibtischschublade aufriss und eine Packung Taschentücher herausnahm.

Sie wischte gerade laut fluchend über die braune Soße, die langsam zwischen den Tasten versickerte, als es an der Tür klopfte.

Ohne auf ihre Reaktion zu warten, trat ein etwa fünfundvierzigjähriger Mann in einem gut sitzenden braunen Anzug ein.

»Ich möchte eine Vermisstenanzeige aufgeben«, sagte er grußlos. »Bin ich da bei Ihnen richtig?«

Arroganter Schnösel, dachte Helga Zenz und ließ die nassen Taschentücher in den Papierkorb fallen.

»Wen vermissen Sie denn?«, fragte sie, seufzte und straffte die Schultern.

»Mein Kollege ist seit über einer Woche nicht ins Büro gekommen. Ich bin mir sicher, dass ihm etwas passiert ist.«

»Da kann es viele Gründe geben.« Helga Zenz massierte sich mit den Fingerspitzen die Schläfen. »Vielleicht ist er im Urlaub.« Sie wäre jetzt nur zu gern mit einem Wohnmobil an einem verregneten Strand irgendwo in England, Irland oder Schottland. Alleine. Sie würde Tee mit Milch trinken, aufs graue Meer schauen und den kühlen Wind im Gesicht genießen. Die Klimaanlage im Präsidium funktionierte schon seit Wochen nicht. Die Chancen, dass sie diesen Sommer noch ausgetauscht würde, standen schlecht. Der Staat musste sparen.

»Das wüsste ich. Er würde nie in den Urlaub fahren, ohne mir Bescheid zu geben.« Der Mann schien aufgebracht. Er war auffallend attraktiv, hatte eine sportliche Figur, wie der offensichtlich maßgefertigte Zweiteiler verriet, und gepflegte Hände. Der dunkle Dreitagebart sollte ihm wohl etwas Verwegenes verleihen, und er erfüllte seine Aufgabe. Wären da nicht die pochenden Kopfschmerzen, begleitet von einer dumpfen Übelkeit, und die Tatsache, dass sie ein für alle Mal genug hatte von den Männern, hätte er Helga Zenz gefallen.

Sie strich das Ende ihres nachlässig geflochtenen Zopfes glatt.

»Er könnte krank sein. Da gibt es wirklich viele Möglichkeiten.«

»Auch darüber wäre ich informiert. Wir arbeiten eng zusammen, stimmen uns täglich ab.«

Vielleicht hat er eine Affäre mit seinem Kollegen, dachte sie. Das würde seine Aufregung erklären. Die meisten Ehefrauen und Freundinnen blieben deutlich ruhiger, wenn ihr Mann ein paar Tage nicht nach Hause kam.

»Was glauben Sie, wie oft das vorkommt, dass jemand mit akuten Herzproblemen ins Krankenhaus eingeliefert wird. Da kann es eine ganze Weile dauern, bis das an den Arbeitsplatz vordringt.«

Sie dachte an Kurt, der mit einem Burn-out in der Psychiatrie gelandet war. Zwei Wochen lang hatte niemand eine Ahnung gehabt, wo er geblieben war. Sie hatte bereits vermutet, er hätte endlich einmal gewonnen im Casino.

»Ist Ihr Kollege verheiratet? Hat er Familie?«, fragte sie.

Der aufgebrachte Schönling nickte mehrmals heftig mit dem Kopf.

»Seine Frau habe ich schon drei Mal angerufen. Die hat auch keine Ahnung, wo er ist. Ich bin mir sicher, dass ihm etwas passiert ist.«

Das ist wieder einmal typisch, fühlte Helga Zenz sich bestätigt. *Die Frau bleibt gelassen und wartet ab, und die Typen laufen hysterisch zur Polizei.* Die beiden Männer verband wohl wirklich mehr als nur ihr Arbeitsplatz. Sie stellte sich vor, wie der Vermisste, der in ihrer Fantasie ebenso gut aussehend war wie sein Kollege, diesem den teuren Anzug vom Leib riss und über ihn herfiel. Mit Mühe konnte sie ein Grinsen unterdrücken, speicherte ihren Bericht ab und öffnete eine leere Vorlage mit dem Titel *Abgängigkeitsanzeige*. Zum Glück funktionierte die Tastatur noch.

»Haben Sie ein Foto des Abgängigen dabei?«, fragte sie förmlich und trank einen Schluck aus ihrer Tasse. Der Kaffee war kalt, bitter und verursachte ihr sofort ein unangenehmes Ziehen im Stirnbereich.

20

»Hast du Freundin?«, fragte Dunja am Montagmorgen im Stiegenhaus. »Dragica hat euch gesehen in Stadt.«

Heute trug sie flamingofarbenen Lippenstift zu grün schillerndem Lidschatten.

»Ein Klassefrau, sagt Dragica.« Dunja zwinkerte ihm zu.

Adolf war spät dran. Ungeduldig trat er von einem Bein aufs andere, konnte aber ein Lächeln nicht ganz unterdrücken. Es machte ihn stolz, mit Hanni gesehen zu werden.

»Heraus mit die Sprache, Herr Chauffeur«, drängte Dunja und schlug ihre kardinalsroten Nägel in die Ärmel seiner grauen Busfahrer-Jacke.

»Sie ist nur eine alte Bekannte«, murmelte er.

»Ach«, Dunja zog eine tätowierte Augenbraue hoch, »und warum grinst du dann wie Honigpferd?«

»Du bist ja nur eifersüchtig«, scherzte Adolf und machte sich auf den Weg ins Erdgeschoss.

»Müssen wir ausführlich besprechen!«, rief sie ihm nach. Da hörte er auch schon, wie die Wohnungstür geöffnet wurde und Erwin Feichtinger mit seiner Frau schimpfte.

Adolf konnte sich heute kaum aufs Busfahren konzentrieren. An zwei Haltestellen vergaß er sogar zu halten. Erst die empörten Rufe der Fahrgäste brachten ihn gute hundert Meter weiter dazu, auf die Bremse zu steigen. Immer wieder sah er Hanni vor sich, wie sie sich im Schneidersitz ihr Bikini-Oberteil auszog. Ihre kleinen weißen Brüste hoben sich von ihrer braunen Haut ab. Er schaltete die Scheibenwischer ein. Da klang ihm wieder ihre Stimme im Ohr. »Ich muss dir was sagen. Bald.«

Was war es, das sie ihm sagen wollte? So sehr er auch nachdachte, ihm fielen nur völlig absurde Dinge ein. Dass sie an einer seltenen unheilbaren Krankheit litt und bald sterben würde. Dass sie nach Australien auswandern wollte. Dass sie Dirk verlassen hatte und … Sein Herz machte einen Sprung. Was wollte Hanni? Was wollte sie von ihm?

Um sich abzulenken, hielt er nach der Knopffrau Ausschau. Doch er konnte sie nirgendwo entdecken. Nicht am Springbrunnen im Park, wo sie an warmen Tagen die Hände ins Wasser tauchte. Nicht vor den Supermärkten bei den Abstellplätzen für die Einkaufswagen, wo sie Münzen und Plastikchips sammelte. Nicht vor dem Imbiss-Stand, wo sie die angebissenen Semmeln stibitzte, bevor der Dicke Peppi sie einsammeln und in den Mülleimer werfen konnte. Auch bei den Altpapiercontainern, wo sie gerne auf dem Boden saß und monatealte Werbeprospekte durchblätterte, war sie nicht.

In der Mittagspause fragte er den Bus-Bertl nach ihr. Doch auch der hatte sie seit Tagen nicht mehr gesehen.

»Dafür habe ich dich gesehen. Abends in der Altstadt mit einer langbeinigen Schönheit.«

Adolf spürte, wie er rot wurde.

»Das war nur Hanni«, murmelte er und öffnete die obersten Knöpfe seines Hemdes. Es war unglaublich schwül heute. Über den stillgelegten Gleisen flirrte die

Luft. Die Königskerzen, die zwischen den Basaltsteinen wuchsen, wirkten schlapp vor Hitze.

»Du hast mir nie gesagt, dass sie so gut aussieht. Eine Figur wie eine Siebzehnjährige!«, schwärmte Bertl. »Kein Wunder, dass du sie nie vergessen hast.«

Sein Geschwätz war Adolf unangenehm. Zugleich machte es ihn stolz. Er schälte eine Banane und sah zu den Schwalben hinauf, die über dem Gelände ihre Kreise zogen.

Bertl schraubte seine Apfelsaftflasche auf und prostete ihm zu. »Auf Hanni!« Er trank einen Schluck. »Ich freue mich für dich.«

Adolf wollte ihm widersprechen. Was gab es da zu freuen? Sie hatten sich doch bloß ein paarmal getroffen, weil sie eben alte Freunde waren. Hanni war verheiratet und Mutter von zwei Kindern. Doch sein Herz hatte längst die Flügel ausgebreitet und zog mit den Schwalben seine Runden – leicht und frei am sommerferienblauen Himmel.

21

Es war ein schönes Haus, das musste sie zugeben. Sie selbst hätte es sich nicht ausgesucht. Wenn sie Geld hätte, würde sie sich ein Haus im Landhausstil kaufen. Ein englisches Cottage mit üppig blühendem Garten, Hollywoodschaukel und ein paar Pferden auf der Weide. Das Haus der Familie Brandstätter war auf den ersten Blick unauffällig. Eine graue Schachtel aus Beton, die jemand in den grünen Hügeln vor Nonnendorf liegen gelassen hatte. Doch als sie und ihr Kollege die gewundene Zufahrt hinunterfuhren und sich dem Gebäude von hinten näherten, konnte sie mitverfolgen, wie die schlichte Architektur ihre Wirkung entfaltete. Das Haus war in den Hang gebaut und bestand aus Quadern und geschosshohen Fenstern, die – riesigen Spiegeln gleich – die umliegenden Hügel reflektierten.

Helga Zenz parkte vor dem Carport, unter dem ein silberfarbener Volvo stand. Von hier aus hatte man einen großartigen Blick über Merk. Der Garten war so reduziert gestaltet, dass man ihn kaum als solchen wahrnahm. Statt bunter Blumen gab es nur Grün: Rasen, so weit das Auge reichte, ein mehrstämmiger Laubbaum mit lockerer Krone, eine kleine Gruppe kugeliger Buchsbäume und eine Rabatte mit brusthohen Hortensien, deren riesige Blütenbälle in zartem Limettengrün schimmerten.

»Cool«, sagte Sascha Sackmeier und stieß einen Pfiff durch die Zähne aus.

Helga konnte es nicht leiden, wenn er das tat. Es erinnerte sie an amerikanische Fernsehserien. Sascha imitierte gerne den Jargon der Fernsehcops. Er wollte lässig und männlich wirken. Helga fand den jungen Kollegen in diesen Momenten vor allem lächerlich.

Dass ihr Chef Aubrunner jeden wichtigen Fall Dietmar übertrug, während sie sich mit Abgängigkeitsanzeigen herumschlagen musste, war das eine. Trotz seiner beschwichtigenden Worte über den Druck von oben und gebundene Hände wusste sie genau, dass es einzig und alleine darum ging, dass sie eine Frau war. Bei der Polizei von Merk waren von den neunzehn Beamten nur drei weiblich, und die hatten es nicht gerade leicht. Bis zu einem gewissen Grad konnte Helga Aubrunners Entscheidung sogar verstehen. Viele der testosterongesteuerten Problemfälle, mit denen sie täglich zu tun hatten, brachten Polizistinnen nun einmal nicht denselben Respekt entgegen wie ihren männlichen Kollegen. Früher waren es vor allem die Neonazis gewesen, die abends am Bahnhof und im Stadtpark herumlungerten, die sich über sie lustig gemacht hatten. Jetzt kam der eine oder andere religiöse Spinner dazu, der sich von Frauen nichts sagen lassen wollte.

Doch der Hauptgrund war, dass Aubrunner vom alten Schlag war und fürchtete, dass alles außer Kontrolle geraten könnte, wenn eine Frau das Sagen hätte. Im Grunde seines Herzens hatte er Angst, dass die Frauen irgendwann die Macht übernehmen könnten und er dann nichts mehr zu melden hätte. Zu allem Verdruss hatte er ihr jetzt als Ersatz für ihren ehemaligen Partner Kurt diesen Supercop Sackmeier angehängt.

Sie straffte die Schultern und ging auf die Haustür zu, die so aussah, als wäre sie aus verrostetem Industriestahl gemacht. Allerdings fühlte sich das Material glatt und kühl an, als sie es auf der Suche nach einer Klingel berührte. Sie entdeckte den unscheinbaren Knopf schließlich auf einer kleinen Edelstahlplatte an der Hausmauer. Der lang gezogene Gong war bis nach draußen zu hören. Nach dreimaligem Läuten ging die Tür auf. Helga Zenz sah in einen langen lichtdurchfluteten Flur. Erst als sie den Blick senkte, bemerkte sie den Jungen.

Er musste fünf oder sechs Jahre alt sein. So genau kannte sie sich mit Kindern nicht aus. Da die Männer in ihrer Umgebung ebenso flüchtig waren wie die Drogendealer im Stadtpark, war sie noch nie in die Verlegenheit gekommen, über eigene Kinder nachzudenken. Vielleicht war das auch besser so. Sie bekam genügend Einblicke in die Schattenseiten von Merk, um zu der Überzeugung zu gelangen, lieber keine Kinder in diese idyllische Kleinstadt zu setzen. Wenn der Nachwuchs nicht bereits im Kindergartenalter von Pädophilen belauert wurde, fiel er auf dem Schulweg den Verkehrsrowdys zum Opfer. Mit zehn oder zwölf starteten die lieben Kleinen dann langsam ihre eigene kriminelle Karriere. Das begann mit dem Aufbrechen von Kaugummiautomaten und dem Mobbing von Schulkollegen, um danach nahtlos ins Stehlen von Mobiltelefonen, iPads und anderen überlebenswichtigen Gerätschaften überzugehen. Bald folgten Schlägereien mit allen, die die falsche Hautfarbe und Religion hatten oder die falsche Musikrichtung hörten. Dann ging es munter weiter mit Tankstellenüberfällen, dem Verkauf von Chrystal Meth und Messerstechereien. Und schon standen die ersten Kurzaufenthalte im Gefängnis an. Nein, sie war froh, die Entwicklung ihrer ungeborenen Kinder nicht mitverfolgen zu müssen.

Der Junge in der Tür sah – noch – nicht aus wie ein Tankstellenräuber oder ein Selbstmordattentäter. Er war zart und blass, hatte seidige Wimpern und eine volle Unterlippe. Unter einem dichten und etwas zu langen braunen Pony schaute er zu ihr hoch. Sie fand, dass die Söhne der Reichen auf den ersten Blick oft Mädchen ähnelten. Zumindest konnte man das Geschlecht nicht immer sofort erkennen, weil klare Merkmale wie Rosa und Hellblau, Superman und Hello Kitty fehlten. Statt Herzen, Blümchen und Maschen oder Traktoren, Baggern und anderen schweren Gerätschaften schmückten Frösche, Fische und Koalabären ihre Fairtrade-Shirts in freundlichen Naturtönen.

»Kommen Sie wegen Papa?«

Das Kind zog die Tür ein Stück weiter auf. Sascha nutzte den Moment, drängte sich ins Haus und fragte streng: »Was weißt du über das Verschwinden deines Vaters?«

»Nichts!« Der Junge riss die Augen auf und trat einen Schritt zurück. »Ich hab nichts gemacht.« Er presste eine Faust auf den Mund.

Helga Zenz hätte ihrem Kollegen am liebsten einen Stoß mit dem Ellbogen versetzt. Sie durften Kinder nur im Beisein ihrer Eltern befragen, mit deren ausdrücklichem Einverständnis. Das sollte er mittlerweile wirklich wissen. Wahrscheinlich achteten die Cops in seinen Actionserien nicht auf solche Feinheiten.

Sie schluckte ihren Ärger hinunter und beugte sich zu dem Kind vor. »Ist deine Mutter da?«

Der Junge nickte und zeigte auf die große Glasfront hinter sich. »Auf der Terrasse.« Barfuß lief er davon.

Helga zögerte einen Moment und überlegte, ob sie die Schuhe ausziehen sollte. Das gehörte nicht zum Berufsbild, entschied sie und folgte dem Kleinen. Der lichtdurchflutete Gang war nur spärlich möbliert. Zwei schlichte Bücherregale, auf denen die Bücher nach Farbe geordnet waren, und ein großes abstraktes Gemälde waren die einzigen Farbtupfer. Über breite Holzdielen gelangten sie zur anderen Seite des Hauses. Geräuschlos glitt eine große Glastür zur Seite, kaum hatte das Kind ihren Griff berührt. Schon standen sie auf der sonnigen Sandsteinterrasse, an deren Ende ein Pool in einladendem Südseeblau glitzerte. Es roch intensiv nach Lavendel.

»Mama! Da sind zwei Polizisten! Die suchen Papa.«

Hinter einer Gartenmöbelgarnitur aus geöltem Tropenholz tauchte eine Frau auf. Sie war ebenfalls barfuß und kam mit einer Gartenschere in der Hand auf Sascha Sackmeier und Helga Zenz zu. Ihr hellbraunes Haar war fein und glatt und reichte ihr bis zu den Ohrläppchen. Das naturweiße Kleid betonte ihre Bräune. Mit ihren langen Beinen und Armen, den schmalen Fesseln und dem schlanken Hals erinnerte sie Helga an Artemis, die Göttin der Jagd aus ihrem Geschichtsbuch. Als sie die griechischen Götter durchgenommen hatten, war sie fasziniert gewesen von dieser Figur. Artemis besaß weder die Sinnlichkeit der in wallende blonde Locken gehüllten Aphrodite noch die Macht und Weisheit der Athene. Vielmehr verlieh ihr biegsamer Körper ihr die Wendigkeit einer Gazelle und die Kraft einer Raubkatze.

Ebenso wie die Tochter des Zeus und der Leto war die Frau, die jetzt vor ihr stand, eine Jägerin, eine Läuferin, eine Siegerin, das konnte Helga erkennen. Jeder ihrer lautlosen Pfeile traf.

»Hannelore Brandstätter«, stellte sich die Göttin der Jagd vor und reichte erst ihr und dann Sascha ihre sonnenwarme, lavendelduftende Hand.

»Es geht um Ihren Mann, Dirk Brandstätter.« Helga straffte die Schultern. »Wir sind wegen der Abgängigkeitsanzeige seines Kollegen, Herrn Thalhammer, hier. Haben Sie in der Zwischenzeit von Ihrem Mann gehört?«

Frau Brandstätter schüttelte den Kopf. »Nein, er hat sich nicht bei mir gemeldet.« Ihr Haar war nicht gefärbt, sie trug kein Make-up, keinen Nagellack, nicht einmal einen BH. Sie strahlte diese gesunde Natürlichkeit aus, die Helga nur aus der Fernsehwerbung für Hautcreme kannte.

»Gab es Streit zwischen Ihnen?« Helga beobachtete aus dem Augenwinkel, wie ihr Kollege die Frau neugierig musterte.

»Keine gröberen Auseinandersetzungen.« Hannelore Brandstätter verriegelte die Schere. »Lukas, magst du nach deiner Schwester sehen?«, rief sie dem Jungen zu, der immer noch an der Terrassentür stand. Er nickte folgsam und huschte ins Haus.

»Nichts, was sein Fortbleiben rechtfertigen würde«, fügte sie hinzu, als das Kind die Glastür hinter sich zugezogen hatte.

»Gab es Eheprobleme?«, fragte Sascha plötzlich.

Mit einer flinken Bewegung wandte ihm Frau Brandstätter den Kopf zu.

»Gehören Probleme nicht zur Ehe dazu?« Sie schaute ihn direkt an, ihr leicht geöffneter Mund gab den Blick auf eine Lücke zwischen ihren Schneidezähnen frei, die sie sehr jung wirken ließ. »Müssen zwei Menschen nicht ständig versuchen, einen gemeinsamen Nenner zu finden?«

Helga entging nicht, dass der subtile Charme der Artemis ihren Kollegen längst entwaffnet hatte. Nach drei Bier hatte er Helga erzählt, dass ihn seine Freundin betrogen hätte. In der ersten Wut hatte er mit ihr Schluss gemacht; nun wollte er sie wieder zurückerobern.

»So ist das wohl.« Er lächelte, legte den Kopf schief und sah die Frau verzückt an.

Helga traute ihren Ohren nicht: Begann Sackmeier tatsächlich während einer Zeugenbefragung zu balzen wie ein Auerhahn? *Zeit, die Sache selbst in die Hand zu nehmen*, sagte sie sich.

»Wann haben Sie Ihren Mann zuletzt gesehen oder von ihm gehört?«, fragte sie laut und hielt dem Kollegen ihr Notizbuch und einen Kugelschreiber hin.

Hannelore Brandstätter kniff die Augen zusammen und schaute über ihren Kopf hinweg in den Himmel. Helga Zenz musste zugeben, dass diese Frau etwas Faszinierendes an sich hatte. *Es würde mich nicht wundern, wenn plötzlich ein Falke auf ihrer Schulter landet*, dachte sie, während Frau Brandstätter immer noch ins wolkenlose Blau schaute.

»Es war am Sonntagnachmittag, glaube ich«, meinte sie schließlich. »Wir haben gemeinsam zu Mittag gegessen. Später ist Dirk mit dem Rad weggefahren.« Sie zögerte einen Moment. »Ich bin mir aber nicht sicher, ob ich ihn wirklich gesehen habe oder ob ich mir das nur einbilde.«

»Wieso denken Sie, Sie könnten sich das nur eingebildet haben?«, hakte Helga nach.

»Wenn das Wetter passt, fährt Dirk am Wochenende immer eine Runde mit dem Rennrad. Das kann dauern. Manchmal bleibt er den halben Tag aus.« Frau Brandstätter lachte ein kurzes helles Mädchenlachen. »Ich habe ihn so oft in dieser Radmontur gesehen, dass ich mir manchmal einbilde, er ginge gerade an mir vorbei.«

Zum ersten Mal konnte Helga Zenz einen Anflug von Verzweiflung und Schmerz im Gesicht der Artemis erkennen.

»Vorhin beim Schneiden der Lavendelsträucher habe ich aus dem Augenwinkel etwas Weißes bemerkt. Da dachte ich, er ist es. Er ist nach Hause gekommen.« Sie deutete vage in den Garten. »Dabei war es nur das Badetuch über der Liege.«

»Sein Rad fehlt also?«, fragte Helga Zenz.

»Es ist weder im Carport noch im Keller. Auch sein Lieblingstrikot ist verschwunden.«

Helga warf ihrem Kollegen einen Blick zu. Doch Sackmeier bemerkte es nicht, weil er gerade etwas in ihrem Notizbuch notierte. »Weshalb sind Sie dann nicht zur Polizei gegangen, als Ihr Mann von seiner Ausfahrt nicht zurückgekehrt ist?«

»Darüber habe ich erst nach den Telefonaten mit Alexander Thalhammer nachgedacht.« Frau Brandstätter sah erst Helga, dann Sascha an. »Mir war ja damals gar nicht bewusst, dass er mit dem Rad gefahren sein könnte. Und auch jetzt bin ich mir nicht sicher.«

»Die Tatsache, dass sein Fahrrad und die Sportbekleidung fehlen, spricht aber stark dafür.«

Frau Brandstätter nickte. »Als mir das klar wurde, habe ich alle Krankenhäuser angerufen. Nichts. Dann bin ich mehrmals seine Fahrradroute abgefahren.« Sie senkte den Blick. »Und dann war ich mir sicher, dass er mich verlassen hat.«

»Wie kommen Sie …?«, begann Helga gerade, als sie von Sascha Sackmeier unterbrochen wurde.

»Hat Ihr Mann eine Affäre?«, fragte er eifrig.

»Es gab zwar keine direkten Hinweise, aber wenn ich jetzt darüber nachdenke …« Die Göttin der Jagd schaute wieder über die Köpfe der Polizisten hinweg in den Himmel. »Ich habe das Gefühl, es gibt da jemanden.«

22

Die Wellen plätscherten gegen den Bug. Eine Entenfamilie schwamm vorüber. Die vier Jungen waren schon fast so groß wie ihre Eltern, hielten sich aber noch brav in Formation. Wassertropfen sprühten in Adolfs Gesicht. Hanni ruderte das Boot mit ruhigen, kräftigen Bewegungen über den See. Ihre Beine stemmte sie fest gegen den Holzboden. Sie trug Jeans-Shorts und ihr gestreiftes Bikini-Oberteil. An ihren braunen Armen traten die Muskeln hervor. Die blauen Flecken vom epileptischen Anfall ihres Sohnes waren nun gelblich und kaum mehr sichtbar. Adolf hielt den Korb, den Hanni mitgebracht hatte, zwischen den Beinen.

»Heute Abend machen wir ein Picknick am Wilden Ufer«, hatte sie am Morgen verkündet, als sie mit einem geflochtenen Korb in den Bus gestiegen war.

Der Weidenkorb war mit einem blau karierten Tuch abgedeckt. Sie hatte ihn tagsüber bei Adolf gelassen, mit der Bitte, ihn kühl zu halten. Er hatte ihn in die Kaffeeküche des Pausenraums gebracht. In der Mittagspause hatte er einen heimlichen Blick unter das Tuch geworfen. Eine Honigmelone, eine Flasche Rotwein, zwei Gläser, eine Stange Salami, ein Baguette, eine Ecke Brie und eine Rolle Doppelkekse befanden sich darin.

Plötzlich war der Bus-Bertl hinter ihm aufgetaucht.

»Ihr lasst es euch ja gut gehen, du und deine Hanni«,

hatte er gemeint und Adolf auf die Schulter geklopft. »Ich beneide dich fast ein wenig.«

Schnell hatte Adolf die Köstlichkeiten mit dem Tuch abgedeckt.

»Sie ist verheiratet«, hatte er gemurmelt.

»Das war ich auch einmal«, war Bertls Antwort gewesen. »Die Dinge ändern sich. Das Leben bleibt nicht stehen. Es öffnet und schließt die Türen und fährt immer weiter. Schau drauf, dass du mit an Bord bist, wenn es losgeht!«

Es war ein schönes Gefühl, dass er mit Dunja und Bertl zwei Menschen hatte, die sich für ihn freuten. Besonders, weil er es selbst nicht wagte, sich zu freuen. Zumindest nicht mit dem Kopf. Sein Bauch kümmerte sich nicht um seine Sorgen und Bedenken. Der war längst so voller Freude, dass Adolf kaum mehr Hunger hatte. Seit Hanni in seinen Bus gestiegen war, war sein Appetit nahezu verflogen. Nur noch sein abendliches Bier schmeckte ihm. Mutter merkte natürlich, dass er fast nichts mehr aß. Sie musterte ihn argwöhnisch und schwieg. Sie war beleidigt.

Eine blau schimmernde Libelle landete am Bug. Das Boot glitt unter das Blätterdach der Eichen, Buchen, Birken und Föhren, die das Wasser säumten. Sie hatten das andere Ufer erreicht, das alle im Ort nur das »Wilde Ufer« nannten.

Drüben, auf der anderen Seite des Sees, befanden sich gepflegte Liegewiesen, ein Holzsteg, ein Bootsverleih und ein Kiosk. Der Strand war dort sanft abfallend. Es gab Duschen, Umkleiden und Mülleimer. Große Silberweiden spendeten den Badenden Schatten. Hier wuchsen neben einem Gemisch aus Laubbäumen vor allem Föhren, die

die Luft mit ihrem harzigen Duft erfüllten. Ihre langen Nadeln, die sich in die Fußsohlen bohrten und Ameisen anlockten, hielten die meisten Badegäste vom Wilden Ufer fern. Früher waren Hanni und Adolf oft hier gewesen. Er hatte Steine gesammelt. Sie hatte verbotenerweise Feuer gemacht, und zusammen hatten sie Würstchen oder Marshmallows gegrillt.

Wie früher sprang Hanni als Erste aus dem Boot und watete durchs Wasser, das ihr fast bis zur Mitte der Oberschenkel reichte. Adolf, der noch immer seine Uniform trug, überlegte, wie er am besten an Land kommen konnte, ohne dabei nass zu werden. Als er Schuhe und Socken auszog, brachte er das Boot zum Schaukeln. Er ärgerte sich, weil er einfach keine Übung mehr in solchen Dingen hatte. Hanni war schon immer beweglicher und geschickter gewesen, doch so unbeholfen hatte er sich damals nicht angestellt. Neben ihr, die auch heute noch klettern und springen konnte wie mit zwölf, kam er sich wie ein alter Mann vor.

Vorsichtig stand er auf, um die Hosenbeine hochzuschlagen. Da begann das Boot bedrohlich zu wanken. Adolf klammerte sich am Bootsrand fest und hob ein Bein über die Seitenwand. Die Berührung mit dem kalten Wasser ließ ihn zurückzucken. Dabei verlor er das Gleichgewicht und fiel mit einem lauten Platsch in den See. Ringsum wurde alles grün, als sein Kopf untertauchte. Die eisige Kälte zwang ihn, scharf einzuatmen. Er schluckte Wasser, schlug panisch um sich und stieß sich das Knie an einem Felsen an. Da packte ihn Hannis Hand an der Schulter. Er spürte festen Boden unter den Füßen, rappelte sich auf und schnappte nach Luft. Das Wasser reichte ihm bis zur Hüfte. Hinter ihm bog sich Hanni vor Lachen.

»Wie ein Käfer von einem Blatt bist du ins Wasser geplumpst«, kreischte sie, hielt sich mit einer Hand die Seite und wischte sich mit der anderen über die Augen.

Adolf fluchte leise und versuchte, über den steinigen Untergrund an Land zu gelangen, ohne noch einmal auszurutschen. Hanni band in der Zwischenzeit das Boot am Stamm einer jungen Erle fest und hob den Picknickkorb heraus. Zielstrebig ging sie damit auf einen flachen Felsen zu, schob mit dem Fuß Blätter und Föhrennadeln beiseite und breitete die karierte Decke aus. Adolf stand regungslos am Ufer. Seine Uniform war pitschnass und klebte ihm am Körper.

»Los, komm!«, rief sie und schnitt die Honigmelone in Scheiben.

»Mir ist kalt«, murrte er.

»Zieh die nassen Sachen aus. Dort vorne auf den heißen Steinen sind sie in einer Stunde trocken«, meinte sie unbekümmert und entkorkte den Wein.

Adolf hatte keine Lust, sich vor ihr auszuziehen. Normalerweise verschwendete er keinen Gedanken an seine Figur. Doch plötzlich wurde er sich schmerzlich seines Bierbauchs und seiner blassen, untrainierten Arme und Beine bewusst.

»Jetzt komm schon! Stell dich nicht so an!« Sie lachte und schenkte Wein in die zwei Gläser.

Widerstrebend öffnete er seinen Gürtel. Es war gar nicht so einfach, sich aus den klammen Kleidern zu schälen. Als er in Unterwäsche vor ihr stand, kam er sich vor wie ein Idiot. Doch Hanni konnte seine Schamgefühle offenbar nicht nachvollziehen. Sie stand auf und zog ihm das Unterhemd hoch. Folgsam hob er die Arme, und sie streifte es über seinen Kopf.

»Die Hose auch«, meinte sie ungeduldig und sammelte seine Kleider ein.

Für einen Moment musste er an seine Mutter denken. Er wandte sich ab und zog den Slip aus. Während Hanni alles auf den sonnenwarmen Steinen ausbreitete, setzte er sich schnell auf die Decke und nahm das Brett mit dem Käse auf den Schoß.

Wenige Augenblicke später war Hanni wieder da. Sie reichte ihm ein Glas Wein, und er trank einen gierigen Schluck. Die Aufregung hatte ihn durstig gemacht. Der Wein war warm und weich im Mund. Hanni brach das Baguette in Stücke und schnitt einige Scheiben von der Salami ab. Über ihren Köpfen hallte das Hämmern eines Spechts. Links von Adolfs Fuß nahm eine Eidechse ein Sonnenbad. Vorne glitzerte blaugrün der See. Es roch nach warmer Erde, nach Harz und nach trockenem Gras. Der laue Wind föhnte sein Haar. Die Abendsonne fühlte sich samtig an der Haut an.

Bereits nach dem ersten Glas Wein hatte Adolf vergessen, dass er nackt im Wald auf einer Decke saß. Er aß ein Stück Melone, gefolgt von einem Bissen Käse und einer Scheibe Salami und spülte alles mit Rotwein hinunter. Weil er heute außer seinem Frühstücksbrot und der Banane noch nichts gegessen hatte, machte der Wein seinen Kopf leicht wie einen Luftballon. Hanni redete und lachte. Und er lachte mit ihr. Er fand sie wunderschön. Ihre Augen funkelten wie die Wasseroberfläche, auf der Wasserläufer feine Kreise zogen. Dann und wann tauchte ein Fisch auf, um nach einem der langbeinigen Insekten zu schnappen. Libellen schwirrten im Zickzackflug am Ufer entlang. Auf den spitzen Steinen am Wasser landeten immer wieder weiße Schmetterlinge. Öffneten und schlossen ein paarmal die Flügel und schaukelten wieder davon. Hannis Unterlippe war violett vom Wein. Ihr Haar hatte im Abendlicht einen rötlichen Schimmer. Ihre Haut roch nach Sonne. Adolf war trunken vom goldenen Licht, vom See, vom Wein und von Hannis Lachen.

Da griff sie nach der Rolle mit den Doppelkeksen, zog an der winzigen Lasche, sodass sich das schmale Band löste, und hob den Deckel ab. Nahm einen Doppelkeks heraus und teilte ihn mit der feierlichen Geste eines Priesters.

»Links oder rechts?«, fragte sie.

»Links.«

Sie zeigte ihm beide Innenseiten. Die Schokoladenfüllung klebte tatsächlich an der Kekshälfte in ihrer linken Hand.

»Ein Punkt für dich!« Sie schabte ihren Teil der Schokocreme mit ihren Schneidezähnen vom Keks ab, genau wie damals. Dann reichte sie ihm den Keks, auf dem sich noch ein fein säuberlicher Halbkreis aus Schokolade befand. Als er die Augen schloss und den halbierten Doppelkeks zum Mund führte, war das, als würde er sie küssen. Ein Kribbeln durchfuhr ihn, und ihm wurde schwindlig. Ihre Fingerspitzen landeten auf seinem linken Schlüsselbein, zart wie einer der weißen Falter am Ufer. Als er die Augen wieder öffnete, war ihr Gesicht nur wenige Zentimeter von seinem entfernt. Er sah die gelben Sprenkel in ihrer Iris und die feinen Härchen über ihrer Oberlippe.

»Ich muss dir was sagen, Adolf.«

Sein Herz klopfte so heftig, dass er es am ganzen Körper spürte. Plötzlich hielt er die Anspannung nicht mehr aus. Er erinnerte sich an früher, als sie einander in die Augen gestarrt hatten, bis einer wegsehen musste. Jedes Mal hatte Hanni gewonnen. Und sie gewann auch heute.

Er blinzelte, atmete aus und versuchte, seinen verkrampften Kiefer zu lockern.

»Ich wollte dich auch was fragen«, stammelte er.

Hanni nahm die Hand von seinem Oberkörper und trank ihr Glas in einem Zug leer. Der Bann war gebrochen, und er überlegte, was hätte passieren können, wenn er nicht so ein Feigling wäre. Einen Moment lang war alles möglich gewesen. Er hätte sie einfach küssen sollen oder fragen, ob sie mit ihm nach Südamerika auswandern wollte.

Hanni strich sich das Haar aus dem Gesicht, legte den Kopf schief und sah ihn erwartungsvoll an.

Adolf räusperte sich und schluckte. »Ich wollte dich fragen, ob du mich am Samstag zum Grillfest bei uns in der Siedlung begleiten möchtest, falls Dirk nichts … falls deine Kinder …«

»Ja«, unterbrach sie ihn, »sehr gerne.«

23

Adolf mochte Musik nicht. Weder Opernarien noch Rock, Pop, Chorgesang, Volksmusik oder Hip-Hop. Er empfand die Singstimmen als aufdringlich, die Rhythmen als nervtötend, und die Melodien sprachen ihn nicht an. Auch die Texte waren dämlich. *And youhuhu don't know that I love you so. Wenn ich mich endlich trau, dir tief in'd Augen schau … Arrrrrrrr grrrr – deathhhhhh is cominghhh to town grrrrrhhhhh.*

Warum fühlten sich die Menschen von diesen Tonfolgen angesprochen? Das hatte er sich schon als Kind gefragt. Musik wollte, dass man entweder lachte oder weinte. Oder Vergangenem nachtrauerte. All das wollte Adolf nicht. Er mochte die Stille. Und er mochte Geräusche. Ehrliche Geräusche, die nicht versuchten, ihn zu manipulieren. Das Summen des Kühlschranks, das monotone Ticken der Uhr und allem voran das beruhigende Brummen des Busmotors. Doch das behielt er lieber für sich. »Wenn du Adolf heißt und mit über vierzig noch bei deiner Mutter wohnst, kannst du es dir nicht leisten, keine Musik zu mögen«, hatte er dem Bus-Bertl anvertraut. Der hatte verständnisvoll genickt und einen Schluck Apfelsaft getrunken.

Heute war Adolf viel zu nervös, um sich über die akustische Belästigung aufzuregen. Gerade sang eine zuckersüße Popstimme zu karibischen Klängen. Von der Sommersonne, vom Meer und natürlich von der Liebe. Sein spontaner Entschluss, Hanni zu Dunjas Fest einzuladen, hatte ihm schlaflose Nächte bereitet. Mutter würde eine Szene machen, die man im Mitterweg 5 nicht so schnell vergessen würde. Hanni stammte ihrer Ansicht nach aus einem anderen Milieu – das hatte sie ihn schon in seiner Schulzeit regelmäßig wissen lassen. »Die ist doch eine Bessere. Die Mutter Lehrerin, der Vater bei der Bank. Da brauchst du nicht glauben, dass die auf einen wie dich neugierig sind.«

Er hatte Hannis Eltern ganz in Ordnung gefunden. Ihr Vater war nur selten zu Hause. Um diesen Umstand hatte er sie stets beneidet. Denn seiner saß den ganzen Tag im Wohnzimmer und brüllte, dass die Wände wackelten. Nur das Essen bei Hanni war ungewohnt für ihn. Vollkorntoast, Sojaschrot und viel Gemüse. Weil bei Tisch niemand schrie und schimpfte, schmeckte es ihm trotzdem. Auch wenn er fand, dass das Brot im Hals kratzte. Damals war Hanni manchmal bei ihm zu Besuch gewesen. Stets wollte sie durchs Schlüsselloch einen Blick auf seinen Vater werfen, der im Rollstuhl vor dem Fernseher saß und Schnaps trank. Sein fehlendes Bein hatte sie fasziniert.

Adolf verschwendete sonst keinen Gedanken an gesellschaftliche Konstrukte wie Klassenzugehörigkeit. Doch als er heute den Hof der Wohnhausanlage im Mitterweg 5 betrat, sah er ganz deutlich, dass er sich hier am unteren Ende der sozialen Leiter befand. Biertische mit Plastiktischtüchern, Bänke mit abgenutzten Sitzauflagen und weiße Gartenstühle aus Kunststoff waren in Gruppen zusammengestellt. Bunte Lampions hingen zwischen den Bäumen. Seine Nachbarn waren Supermarktkassiererinnen, Fabrikarbeiter, Migranten, Mindestrentner und Sozialhilfebezieher. Er dachte an Hannis modernes Haus mit dem großen Pool in den grünen Hügeln. Dann ärgerte er sich über sich selbst. Bisher hatte ihm das immer gereicht. Er hatte sich hier wohlgefühlt und nie auch nur im Traum daran gedacht, für ein Haus mit Pool zu sparen. Er hielt nichts von teuren Kleidern, die genauso wie die billigen Fetzen von Kindern in Kambodscha genäht wurden. Schnelle Autos und prestigeträchtige Hobbys interessierten ihn nicht. Und so würde es auch bleiben. Hanni hatte ihn damals gemocht, wie er war. Auch jetzt würde er sich nicht für sie verbiegen. Sie hatte ja ihren Dirk, zu dem sie zurückkehren konnte, wenn sie genug von ihrem Ausflug ins Getto von Merk hatte.

Als Adolf den Hof durchquerte, schleppte Erwin Feichtinger gerade zwei Kisten Bier aus dem Keller. »Ist unser Busführer heute ohne Mutti unterwegs?«, spottete er, während er versuchte, Adolf anzurempeln. Der wich ihm wortlos aus und machte sich auf den Weg zu Dunja.

Sie stand neben Herrn Welser, der am großen Grill Hühnerkeulen und Koteletts briet, und heizte den kleinen Grillofen für ihre Cevapcici und Würstchen an. Heute war sie ein wahres Farbfeuerwerk. Ihre Lippen waren dunkelrot wie die Sangria, die sie in bauchige Gläser gefüllt mit Orangen- und Pfirsichstückchen auf dem Tisch neben dem Grill bereitgestellt hatte. Ihre Lider schillerten golden. Die pinkfarbenen Fingernägel hatte sie zur Feier des Tages mit Strass-Steinen verziert. Sie trug ein kurzes rotes Kleid mit tiefem Dekolleté und Spitzen am Saum, Sandalen mit mindestens zehn Zentimeter hohen Absätzen. Ihr frisch gesträhntes Haar hatte sie mit einer großen goldenen Haarspange hochgesteckt.

»Adolfo!«, rief sie ihm durch den aufsteigenden Qualm entgegen und machte ein paar Tanzschritte. »Was macht die Liebe?« Mit einem Papierteller fächerte sie den Kohlen Luft zu. Dann steckte sie sich eine Zigarette an und winkte ihn zu sich. »Erzähl mir von deine Chica!«

»Viel gibt's da nicht zu sagen«, meinte er und winkte ab, als sie ihm ein Glas Sangria anbot. »Sie heißt Hanni, und ich kenne sie aus der Schule.«

»Altes Liebe rostet nicht«, kicherte Dunja und sah ihn mit neu erwachtem Interesse an. Adolf war frisch rasiert. Sein Haar hatte er heute nach dem Duschen nicht wie sonst mit dem Handtuch trocken gerubbelt, sondern sorgfältig gekämmt. Er trug seine besten Jeans und das Hemd, das er letztes Frühjahr gekauft und seither kein einziges Mal angezogen hatte.

»Klingt gut.« Sie zog an ihrer Zigarette.

»Es gibt nur drei Probleme«, sagte Adolf. »Sie ist verheiratet. Mutter kann sie nicht leiden. Und sie kommt heute zum Fest.«

Dunja riss die goldgerahmten Augen auf und klatschte in die Hände. »Das ist ja perfekt!« Sie trank einen Schluck Sangria. »Da kann ich sie mir anschauen. Ich hab ein gutes Blick für Menschen.«

In diesem Moment kam Samira angelaufen und zupfte Adolf am Hemd. »Spielst du wieder Uno mit uns?«

»Später«, versprach Adolf, und das Mädchen hopste davon, um die Kuchen und Tortenstücke am Nachbartisch in Augenschein zu nehmen. Ihr glänzendes schwarzes Haar, das sie stets zu zwei Pferdeschwänzen gebunden trug, schwang im Takt ihrer Sprünge.

»Das mit verheiratet lässt sich ändern«, nahm Dunja das Gespräch wieder auf. »Ist nicht jede Frau so blöd wie ich und bleibt bei größtem Depp«, raunte sie ihm zu und machte eine Bewegung mit dem Kinn in die Richtung von Erwin Feichtinger, der sich mit einem von Dunjas unzähligen Verwandten unterhielt. Soweit Adolf wusste, hieß der Mann Milan oder Mirko und arbeitete bei der Müllabfuhr. Er trug ein schwarzes Lederjackett, die Ärmel bis zu den Ellbogen hochgeschoben. Seine nackten Arme waren von oben bis unten mit Tätowierungen verziert.

»Und dein Mama muss sie eben mögen lernen«, fuhr Dunja fort. »Sie macht nur Sorgen wie jedes Mutter. Mag dich nicht geben zu andere Frau. Vielleicht ist bisschen eifersüchtig, so wie ich.« Sie zwinkerte ihm zu und drückte ihre Zigarette im Aschenbecher aus. »Ich mag, wie du immer nett bist zu mir.« Dunja schürte die Glut. »Ist Abwechslung zu schlecht gelaunte Mann und apathische Sohn. Hast du mir damals gleich gefallen auf erste Blick. Vielleicht, weil du so ähnlich ausschaust wie meine Cousin Jovan.«

Ihre Offenheit brachte ihn zum Schmunzeln. »Ich bin doch weiterhin nett zu dir«, versicherte er ihr schnell.

»Trotzdem ich muss dich jetzt teilen«, erklärte sie mit gespielter Dramatik und bekam einen Hustenanfall von der qualmenden Kohle. Herr Gündör, der einen Glasteller mit Baklava trug, nickte ihnen zu.

Als Adolf sich ein Bier holen wollte, lief er Frau Maratschek in die Arme. »Ja, Dolfi!« Die hagere kleine Frau sah zu ihm hoch. »Gut schaust du aus heut. Dass du es immer noch aushältst zu Hause bei diesem Frauenzimmer.«

Es war kein Geheimnis, dass Frau Maratschek und Mutter einander nicht leiden konnten. Das war schon so gegangen, als Adolf noch ein Kind gewesen war. Seine Mutter nannte Frau Maratschek eine Furie. Was genau

Frau Maratschek Mutter vorwarf, wusste er nicht. Er fand die Nachbarin von schräg gegenüber ganz nett. Sie hatte zwar einen verbissenen Zug um den Mund, doch zu ihm war sie stets freundlich.

»Mein armer Bub, du machst was durch – mit dem Namen und bei den Eltern!«, hatte sie oft gesagt, ihm über den Kopf gestreichelt und ihm eine Tüte Gummibärchen geschenkt. Ihren verstorbenen Mann, den Maratschek Karl, hatte er ganz besonders gemocht. Manchmal hatte er Adolf seine Münzsammlung gezeigt und ihm zu jedem Geldstück eine abenteuerliche Geschichte erzählt.

Adolf suchte gerade nach einem unverfänglichen Thema, über das er sich mit der Nachbarin unterhalten könnte, da entdeckte er Hanni. Sie stand unter dem alten Ahorn, in dessen Rinde er vor über dreißig Jahren ihren Namen geritzt hatte und dabei von Herrn Welser erwischt worden war. Zu ihrem dunkelblauen Leinenkleid trug sie wieder die roten Schuhe. Sie winkte ihm zu. Als er zu ihr hinüberging, folgte ihm ein Dutzend Augenpaare.

Der Abend wurde ganz anders als die vielen Hoffeste zuvor. Adolf saß diesmal nicht in der Ecke. Er drehte eine Runde mit Hanni durch den Hof. Sie hatte keinerlei Hemmungen, auf die Leute zuzugehen. Frau Maratschek konnte sich noch an sie erinnern und wurde nicht müde, zu wiederholen, wie groß sie doch geworden sei. Auch mit Dunja schien Hanni sich zu verstehen. Die Frauen wechselten ein paar Worte, während Adolf zwei Bier holte. Als er zurückkam, flüsterte Dunja Hanni gerade etwas ins Ohr, worauf diese heftig den Kopf schüttelte und lachte. Herr Welser, der sonst immer auf Dunja fixiert war, taxierte Hanni so ausgiebig, dass seine Bratwurst kalt wurde. Hanni kostete von Frau Gündörs Baklava und flocht Samira neue Zöpfe. Alle waren neugierig, wer die Unbekannte war, die an seiner Seite von Tisch zu Tisch flanierte.

Nur Adolfs Mutter blieb reserviert, als Hanni sie begrüßte. Als Mutter den Mund öffnete, hielt er den Atem an. »Guten Abend, Frau …«, sie machte eine Kunstpause. »Wie war noch mal der werte Name?«

»Hanni«, war die unbekümmerte Antwort.

Da meinte Mutter schnippisch: »Den Namen Ihres Gatten wollte ich wissen.« Doch Hanni ließ sich nicht provozieren.

»Brandstätter«, antwortete sie. »Heute heiße ich Hannelore Brandstätter.«

Sie setzten sich nebeneinander an einen Tisch, aßen Koteletts mit scharfen Pfefferoni, Schokokuchen und Baklava. Nach dem zweiten Bier holte Hanni zwei Gläser Sangria. Später kamen Achmed und Samira zu ihnen, und sie spielten einige Runden Uno. Hanni nahm den Jungen auf den Schoß und ließ ihn gewinnen. Als es dunkel wurde, leuchteten die bunten Lampions über ihren Köpfen. Heute störten Adolf weder die Schlager aus den Sechzigern, die sich die älteren Bewohner des Mitterweg 5 wünschten, noch die Popsongs, die Dunja so gefielen, dass sie laut mitsang. Selbst Mutter, die ihn aus dem Hintergrund mit missmutigem Blick beobachtete, konnte ihm nicht die Laune verderben.

Bald war ihm die süße Sangria zu Kopf gestiegen. Wenn er die Augen schloss, sah er bunte Punkte tanzen. Sie kamen näher, wurden größer, bis sie schließlich explodierten und zu vielen kleinen neuen Punkten wurden.

»Komm mit!«, sagte Hanni plötzlich. Sie zog ihn am

Arm hoch, und er folgte ihr wankend. An den Biertischen waren die Gespräche voll im Gange. Man tauschte Neuigkeiten aus, lästerte über jeden, der gerade nicht in der Nähe war, und zankte sich. Manche Gäste waren völlig ins Essen und Trinken vertieft. Dunja tanzte ausgelassen mit der juchzenden Samira. Herr Welser beobachtete sie mit lüsternem Blick. Nur Mutter entging nicht, wie Adolf mit Hanni den Hof durchquerte.

Sie bogen um die Ecke und schlenderten am Nachbarhaus vorbei. Dort zog Hanni Adolf unter den überdachten Fahrradabstellplatz neben den Wertstoffcontainern. Ohne Vorwarnung legte sie beide Hände auf seine Brust, hob den Kopf, öffnete den Mund und zeigte ihre weißen Schneidezähne. Und bevor er noch etwas sagen oder fragen konnte, küsste sie ihn.

Ihre Unterlippe war rund wie eine Kirsche. Ihre Zunge schmeckte nach Sangria. Er spürte ihre großen glatten Zähne an seinen Lippen. Ihr weiches Haar strich über sein Gesicht. Und er spürte ihr Herz bis in seine Fingerspitzen schlagen. Er war so überrascht, dass er anfangs mit hängenden Armen dastand. Doch sie dachte gar nicht daran, aufzuhören. Da legte er seine Hände auf ihren Rücken und zog sie an sich. Später würde er darüber nachdenken, dass er sich diesen Kuss ganz anders vorgestellt hatte. Trockener und romantischer. Zugleich war er überwältigt von der Hitze und von der Nähe zwischen ihnen. Als Hanni einen Schritt zurücktrat und ihn ansah, hätte er sie am liebsten noch einmal geküsst. Immer noch konnte er die Berührung ihrer Zunge und Lippen am ganzen Körper bis in die Handflächen und sogar auf den Fußsohlen spüren.

»Wegen Dirk«, begann Hanni und strich sich das Haar

aus dem Gesicht. Adolf verkrampfte sich sofort. Er war sich nicht sicher, ob er das, was jetzt kam, hören wollte.

»Ich wollte dir sagen, dass …«

»Da sind ja unsere Turteltauben!«, unterbrach sie eine polternde Stimme. Erwin Feichtingers feistes rotes Gesicht tauchte hinter dem Holzsteher, der das Wellblechdach trug, auf. »Verzeihung, mein Führer, ich wollte die Bodenoffensive nicht stören.«

»Lass es, Erwin«, knurrte Adolf. »Deine rechtsradikalen Witze kannst du deinen Kellernazis erzählen.«

»Ich muss ohnehin nach Hause«, meinte Hanni. »Kümmere dich nicht um den. Ich kenne solche Verlierer. Die flüchten sich in faschistische Allmachtsfantasien, damit sie sich nicht mit ihrem verpfuschten Leben auseinandersetzen müssen.« Den letzten Satz sagte sie laut und provokant, den Blick auf Erwin Feichtinger geheftet. Dann flüsterte sie Adolf ein »Schlaf gut« zu, drückte kurz seine Hand, und schon lief sie die Straße hinunter zu ihrem Wagen.

Sie ist betrunken, dachte er und überlegte kurz, ob er sie aufhalten und ihr ein Taxi rufen sollte. Doch er kannte Hanni. Sie würde sich von ihm nichts sagen lassen und ihn nur auslachen.

Erwin Feichtinger hatte sich vor ihm aufgebaut und rempelte ihn nun mit der Schulter an. »Sag deiner frechen Schlampe, dass sie gut aufpassen soll! Wir sind ehrliche Leute hier, die hart arbeiten. Von so einer Bobotussi lass ich mich nicht dumm anmachen. Die kann ihr Gutmenschentum in ihrem Villenviertel ausleb…«

»Erwin«, fiel ihm Adolf ins Wort, »deine Komplexe interessieren niemanden. Lass es einfach gut sein.«

Erwin Feichtingers rechtes Augenlid zuckte. Ehe Adolf

ausweichen konnte, traf ihn ein harter Schlag ins Gesicht. Er fiel nach hinten gegen den Papiercontainer, und für einen Moment wurde ihm schwarz vor den Augen. Draußen auf der Straße knatterte ein Moped vorbei. Jugendliche grölten. Von drüben drang ganz schwach einer von Dunjas zuckersüßen Popsongs herüber. Adolf blinzelte. Sein Gesicht war feucht, sein Schädel brummte.

Erwin Feichtinger war verschwunden. Dafür lief ein Igel zwischen den Fahrrädern zickzack auf und ab, die Nase am Boden. Stöhnend fasste sich Adolf an die schmerzende linke Gesichtshälfte. Als er die Hand zurückzog, war sie voll Blut. Er dachte an Hannis Kirschenmund und lächelte.

24

»Dirk ist tot.« Hanni saß schräg hinter ihm im Bus und starrte auf ihre nackten Knie.

Adolf schüttelte den Kopf. Er verstand nicht.

»Wie, tot?«, fragte er.

»Sehr tot.« Sie malte mit dem Zeigefinger ein Dreieck auf ein Knie. »Er liegt in der Gefriertruhe im Keller.«

Die Hitze ließ die Luft über dem Asphalt flirren. Siebenunddreißig Grad. Es war der bisher heißeste Tag des Jahres, wie eine gut gelaunte Moderatorin am Morgen im Radio verkündet hatte. Die Straßen waren leer. Wer nicht unbedingt musste, verließ heute die Wohnung nicht. Viele waren ohnehin im Urlaub, die anderen lagen im Schwimmbad im Schatten oder aßen ein Eis am Wolfenreither See.

Adolf hörte Hannis Worte zwar, doch er begriff sie nicht. Sie sah aus wie immer. Sonnig, luftig. Eine kurze Leinenhose, eine ärmellose hellblaue Bluse. Die roten Schuhe.

Als er keine Fragen stellte, hob sie den Kopf und schaute ihn an. »Ich habe ihn umgebracht, Adolf.«

Zwei dicke, schmutzige Tauben watschelten vorbei. Der einen fehlte ein Teil des linken Fußes. Wie er so dasaß, mit ihr alleine im stickigen Bus, kam er sich vor wie ein Priester im Beichtstuhl. Diese Vorstellung verursachte ein Jucken an seinem verschwitzten Oberkörper. »Wieso … warum hast du das getan?«, stammelte er. In seinem Kopf explodierten die Gedanken. Wörter wie »Gefängnis« und »lebenslang« prallten gegen seine Schädeldecke.

Hanni zuckte kurz zusammen, sah ihn aber weiterhin unverwandt an. »Das spielt jetzt keine Rolle mehr«, sagte sie. »Er muss weg, und ich weiß nicht, wie ich das machen soll.«

Adolf wandte sich ab. Draußen auf dem Gehsteig lächelte ihn ein Wahlplakat an. *Dr. Christian Seefeld – ehrlich, christlich, kompetent.* Sein zuversichtliches Mit-mir-kann-nichts-schiefgehen-Grinsen kam Adolf absurd vor. Der Mann erinnerte ihn an Dirk. Haarschnitt und Kleidungsstil konservativ, die Miene entspannt und siegessicher. Adolf hatte Dirk dreimal getroffen. Das letzte Mal vor gut zwanzig Jahren im Café *Zum Franz* in der Altstadt. Dirk war in den Wirtschaftsteil der Tageszeitung vertieft gewesen und hatte ihn nicht bemerkt. Damals war Adolf der schmale Goldring an seinem Finger aufgefallen. *Eine gute Wahl*, hatte er gedacht, während er den jungen Geschäftsmann beim Zeitungslesen beobachtet hatte. Und im Stillen hatte er Hanni Lebewohl gesagt. Jetzt war Dirk tot.

Konnte das einer von Hannis makabren Scherzen sein? Früher hatte sie ihn gerne mit Meldungen wie: »Heute entfällt Mathe – Professor Dorn ist im Skiurlaub unter die Pistenraupe geraten«, erschreckt. Doch Hannis ernste Dringlichkeit ließ ihn erahnen, dass sie die Wahrheit sagte.

»Wann ist das passiert?«, fragte er, ganz so, als wäre Dirks Tod ein tragisches Unglück gewesen. Er kannte die Antwort, doch er wollte sie aus ihrem Mund hören.

»Am Abend, bevor ich in deinen Bus gestiegen bin«, sagte Hanni.

Er starrte auf ihre weißen Schneidezähne. Dann war sie also nur gekommen, weil sie gehofft hatte, er würde ihr Problem lösen, wie er immer alle ihre Probleme gelöst hatte. Wie er ihr die Räuberleiter gemacht, sie aus den Brennnesseln gezogen und ihr bei den Prüfungen unter der Bank seinen Schummelzettel zugeschoben hatte. Er war auf Hanni hereingefallen. Weder die Klimakrise noch ihre Sehnsucht nach ihm hatte sie dazu gebracht, den Bus zu nehmen. Sie brauchte jemanden, der hinter ihr aufräumte. Jemanden, der für sie Schmiere stand. Jemanden, der sie nach ihrem Sturz vom Pferd aus dem Dreck zog. Doch diesmal war sie zu weit gegangen.

»Du kommst nach dreißig Jahren zu mir, weil du deinen Mann ermordet hast?« Er spuckte die Worte aus wie faulige Kirschen.

»Ja«, sagte Hanni und senkte den Kopf. Sie schwieg einige Atemzüge lang, dann fügte sie hinzu: »Aber ich habe oft an dich gedacht.«

In seinem Kopf pochte es. Plötzlich ertrug er die schwüle Luft im Bus nicht mehr. *Warum hast du dich nicht scheiden lassen, wie andere Menschen das tun?*, wollte er fragen. Stattdessen drückte er auf den Türöffner. »Steig aus!«, herrschte er sie an.

»Nein.« Hanni klammerte sich mit beiden Händen an die Haltestange, die vor der ersten Sitzreihe angebracht war. »Du musst mir helfen.«

»Du bist ja völlig wahnsinnig!« Er zwängte sich aus der Fahrerkabine, fiel beinahe über seine Füße, als er aus dem Bus stolperte, und lief einige Meter die Haltestelle entlang. Er wollte weg von hier, doch er konnte nicht – in wenigen Minuten war Abfahrt. In seinen Ohren rauschte es. Aus dem Augenwinkel konnte er sehen, dass

Hanni immer noch auf ihrem Sitz saß. Um ihrem Blick auszuweichen, fixierte er das Wahlplakat der Volkspartei. Dr. Christian Seefeld strotzte nur so vor Zuversicht. *Ehrlich. Christlich. Kompetent. Gemeinsam in eine gute Zukunft. Ihr Wirtschaftsminister.* Adolf war schlecht. Er hatte das Gefühl, keine Luft zu bekommen. Zwei alte Frauen mit Rollatoren kamen auf den Bus zu. Ein jugendliches Pärchen, er mit türkisfarbenem, sie mit pinkem Haar, beide mit löchrigen Jeans, stiegen ein. 16:45 Uhr. Er musste los. Sein Herz hämmerte, als er schwerfällig auf den Fahrersitz kletterte und den Motor startete. Hanni würdigte er keines Blickes. So ruhig wie möglich umrundete er den Haltebereich, blinkte und verließ den Bahnhofsplatz.

»Hilf mir, sonst muss ich ins Gefängnis«, raunte Hanni ihm zu.

Das hättest du dir früher überlegen müssen, dachte er, biss die Zähne zusammen und sah stur geradeaus. Er versuchte, sich auf das Brummen des Motors zu konzentrieren.

»Komm nach der Arbeit zu mir«, flüsterte sie.

Adolf hielt an der Ampel stadtauswärts. Er trommelte mit den Fingern aufs Lenkrad und zählte die Sekunden, bis es endlich grün wurde.

»Dann kann ich dir alles erzählen«, fuhr sie fort.

Er hatte längst genug gehört.

»Als wir wieder zusammen waren nach all den Jahren, habe ich erst bemerkt, wie sehr ich dich vermisst habe«, sagte sie.

Er schaltete die Scheibenwischer ein. Die Gehsteige waren menschenleer. Der Bus durchpflügte die glühend heißen Straßen, bahnte sich seinen Weg durch den Vorabendverkehr und ließ schließlich die Stadt hinter sich. Es kam Adolf so vor, als hätte sich das altvertraute Fahrzeug selbstständig gemacht. Es brauchte ihn nicht mehr, fand seinen Weg von alleine. Er ließ eine Mutter mit Kinderwagen einsteigen. Setzte einige Haltestellen weiter das bunte junge Paar ab. Er saß auf dem Fahrersitz wie ein Unbeteiligter. Ein Zuschauer, der der Handlung des Films nicht mehr folgen konnte.

Plötzlich stand Hanni hinter ihm. »Wir könnten wegfahren, du und ich«, sagte sie leise. »Für ein paar Wochen. Oder für immer.«

Als er ihre Hand auf der Schulter spürte, schwoll das Rauschen in seinen Ohren zu einem Tosen an. Seine Kehle war eng, sein Mund staubtrocken. Mitten in den Hügeln zwischen Merk und Nonnendorf trat er so heftig auf die Bremse, dass Hanni ihn loslassen musste, um sich am Haltegriff festzuklammern. Eine der alten Frauen schrie erschrocken auf. Das Baby im Kinderwagen begann lauthals zu brüllen.

»Adolf, beruhig dich!«, keuchte Hanni. »Lass uns später in Ruhe reden.«

Er schlug auf den Knopf, der die Tür öffnete, sprang aus der Fahrerkabine und floh aus dem Bus. Ihm war speiübel, als er die Straße entlangstolperte. Die Fahrgäste riefen und klopften gegen die Scheiben. Doch Adolf hörte sie nicht. In seinem Kopf lärmte ein Presslufthammer. Er rannte los, so schnell, wie er noch nie zuvor gerannt war. Der Schweiß strömte ihm übers Gesicht. Das Hemd klebte ihm am Rücken. Sein Herz donnerte gegen die Rippen. Er rang nach Atem. Doch er blieb nicht stehen.

25

Die Johannisbeeren platzten. Ihr roter Saft sickerte in den weißen Eischnee. Er dachte an die Eiskristalle. Kaltes Blühen in der Tiefe.

Hier war es warm. Er hockte vor dem Backofen und beobachtete den Kuchen. Es faszinierte ihn, wie sich seine Form und die Oberfläche veränderten. Zuerst war der Teig ganz hell gewesen, er hatte geglänzt von der Butter. Die Johannisbeeren waren wie rote Perlen in die Schüssel gerollt, prall und feucht. Der weiße Schaum hatte schleimige Fäden gezogen und leise geknistert, als Oma ihn mit dem Spachtel auf der ausgerollten Masse verteilt hatte. In der Hitze des Ofens versanken die Beeren im Schnee. Zerronnen und färbten sich rosarot. Die weiße Masse wuchs, dehnte sich aus und wurde langsam braun, besonders an den Rändern und in den Ecken. Sie quoll auf, warf Blasen und stürzte dann wieder in sich zusammen. Der Teig, der seitlich herausblitzte, war nun nicht mehr gelb, sondern ebenfalls braun. Es roch süß und säuerlich.

Er mochte es, mit Oma zu backen. Sie war immer gut gelaunt. Das Radio sang und rauschte ein wenig. Oma sang mit. Er manchmal auch, obwohl er den Text gar nicht kannte. Zu Hause war die Musik ganz anders. Papa hatte eine schwarze Stereoanlage, die aus vielen Etagen bestand. Niemand durfte sie anfassen. Die Lautsprecher waren größer als er selbst und sehr empfindlich. Nur Papa konnte mit diesen Sachen umgehen. »Das ist eine eigene Wissenschaft«, sagte er. Wenn Papa Musik hörte, waren Laufen, Springen, Fernsehen und Reden verboten. Seine Musik war heilig und dauerte so lange wie die Messen in der Kirche, die er mit Opa manchmal besuchte.

Bei Oma war es ganz anders. Sie hatten Mehl an den Händen, an den Wangen und an den Unterarmen. Sie lachten und sangen – falsch und laut. Wenn Johannisbeeren unter den Tisch rollten, war das nicht schlimm. Oma würde nachher den Boden kehren. Sie hatte keinen Saugroboter, sondern einen Besen mit rotem Stiel und gelben Borsten. Er aß rohen Teig, bis ihm schlecht wurde. Wenn ein Stück auf die Fliesen fiel, kam Balu und fraß es auf.

Hier war sein Kopf leicht wie ein Luftballon, schwebte hoch über seinem Hals und platzte fast vor Lachen. Zu Hause war sein Hals kurz und eng. Dort musste er den Kopf einziehen und ganz still sein.

Rot bluteten die Johannisbeeren auf der braunen Haut, und er kauerte vor dem Backofen und überwachte die Verwandlung. Der Kuchen erinnerte ihn an die totgefahrenen Hasen auf der Straße. Auch sie verwandelten sich. Erst waren sie flauschig und blutig. Dann blähten sie sich in der Sonne auf. Die Vögel pickten ihre Augen aus, und in ihren offenen Bäuchen begannen weiße Würmer zu tanzen. Dann wurden sie flach und dünn und dunkel. Und irgendwann waren sie fort.

26

Dr. Winkler schaute ihn über den Rand seiner Brille an. Er hatte schütteres Haar, einen ungesunden grauen Hautton und einen faltigen Hals, der Adolf an eine Schildkröte erinnerte. Der Arzt sah aus, als hätte er das kleine, enge Zimmer schon seit Jahren nicht mehr verlassen. Er wirkte staubig, verblichen und vergilbt. Selbst sein weißer Kittel und die weißen Ordner in den Regalen hinter ihm hatten einen leichten Gelbstich. So saßen sie eine Weile und schwiegen. Adolfs Blick wanderte zwischen dem Fenster und dem Doktor hin und her. Der Arzt studierte eine Weile seine Unterlagen, um dann wieder den neuen Patienten zu betrachten. Er schien dankbar für einige Minuten Stille zu sein. Auf Adolf wirkte er so matt, als hätte er nicht die Kraft, ein Gespräch zu beginnen.

Nachdem er ein weiteres Mal umständlich in seinen Akten geblättert hatte, begann Dr. Winkler schließlich zu reden. »Gut, Herr Schweiger, Sie sind also überlastet.« Seine Stimme war unerwartet laut und energisch.

Adolf wollte widersprechen, doch er wusste, dass er mitspielen musste. Was blieb ihm denn anderes übrig? Er konnte ja schwer sagen: »Wissen Sie, Herr Doktor, die einzige Frau, die mir jemals etwas bedeutet hat, hat ihren Mann ermordet. Sie hat mich geküsst und wäre sogar bereit gewesen, mit mir eine Beziehung einzugehen, nur damit ich ihr helfe, die Leiche zu beseitigen.« Er ballte die Hände unter dem Tisch zu Fäusten und nickte ergeben.

»Können Sie Ihre Arbeit näher beschreiben? Sie sind doch beim Verkehrsverbund beschäftigt, nicht wahr?« Dr. Winkler nahm die Brille ab und legte sie vor sich hin.

»Ich bin Buslenker.«

»So. Mhm. Ja.« Die Schildkröte atmete tief ein. »Finden Sie es belastend, täglich acht Stunden hinter dem Steuer zu verbringen?«

»Nein.«

»Kommt es gelegentlich zu schwierigen Situationen mit den Fahrgästen?«, fragte der Arzt und faltete die Hände auf der Tischplatte zu einem Dreieck.

»Kaum.« Wenn man davon absah, dass Frau Blauensteiner vor zwei Jahren zwischen Mautzen und Ammendorf einen Herzinfarkt erlitten hatte, an dem sie auf dem Weg ins Krankenhaus verstorben war. Lautstarke Streitereien zwischen den Jugendlichen wusste er zu schlichten. Dass sich hin und wieder ein Betrunkener während der Fahrt übergab, konnte ihn heute ebenfalls nicht mehr aus der Ruhe bringen.

»Gibt es Probleme mit den Kollegen?« Dr. Winkler presste seine Daumen in einem langsamen Rhythmus aneinander. Adolf dachte an den Bus-Bertl und schüttelte den Kopf. Mit allen anderen hatte er nur wenig Kontakt. Man grüßte sich und wechselte in der Kaffeeküche ein paar Worte.

»Gesundheitliche Beschwerden?«, versuchte der Arzt aufs Neue sein Glück. Adolf kam es so vor, als ginge er einen Fragenkatalog durch. Wieder verneinte er und fühlte sich etwas schuldig dabei.

»Wie sieht Ihr Privatleben aus?«

Dr. Winklers Stimme verlor langsam ihren Elan.

»Nichts Besonderes«, murmelte Adolf.

»Leben Sie alleine?«, der Arzt klang bereits etwas matt.

»Bei meiner Mutter«, erwiderte Adolf.

Da hob Dr. Winkler den Kopf und sah ihn aufmerksam an. »Keine Beziehung?« Seine Stimme hatte eine frische Schärfe, als hätte er sie wie einen Bleistift gespitzt.

Adolf wich seinem Blick aus. »Nein«, sagte er. »Ich war immer alleine. Aber das stört mich nicht.«

»Wie ist das Verhältnis zu Ihrer Mutter?«, bohrte der Arzt weiter.

Adolf dachte an Mutters verkniffenen Mund. An ihr Begräbnisgesicht und an ihr anklagendes Schweigen. »Das kleine, das tägliche Unglück ist berechenbar«, hörte er sie sagen, »damit kann man leben. Vor dem großen Unglück musst du dich hüten, Bub. Das kommt daher im schönsten Gewand und lacht dich an, als wär's das größte Glück. Wenn du dann zupackst, hast du es am Hals, dann zerstört es dein Leben.«

Er fühlte wieder diese Übelkeit in sich aufsteigen und beeilte sich, mit dem Kopf zu nicken. »Ganz gut.«

Dr. Winkler schrieb ihn für vier Wochen krank und empfahl ihm, sich um seine sozialen Kontakte zu kümmern. »Wenn dieser Aspekt fehlt, verlieren wir früher oder später den Schwung.« Das Letzte, was Adolf wollte, war, mehr Zeit mit seiner Mutter zu verbringen. Doch er wagte es nicht, der Schildkröte zu widersprechen, und war froh, das enge, düstere Sprechzimmer zu verlassen.

Wenn es etwas gab, das Adolf hasste, dann waren es freie Tage. Kaum musste er nicht zur Arbeit, nahm ihn Mutter sofort in Beschlag. Sie wollte mit ihm frühstücken, schickte ihn zum Friedhof, den Vater gießen, und deckte ihn mit sinnlosen Aufgaben ein: Voll funktionstüchtige Glühbirnen sollte er auf den reinen Verdacht hin wechseln, dass diese in den nächsten Monaten den Geist aufgeben würden. Er musste die Küchenschränke abstauben, die Sesselleisten streichen, im schlimmsten Fall musste er Mutter gar in den Baumarkt mitnehmen. Weil diese Krankschreibung eine endlose Aneinanderreihung von freien Tagen bedeutete, beschloss er, sie seiner Mutter zu verheimlichen. Er würde einfach jeden Morgen um die gewohnte Zeit das Haus verlassen und erst abends wiederkehren.

»Wir könnten fortfahren – du und ich«, flüsterte Hanni in seinem Kopf. Er wischte sich mit einem Taschentuch über die Stirn und setzte sich in Bewegung. Er würde durchhalten, weitermachen wie früher, ohne Hanni und momentan auch ohne seine Arbeit. Dann konnte er bald wieder eintauchen in die wunschlose Gleichförmigkeit seines alten Lebens.

27

Sie schlug ihm die Mineralwasserflasche so heftig auf den Hinterkopf, dass der Schädelknochen knackte. Blut spritzte an die beigefarbene Raufasertapete und auf die Akten auf dem Schreibtisch. Einige Sekunden lang saß er ganz still. Dann kippte er nach vorne und blieb reglos auf dem Boden liegen, während der Bürostuhl gegen das Regal rollte.

»Kaffee?«, fragte sie und wandte sich zur Tür.

»Gerne«, hörte sie ihn sagen.

Als sie zurückkam, saß Dietmar wieder auf seinem Stuhl.

»Du bist die Beste.« Er strahlte sie an.

»Ich weiß.« Helga Zenz erwiderte das Lächeln ihres Vorgesetzten, schob die Mineralwasserflasche zur Seite und reichte ihm die dampfende Tasse.

28

Wie gewohnt machte sich Adolf am nächsten Morgen ein Jausenbrot. Emmentaler mit Gurkenscheiben. Das überstand den heißen Tag besser als Schinken oder Eiaufstrich. Mutter bügelte vor dem Fernseher, als er die Wohnung verließ.

Er blieb im Stiegenhaus stehen und schnupperte. Der Rauch von Dunjas Zigarette zog in feinen Schwaden zu ihm herauf. Er wusste, dass sie einen Stock tiefer auf ihn wartete. Ihr war der Ausraster ihres Mannes furchtbar unangenehm. Adolf hatte gar nichts erzählen müssen, als er ihr am Tag nach dem Hoffest mit der Platzwunde über der Augenbraue und dem geschwollenen Gesicht begegnet war. Sie hatte sofort gewusst, was passiert war: Ihr Mann musste wohl wieder eine seiner hasserfüllten Schimpftiraden über Adolf losgelassen haben. Dunja hatte es sich nicht nehmen lassen, ihn zu verarzten, und hatte ihm im Anschluss eine Tüte mit tiefgefrorenen Erbsen auf sein blaues Auge gedrückt. Den Versuch, ihm Zwetschgenbrand einzuflößen, der laut ihrer verstorbenen Großmutter gegen so ziemlich alles half, hatte er zum Glück abwehren können. Damals war er wie betrunken von Hannis Kuss gewesen und hatte den Schmerz kaum gespürt, nur ihre Lippen auf seinen.

Jetzt war er wieder nüchtern. Er stand an die Wand gepresst im Flur und hielt den Atem an. Immer noch schämte er sich. Für seine Hoffnung, seine Freude. Für die Begeisterung über Hannis vermeintliche Zuneigung. Wie ein Fünfzehnjähriger hatte er sich benommen. Höchste Zeit, dass er wieder in die Realität zurückgekehrt war. Auch wenn er es nur ungern zugab, Mutter hatte recht gehabt, als sie meinte: »Lass dich besser gar nicht auf die Frauen ein. Wenn dir eine recht schöntut, steckt meist eine böse Absicht dahinter.«

Endlich hörte Adolf, wie Dunja die Wohnungstür schloss. Erleichtert atmete er aus und trottete die Treppe hinunter.

Im ersten Stock kam ihm ein Mann entgegen. Dunkel gekleidet eilte er mit schweren Schritten die Stufen hinauf und rempelte Adolf im Vorbeilaufen mit der Schulter an.

Adolf hob irritiert den Blick und erschrak. Er sah sich selbst. Verdrossen, bitter und voll Argwohn. So wie er nie hatte werden wollen.

Wer war der Fremde, der seine Augen, seine Nase, seinen Mund und seine heutige Laune hatte? Ein Doppelgänger? Eine Vision? War es möglich, dass Hanni ihn tatsächlich um den Verstand gebracht hatte?

Nein, sagte er sich, das musste dieser Cousin sein, von dem Dunja gesprochen hatte. Der, der ihm angeblich zum Verwechseln ähnelte. Für einen Augenblick hatte Adolf das Gefühl, dass ihn der Mann, der sein Gesicht trug, misstrauisch anstarrte. Und fast war er versucht, ihn anzusprechen, doch da senkte der andere den Kopf und hastete vorbei. Bestimmt war er zu Dunja unterwegs.

Der Gedanke an Dunjas sangriarotes Lachen versetzte

Adolf einen Stich ins Herz. Er hatte ein schlechtes Gewissen, weil er ihr aus dem Weg ging. Sie hatte sich so für ihn gefreut. Doch er konnte ihr nicht von dem Desaster mit Hanni erzählen. Er wollte Dunja nicht anlügen. Wenn er Hanni nicht verraten sollte, musste er ihr ausweichen.

29

Wenn Adolf nicht hinter dem Lenkrad eines Linienbusses saß, verging die Zeit unerträglich langsam. Ziellos wanderte er nun schon den zweiten Tag durch die heiße Stadt. Beim Langos-Stand dachte er an Hanni. Am Brunnen kam es ihm für einen Moment so vor, als säße sie neben ihm. Bei jedem Schritt spürte er sie an seiner Seite. Die Härchen an ihren Unterarmen kitzelten ihn, und plötzlich füllten sich seine Augen mit Tränen. Er biss die Zähne zusammen und ging schneller. Seine Füße prallten hart und unrhythmisch auf das Kopfsteinpflaster.

Hanni hatte ihn aus dem Takt gebracht. Doch das wollte er sich nicht gefallen lassen. Er hatte genug davon, durch die glühende Fußgängerzone zu irren und an sie zu denken. Abrupt blieb er stehen. Er braucht eine Aufgabe. Als er die Hände zu Fäusten ballte und sie in seinen Hosentaschen vergrub, fiel ihm etwas ein: Er würde die Knopffrau finden! Sie hatte niemanden, der sie vermisste, niemanden, der nach ihr suchte. Jetzt würde er das tun. Außerdem musste er mit dem Bus-Bertl reden.

Adolf schüttelte Hanni ab wie ein nasser Hund das Wasser aus seinem Fell. Auch wenn es ihn Überwindung kostete, nahm er den Bus. So gelassen wie möglich ertrug er die neugierigen Blicke seiner Kollegen. Auf ihre Fragen, wie es ihm ginge, antwortete er mit einem beschwingten: »Viel besser.« Sogar bei seiner Vertretung, einem jungen Mann mit Geheimratsecken und unreiner Haut, stieg er ein. Wie die Knopffrau setzte er sich in eine der hinteren Reihen.

Es war ein eigenartiges Gefühl, die vertraute Landschaft durch das Seitenfenster zu betrachten, die Hände im Schoß. Kein Gaspedal, keine Bremse unter den Füßen. Ihm fehlte die freie Sicht, die Fahrbahn, die sich vor ihm erstreckte. Er fühlte sich schwer, gelähmt, amputiert. Er dachte an das Bein seines Vaters. An die Tiefkühltruhe und an Hanni.

Weiß wie ein Brautstrauß blühten die Schafgarbe und das Schleierkraut am Straßenrand. Ein Fasan mit buntem Schweif flog auf und floh vor dem vorbeibrausenden Bus in ein Weizenfeld, das bereits begann sich gelb zu färben. In der Kurve vor Nonnendorf wurde Adolf schlecht. Das lag nicht an Hannis Haus, sagte er sich. Das konnte er nämlich gar nicht sehen. Es befand sich auf der anderen Seite, wo ein dicker Junge mit Kopfhörern ihm die Sicht versperrte.

Der Bus fuhr den Hügel, den er zuvor mühsam erklommen hatte, wieder hinunter. Adolf kämpfte gegen die Übelkeit an. Obwohl er sich sicher war, dass er die Knopffrau hier nicht finden würde, durchkämmte er die blühende Landschaft mit seinem Blick. Als es für den Fahrer seines Busses Zeit wurde, Mittagspause zu machen, stieg Adolf aus. Bevor ihn der pickelige Jüngling in ein Gespräch verwickeln konnte, überquerte er den Bahnhofsplatz und steuerte auf das unkrautüberwucherte Gelände des ehemaligen Bahnhofs hinter dem Pendlerparkplatz zu.

Schon von Weitem sah er den Bus-Bertl auf ihrer angestammten Bank sitzen. Aus der Distanz fiel Adolf auf, dass sein Freund alt geworden war. Er wirkte ungewohnt klein, wie er vornübergebeugt dasaß, die Apfelsaftflasche auf den Knien. Adolf folgte den rostigen Gleisen und setzte sich neben Bertl.

»Mahlzeit«, grüßte er.

»Du bist krankgeschrieben, sagen die anderen.« Bertl musterte ihn besorgt. »Was war da letztens los?«

Adolf winkte ab. Er hatte sich vorgenommen, seinem Freund die Wahrheit zu sagen, zumindest den zumutbaren Teil.

»Krach mit Hanni«, murmelte er, stützte die Ellbogen auf die Oberschenkel und legte den Kopf in die Hände.

»So schlimm?« Bertl sah ihn an.

Adolf nickte. »Ich habe die Sache beendet.«

Der Bus-Bertl schüttelte missbilligend den Kopf. »Du kannst doch nicht bei den ersten Schwierigkeiten weglaufen.« Er klang ungewohnt zornig. »Das ist eine Wahnsinnsfrau, so eine bekommst du nicht noch mal. Die darfst du nicht einfach so gehen lassen!«

»Wahnsinnig ist sie tatsächlich«, schnaubte Adolf. »Du kannst dir gar nicht vorstellen, wie wahnsinnig.«

»Die aufregendsten Frauen sind ein bisschen verrückt«, sinnierte der Bus-Bertl mit verklärtem Blick. Er öffnete mit einem lauten Zischen seine Flasche. »Oder wünschst du dir ein biederes Hausmütterchen?«

Adolf schwieg. Was sollte er schon sagen? Dass seine Mutter recht gehabt hatte, als sie ihn vor den Frauen im Allgemeinen und vor Hanni im Speziellen gewarnt hatte?

»Mit einer gepfefferten Prise Wahnsinn schmeckt der Alltag nicht so sehr nach Kantinenfraß.« Sein Kollege war ganz in seinem Element. Er gab Adolf einen freundschaftlichen Stoß mit dem Ellbogen und prostete ihm zu. »Versprich mir, dass du darüber nachdenkst.«

Adolf atmete tief durch und nickte. Was blieb ihm auch anderes übrig? Bertl würde ihn ohnehin nicht in Ruhe lassen.

»Hast du die Knopffrau gesehen?«, fragte er, um das Thema zu wechseln.

Sein Freund schüttelte den Kopf. »Schon lange nicht mehr.«

Adolf stand auf und wünschte Bertl eine gute Fahrt. Er war viel zu unruhig, um hier tatenlos sitzen zu bleiben. Immer wieder kam ihm Dirk in den Sinn – obwohl er ihn nicht kannte, verursachte der Gedanke an ihn ein Ziehen in seinen Eingeweiden. War Hanni wirklich so abgebrüht, ihren Mann umzubringen und seine Leiche im Keller zu lagern? War sie mit ihm durch die Altstadt flaniert, hatte sie mit Appetit ihren Langos verzehrt und neben ihm im dunklen Kino Popcorn genascht, während Dirk zu Hause verweste? Sein Leben kam Adolf mit einem Mal vor wie ein schlechter Film. War das wirklich die Hanni, die früher täglich neben ihm im Bus gesessen hatte? Seine Blutsschwester, seine heimliche Liebe, seine beste Freundin?

Mutter hatte Hanni nie leiden können. »Das ist ein Biest«, hatte sie immer gesagt, »halte dich fern von der, die stürzt dich noch ins Unglück!« Genervt hatte er Mutters böse Worte als dummes Geschwätz abgetan, als Verbitterung und Eifersucht. Doch vielleicht hatte sie bereits vor fünfunddreißig Jahren Hannis wahres Wesen erkannt?

Adolf nahm sich vor, nicht mehr an Hanni zu denken – und an die Leichen in ihrem Keller. Dirk war ganz allein ihr Problem. Er hatte damit nichts zu tun.

An der Imbissbude fragte er nach der Knopffrau. Der Dicke Peppi fischte gerade mit einer Plastikzange Essiggurken aus einem großen Glas. »Ich bin froh, wenn die nicht mehr auftaucht«, röchelte er. »Die vertreibt mir nur die Kundschaft.« Er war schwerer Asthmatiker und litt aufgrund seiner enormen Leibesfülle unter der Hitze.

»Sie ist doch völlig harmlos«, entgegnete Adolf. »Die tut niemandem etwas.«

»Eine Ratte ist das«, keuchte Peppi. »Belauert die Leute beim Essen und schnappt sich alles, was sie kriegen kann. Da bekommt man doch keinen Bissen hinunter. Geschäftsschädigend ist das.«

Sein Kopf war so rot, dass Adolf das dringende Bedürfnis verspürte, sich über den Tresen zu beugen und den obersten Hemdknopf seines Gegenübers zu öffnen. Er steckte die Hände in seine Hosentaschen und verteidigte seine Knopffrau: »Sie hat doch nur Hunger.«

»Dann soll sie sich eine Wurst kaufen wie alle anderen auch«, meinte der Inhaber der Imbissbude knapp.

»Du hast leicht reden«, knurrte Adolf. »Sie hat offensichtlich kein Geld für eine Mahlzeit.«

»Dann muss sie halt was arbeiten!« Der Dicke Peppi wischte mit einem fusseligen Tuch über die Theke. »Ich stehe hier schließlich auch nicht zu meinem Vergnügen. Eine Dusche, ein sauberer Kittel, und schon könnt sie die Straße kehren oder den Müll einsammeln.« Jetzt wischte er sich mit einer Serviette über die Stirn. »Es gibt viel zu viel faules Pack in diesem Land. Weil keiner was dagegen macht.« Peppi rang nach Luft. »Überall lungern sie herum, die Asozialen. Betteln und Stehlen sind halt doch bequemer als Arbeiten. Da gehört einer her, der gründlich aufräumt.«

Er war nun so in Fahrt, dass seine Augen aus den Höhlen hervortraten und sein voluminöser Hals wie gärender

Hefeteig aus dem Kragen quoll. Sein Atem rasselte bedrohlich.

Solches Gerede hatte Adolf nur allzu oft gehört und sich jedes Mal auf eine eigenartige Weise schuldig und verantwortlich gefühlt. Seine Gegenwart schien manche Menschen zu ermuntern, die dünne Decke der Zivilisation zu durchstoßen und ihrem Hass freien Lauf zu lassen. Es lag an seinem Namen. Diese fünf Buchstaben brachten frustrierte Mitbürger dazu, ihrer aufgestauten Wut auf alle, die fremd oder sonst irgendwie anders waren, Luft zu machen. Vaters Plan war aufgegangen: Er hatte es damals geschafft, Adolf von seinem Rollstuhl aus zu züchtigen und zu demütigen. Und es gelang ihm auch jetzt noch aus seinem Grab heraus.

Heute machten die Worte des Imbissbudenbesitzers Adolf nicht zornig, nur müde. Es hatte keinen Sinn, mit ihm zu diskutieren. Der Dicke Peppi konnte die Anmut der Knopffrau nicht sehen. Er war blind für die Schönheit der Unkräuter, für die Farben der Steine.

Als ob eine Arbeit und eine Weißwurst das Wichtigste wären im Leben, dachte Adolf.

30

Es war unnatürlich still in der Wohnung, das fiel Adolf sofort auf. Er zog die Schuhe aus, ging ins Badezimmer und wusch sich Gesicht und Hände. Dann nahm er sich ein Bier aus dem Kühlschrank. War Mutter etwa nicht zu Hause? Der Fernseher schwieg. Der Staubsauger stand in der Abstellkammer. Kein Essen auf dem Tisch. Kein Flüstern am Telefon. Kein Rauschen aus der Toilette.

Dienstag war der einzige Abend, an dem Mutter die Wohnung verließ, um mit ihrer Damenrunde Karten zu spielen. Heute war Donnerstag. Ob ihr etwas passiert war? Nein, versuchte er sich zu beruhigen, Mutter war nicht der Typ, dem etwas zustieß. Sie war robust und widerstandsfähig, geradezu unverwüstlich.

Er lauschte. Draußen setzte piepend ein Lastwagen zurück, irgendwo kläffte ein Hund. In der Wohnung war außer dem Ticken der Uhr und dem Brummen des Kühlschranks kein Laut zu hören. Adolf legte den Bieröffner zurück in die Lade. Er stellte die Bierflasche auf den Küchentisch und schlich durch den Flur zu Mutters Zimmer. Sachte klopfte er. Keine Antwort. Sein Kopf wurde heiß, als er die Klinke hinunterdrückte und die Tür einen Spalt öffnete. Das Bett war ordentlich gemacht, über dem Stuhl hing ihr lila geblümtes Nachthemd. Keine Spur von Mutter. Er zog die Türe wieder zu und tappte Richtung Wohnzimmer.

Die Tür war verschlossen. Das war sie sonst nie – seit damals. Auf einmal war Adolf wieder acht Jahre alt, und hinter der Milchglasscheibe lauerte sein einbeiniger Vater wie eine dicke schwarze Spinne im Netz. Adolfs Herz schlug so laut, dass es das Ticken der Uhr übertönte. Schritt für Schritt bewegte er sich auf die Tür zu. Mit feuchten Händen und schweißnasser Stirn. Er umklammerte das kalte Metall der Klinke, drückte sie Millimeter für Millimeter hinunter. Das vertraute Knarren ließ ihm das Blut in den Adern stocken. Da war kein Rollstuhl vor dem Fernseher. Er atmete tief durch. Dann sah er sie. Auf dem Wohnzimmersofa saß Mutter mit versteinerter Miene. Sie sagte kein Wort, sah ihn nur an, mit einem Blick, den er nicht deuten konnte.

»Geht's dir nicht gut?«, fragte er. »Stimmt was mit deinen Werten nicht?«

Sie schwieg.

Vielleicht war eine ihrer Freundinnen gestorben. Doch so gerne hatte Mutter die Mitglieder der Damenrunde nun auch wieder nicht. Sie pflegte zu sagen, dass sie zeitlebens für Luxus wie Freundschaften eben keine Zeit gehabt hätte und sich jetzt im Alter auch nicht mehr richtig daran gewöhnen würde.

»Wenn der Fernseher wieder kaputt ist, kaufen wir halt einen neuen«, begann er aufs Geratewohl. Vor einigen Monaten war Herr Gündör auf Dunjas Empfehlung hin in die Wohnung gekommen, um das streikende Gerät unter Mutters skeptischem Blick zu reparieren.

Da sie weiterhin nicht antwortete, zuckte Adolf die Schultern. Mutter lebte noch. Wenn sie nicht reden wollte, dann sollte sie eben schweigen. Gerade schickte er sich an, den Raum zu verlassen, da öffnete sie doch den Mund.

»Die Polizei war da.« Ihre Stimme klang eisig. »Die haben mich über dich ausgefragt. Der Mann von dieser Hanni ist verschwunden. Die glauben, du hast etwas damit zu tun.«

Der grüne Linoleumboden reflektierte das Morgenlicht, das durch das schmale, hohe Fenster am Ende des Flurs einfiel. Adolf saß auf einem der drei Stühle vor der dunkelbraunen Mahagonitüre mit der Nummer acht und schaute auf seine Schuhe. Es kam ihm so vor, als wäre er wieder in der Schule, als wartete er vor dem Zimmer des Direktors.

Er hätte schwören können, dass das hier der gleiche Bodenbelag war wie an der Mittelschule in der Müllergasse. Sein Klassenlehrer hatte ihn oft zum Direktor geschickt. Nicht, weil Adolf so schlimm gewesen wäre. Nein, er war ruhig und unauffällig und hatte im Gegensatz zu einigen anderen Schülern keine Probleme damit gehabt, die Schulordnung zu befolgen. Es war vielmehr so gewesen, dass Professor Wurzer in dem Moment beschlossen hatte, dass er mit diesem Kind nicht auskommen würde, als er laut dessen Namen verlesen hatte.

»Hier«, hatte Adolf gefiept, der ja bereits Erfahrung gesammelt hatte mit der Wirkung seines Vornamens auf Lehrkräfte.

Als Professor Wurzers Blick auf den pummeligen Jungen mit dem unvorteilhaften Haarschnitt gefallen war, war auch seine Entscheidung gefallen, dass dieses Kind für sämtliche Missetaten der Klasse geradestehen musste. Denn einem Adolf durfte ein rechtschaffener Pädagoge keinerlei Sympathien entgegenbringen.

Einige Male war es Hannis Schuld gewesen, dass er sich vom Direktor anschreien und dabei auch immer anspucken lassen musste. Die feuchte Aussprache des Schulleiters hatte seine Moralpredigten besonders unangenehm gemacht. Hanni hatte Adolfs Jausentüte mit Wasser gefüllt, zugeknotet und in dem Moment, als Professor Aschenbrenner, die humorlose Deutschlehrerin, durch den Schulhof stöckelte, aus dem Fenster fallen lassen. An das Kreuz über dem Lehrerpult hatte Hanni eine nackte Barbiepuppe genagelt. Die Tafelkreide hatte sie gegen in Streifen geschnittenen Feta-Käse getauscht, und den Tank des Mercedes des Schuldirektors hatte sie mit Montageschaum zugeklebt. Doch so sehr der Rektor auch getobt und gespuckt hatte – Adolf hatte Hanni nie verraten.

Diesmal ging es um weit mehr als um einen ihrer übermütigen Streiche. Er hatte die ganze Nacht wach gelegen. Immer noch erschien ihm das, was Hanni damals im Bus gesagt hatte, unvorstellbar. Sollte sich tatsächlich ein Toter in ihrem Keller befinden, dann machte er sich mitschuldig, wenn er so tat, als wüsste er von nichts.

Weißes Mondlicht war auf den Teppich vor seinem Bett gefallen, hatte die Linien des Fensterrahmens auf den Boden, und an die Wände gezeichnet, als Adolf sich entschlossen hatte, Hanni zu verraten.

Bewaffnet mit Wein und Käse und mit diesem Lachen, das ihn dazu brachte, Dinge zu tun, die er gar nicht tun wollte, war sie in sein Leben eingedrungen. Ihre Leichtigkeit hatte seine feste Verankerung gelöst und ihn mitgerissen. Keine Sekunde hatte sie dabei an ihn oder zumindest an den toten Dirk gedacht, sondern nur an sich selbst. Um ihre Haut zu retten, hatte sie ihm jugendliche Verliebtheit vorgespielt.

»Sehen Sie in ihrem Keller nach«, würde er sagen. Seine Dummheit war das eine. Dafür musste er die Konsequenzen tragen. Aber diesmal durfte er Hanni nicht decken. Er hielt sich an Geschwindigkeitsbeschränkungen. Er blieb selbst nachts, wenn keine anderen Autos unterwegs waren, an jeder roten Ampel stehen, bis es grün wurde. Er hatte noch nie Ärger mit der Polizei gehabt. Für eine Mörderin würde er nicht lügen, selbst wenn sie Hanni hieß.

Die Tür ging auf, und eine Polizistin in Uniform steckte den Kopf heraus. »Herr Schweiger? Ich würde jetzt Ihre Aussage aufnehmen.« Sie war etwa in seinem Alter, vielleicht ein paar Jahre älter, und hatte ihr glanzloses blondiertes Haar zu einem Zopf geflochten. Er erhob sich und folgte der Frau in den Raum Nummer acht.

31

Der Mann war unauffällig. Mittelgroß, untersetzt, mit einem recht beachtlichen Bauchansatz. Weder attraktiv noch hässlich genug, um ihn sich einzuprägen. Er sah aus wie die Männer hinter den Schaltern, von denen man nur die Hände und das Wechselgeld, das sie einem entgegenstreckten, wahrnahm. Bestimmt trug er im Berufsleben eine Uniform, hinter der er sich verstecken konnte. *Buslenker*, stand hier. Das passte. Genauso wie Ticketverkäufer, Postbote oder Hausmeister zu ihm gepasst hätte. Das Einzige, was ihr sofort auffiel, war sein blaues Auge. Die Schwellung war bereits zurückgegangen, doch die Blutergüsse am Jochbein und unter dem Lid waren noch deutlich zu sehen. Er musste vor etwa einer Woche eine körperliche Auseinandersetzung gehabt haben. Helga Zenz kritzelte eine kurze Notiz auf ihren Schreibblock. Dann straffte sie die Schultern und wandte sich dem Bildschirm zu.

»Ihr Name?«

»Adolf Schweiger.«

Auch das noch. Wenn einer in diesem Alter Adolf hieß, dann bedeutete das nichts Gutes. Schwierige familiäre Verhältnisse, Alkoholprobleme und wohl oder übel eine rechtsradikale Gesinnung. So etwas vererbte sich weiter. Helga kannte die Neonazis, die in Springerstiefeln und

Bomberjacken am Bahnhof herumstanden, zur Genüge. Verlierer, meist arbeitslos, die ihren Frust an Frauen mit Kopftüchern, Schwulen und Obdachlosen abreagierten. Helga hatte viele Beziehungen hinter sich – mit einem Paul, zwei Peters und einer ganzen Menge Männer, deren Namen ihr wieder entfallen waren. Selbst ein Mohamed war dabei gewesen. Natürlich grassierte unter den Polizisten eine latente Fremdenfeindlichkeit, die sich nur zum Teil mit der Ausländerkriminalität erklären ließ. Auch sie selbst hatte ihre Vorurteile und war gewiss keine linke Weltverbesserin. Aber ein Adolf käme ihr nicht ins Haus, und erst recht nicht ins Bett.

»Herr Schweiger«, begann sie und öffnete eine Vorlage am Bildschirm, »wie Sie bereits wissen, geht es um einen Vermisstenfall. Dirk Brandstätter ist seit mittlerweile drei Wochen abgängig.«

Der Mann, der ihr gegenübersaß, nickte. Das war offenbar wieder einer von der wortkargen Sorte, wo jede Antwort ein zähes Ringen erforderte. Helga seufzte und trank einen Schluck Kaffee.

»In welchem Verhältnis stehen Sie zu Herrn Brandstätter?«

Jetzt begann Schweiger unbehaglich auf seinem Stuhl herumzurutschen. »In keinem direkten Verhältnis. Ich habe ihn erst zwei- oder dreimal gesehen.«

Auch wenn sich Helga über die knappe Antwort des Zeugen ärgerte, stellte sie fest, dass er eine angenehme Stimme hatte.

»Uns ist bekannt, dass Sie Kontakt zu Herrn Brandstätters Ehefrau Hannelore haben«, half sie ihm auf die Sprünge.

»Wir kennen uns aus der Schule.«

Das konnte ja heiter werden. Warum musste er es ihr so schwer machen? Weshalb erzählte er nicht einfach, was er wusste?

»Sie hatten also mit Frau Brandstätter seit der Schulzeit regelmäßigen Kontakt, wollen aber ihren Mann nur zweimal getroffen haben«, stellte sie trocken fest.

Wieder schüttelte der Zeuge den Kopf. »Wir, also Frau Brandstätter und ich, haben einander seit dreißig Jahren nicht gesehen.«

»Ach«, erwiderte Helga spitz. »Und weshalb wurden Sie dann von mehreren Personen gemeinsam beobachtet? Frau Brandstätter selbst gibt ja an, sich mit Ihnen verabredet zu haben.«

Jetzt sah Schweiger sie direkt an. Sein Blick hatte etwas Erschrockenes und Vorsichtiges an sich, das sie misstrauisch machte.

»Wir haben einander erst vor Kurzem wiedergetroffen«, gab er leise zur Antwort.

»Aus welchem Anlass?« Helga griff wieder nach ihrem Kaffee. Sie wollte einen Schluck nehmen, doch die Tasse war leer.

»Aus gar keinem Anlass«, murmelte der Zeuge.

Mit einem Knall stellte sie die leere Kaffeetasse auf der Tischplatte ab. »Wie soll ich das verstehen?« Sie zog an ihrem Zopf und funkelte ihn an. »Ich bitte Sie, Herr Schweiger, sagen Sie mir einfach, was Sie wissen. Dann sind wir hier schneller fertig.«

Der Zeuge verschränkte die Arme vor der Brust. Sie hatte ihn offensichtlich verstimmt, doch das war ihr egal. Helga hatte genug von diesen empfindsamen Typen, die schmollten oder ausrasteten, wenn sie nicht mit Samthandschuhen angefasst wurden.

»Ich bin Buslenker. Frau Brandstätter hat in letzter Zeit den Bus zur Arbeit genommen.«

Zu ihrem Erstaunen blieb seine Stimme ruhig und freundlich.

Sie tippte seine Antwort in den Computer, und er fuhr fort:

»So haben wir uns wiedergesehen. Hätte ihr Mann ebenfalls den Bus genommen, so wäre ich auch ihm begegnet.«

Helga musste grinsen. Der Mann mit dem unsäglichen Vornamen hatte Humor, selbst in seiner Lage. Sie straffte die Schultern.

»Uns wurde Ihr Umgang als recht vertraut beschrieben.«

Er nickte. »Hanni ... ich meine, Hannelore Brandstätter und ich, waren während unserer Jugend gute Freunde.«

»Hatten Sie eine Affäre?« Helga versuchte, ihn mit dieser Frage zu überraschen, doch er schien darauf vorbereitet zu sein.

»Das nicht. Aber ich habe kurz daran gedacht, das gebe ich zu.«

Er sah ihr in die Augen, und zum ersten Mal konnte sie erahnen, was eine Frau wie Hannelore Brandstätter an diesem Mann fand. Er hatte etwas Unschuldiges, etwas Unverbrauchtes an sich. *Es ist sein Blick*, dachte sie. Sie konnte es nicht näher beschreiben, doch er gab ihr das Gefühl, wahrgenommen zu werden. Nicht unbedingt als Frau. Die lüsternen Blicke der Kollegen gingen ihr mit der Zeit immer mehr auf die Nerven. Wenn Adolf Schweiger sie ansah, hatte sie das Gefühl, ein Mensch zu sein, der zählte.

»Eine letzte Frage noch, Herr Schweiger. Wann haben

Sie Frau Brandstätter wiedergetroffen? Welcher Tag war das?«

Er knetete seine Finger und schien zu überlegen. »Am Montag vor drei Wochen«, sagte er schließlich langsam. »Um 8:24 Uhr an der Haltestelle in Nonnendorf.«

Helga trat ans Fenster und sah dem Zeugen nach. Er wirkte harmlos und ein wenig unbeholfen, als er über den Parkplatz trottete. Sie war sich sicher, dass er mehr wusste, als er ihr gesagt hatte.

Sobald er hinter dem Postamt verschwunden war, setzte sie frischen Kaffee auf. Während die Kaffeemaschine blubberte und sprudelte, ließ sie der Gedanke an den unscheinbaren Mann nicht los. Er hatte etwas mit der Sache zu tun, das spürte sie.

32

Adolf ärgerte sich. Er hatte es der Polizistin nicht gesagt und wusste, dass das ein Fehler war. Statt erleichtert nach Hause zu gehen, Hanni ein für alle Mal zu vergessen und von vorne zu beginnen, hing die Schuld nun an seinem Rücken wie ein Rucksack, der mit jedem Schritt schwerer wurde. Er dachte an einen verwesenden Körper mit entstelltem Gesicht. An Fliegenschwärme. An Vaters Bein. An Vaters Grab.

Hanni war eine Hexe. Hätte er nur auf Mutter gehört: »Halt dich fern von der, die bringt dir nur Unglück!«

Mit einem Mal wurde ihm, wie damals im Bus, so schlecht, dass er sich kaum auf den Beinen halten konnte. Mit letzter Kraft schleppte er sich zu der rot-weiß gestreiften Holzhütte vom Dicken Peppi und klammerte sich mit beiden Händen an der Theke fest.

»Eine Cola«, bat er heiser. Kaum hielt er die kalte Dose in den Händen, riss er den Verschluss auf und leerte sie in einem Zug. Er musste ruhig bleiben. Er hatte nichts angestellt. Solange er sich von Hanni fernhielt, konnte ihm nichts passieren.

Mutter sprach nicht mehr mit ihm. Ein einziges Mal hatte er erlebt, dass sie drei Tage lang nichts sagte. Vor fünf Jahren, als Herr Maratschek einen Herzinfarkt erlitten und sie ihn tot neben der Wäscheleine im Hof gefunden hatte. Dieses Erlebnis hatte sie arg mitgenommen, denn sonst war Mutter durch nichts zu erschüttern. Vaters Tod hatte sie mit Fassung getragen, auch wenn sie darauf bedacht gewesen war, ihre Erleichterung hinter einer pflichtschuldigen Trauermiene zu verbergen.

Vom Ableben ihres Mannes hatte sie am Telefon erfahren. Er war damals bereits drei Wochen im Krankenhaus gewesen. Der Anblick ihres toten Nachbarn hingegen hatte sie so erschreckt, dass sie verstummt war.

Als sie wieder zu sprechen begonnen hatte, hatte sie ohne Unterlass über Frau Maratschek geschimpft. Die hatte angeblich im Wohnzimmer vor dem Fernseher gethront und sich von hinten und von vorne bedienen lassen von ihrem Mann. Bis dieser zusammengebrochen war.

Nun war seit dem Auftauchen der Polizei eine Woche vergangen, und Mutter wechselte noch immer kein Wort mit ihm. Sie ging ihm aus dem Weg. Die Stille in der Wohnung war so ungewohnt, dass sie Adolf zutiefst verunsicherte. Ihm wäre es lieber gewesen, Mutter hätte ihm eine ihre Predigten gehalten, Schimpftiraden über Hanni losgelassen und ihn zu Vaters Grab geschickt. Doch sie vermied jedes Zusammentreffen mit ihm. Sie kochte zwar wie immer und deckte den Tisch für ihn. Sobald er die Wohnungstüre öffnete, zog sie sich jedoch ins Wohnzimmer oder in ihr Schlafzimmer zurück – zwei Räume, die Adolf kaum je betrat. Es war ein ungeschriebenes Gesetz, dass das ihr Revier war.

Die Uhr tickte ohrenbetäubend, während er alles aufaß, auch wenn er keinen Hunger hatte. Manchmal wollte er danach zu ihr gehen, damit sie zumindest mit ihm streiten würde. Stattdessen stellte er seinen Teller in die Spüle, nahm sich ein Bier aus dem Kühlschrank und zog sich in sein Zimmer zurück. Dort schaute er an die Decke oder aus dem Fenster oder auf den Bildschirm seines Handys. Manchmal nahm er den Schuhkarton mit den Knöpfen vom Schrank und ließ die Schätze der Knopffrau durch seine Finger gleiten.

»Ihr Mann ist weg«, sagte Adolf, als er am Abend neben Bus-Bertl saß.

»Hat er sie sitzengelassen?«, fragte sein Freund und bot ihm ein Stück Schokolade an.

Adolf schüttelte nur abwesend den Kopf. »Nein, er ist einfach verschwunden.«

So sehr er sich auch wünschte, mit jemandem über die Sache reden zu können, er war nicht in der Lage, auszusprechen, was er wusste. *Ich habe meine Frau belogen. Ich habe meinen Mann betrogen. Ich habe meinen Hund verjagt. Mein Kind falsch erzogen. Mein Geld verspielt. Eine Hypothek auf das Haus aufgenommen. Das Auto zu Schrott gefahren.* So unangenehm all das auch sein mochte, über diese Dinge konnte man sprechen. Das, was Hanni getan hatte, war unaussprechlich. Es war böse. Es war endgültig, denn es veränderte alles.

Er wünschte sich, sie hätte ihm nichts gesagt, sondern hätte sich einfach nicht mehr bei ihm gemeldet. Dann könnte er jetzt mit Bertl über die Frauen schimpfen. Fluchen und heimlich traurig sein. Zwei Rollen Doppelkekse essen, in ein paar Wochen in den Alltag zurückkehren. Und irgendwann wieder von ihr träumen. Aber so? Das alles war ein Albtraum, und Hanni war ein Monster, das ihn schweißüberströmt Nacht für Nacht hochschrecken ließ.

Weil er es zu Hause nicht mehr ausgehalten hatte, hatte er seinem Freund ein Treffen an der Bushaltestelle vorgeschlagen.

»Die Polizei sucht nach ihm«, sagte er, als ob das den Aufruhr in seinem Inneren erklärte.

»Und das hat sie dir verschwiegen?«, fragte Bertl, den Mund voll Schokolade.

Adolf nickte heftig. »Das ist doch nicht normal, oder?«

»Sie wird ihn schon nicht um die Ecke gebracht und im Garten verscharrt haben«, meinte sein Kollege und schlug sich mit der leeren Apfelsaftflasche auf die Schenkel.

»Wer weiß«, erwiderte Adolf bitter. »Auf jeden Fall haben sie mich dazu befragt.«

Bertl sah ihn ernst an. »Das ist natürlich blöd.« Er drehte die Flasche in den Händen. »Aber du hast ja nichts gemacht.«

Sie schwiegen eine Weile, während Bertl rhythmisch auf seinen Oberschenkel trommelte.

»Wenn dich die Bullen nicht in Ruhe lassen, schick sie zu mir. Ich gebe dir ein Alibi.«

Adolf musste wider Willen lachen. Für einen Moment löste sich der eisige Griff um seine Brust ein wenig.

»Ich hoffe, das wird nicht nötig sein«, murmelte er dann.

»Der ist sicher mit einer anderen durchgebrannt«, mutmaßte Bertl, schraubte die Flasche auf und drückte sie geräuschvoll flach.

Adolf sagte nichts.

»Ich geb ja zu, dass das recht unwahrscheinlich klingt bei der Frau«, fuhr Bertl fort. »Also, ich würde alles für die tun. Die ist bestimmt ein Hammer im Bett …«

Als er Adolfs finsteren Blick sah, unterbrach er sich. »Entschuldige, ich weiß, du willst das alles gerade nicht hören. Aber ich finde sie toll.« Er schraubte die flach gedrückte Flasche umständlich zu.

»Denkst du, er ist tot?«, fragte Bertl plötzlich.

Adolf schaute dem vorbeifahrenden Nachtbus nach. »Ja, das ist er wohl«, erwiderte er leise.

33

»Meine Frau ist übers Wochenende weggefahren.«

Dietmar stützte sich mit beiden Händen am Schreibtisch ab. Es war heiß und stickig im Raum, weil die Klimaanlage immer noch streikte. Er roch nach Schweiß, nach Thunfisch-Pizza und nach seinem aufdringlich männlichen Aftershave. Helga Zenz rückte ein Stück von ihm ab, doch er rückte nach.

Sie verspürte das dringende Bedürfnis, das Fenster zu öffnen. Eingeklemmt zwischen Dietmar und dem Drucker starrte sie auf den Bildschirm.

»Was ist der nächste Schritt in der Brandstätter-Sache?«, fragte sie.

»Komm nach der Arbeit mit zu mir.«

Er beugte sich über sie. Sie zog den Kopf ein und hielt die Luft an, um seinen Thunfisch-Zwiebel-Atem nicht riechen zu müssen. An seinen Handrücken traten dicke blaue Adern hervor.

»Die Freunde, die Nachbarn und seine Frau habe ich schon befragt. Diesen seltsamen Typen, der sich mit seiner Frau getroffen hat, auch. Der passt irgendwie gar nicht ins Bild. Wie gehen wir weiter vor?«

»Du hast doch auch Lust«, murmelte er in ihr Haar.

Sie presste die Lippen zusammen und atmete stoßweise durch die Nase aus.

»Ich hab uns eine frische Flasche Wodka besorgt und eine Kiste Bier.« Er zwinkerte ihr zu.

Helga schielte nach dem Brieföffner neben der Ablage.

»Wir machen uns zwei schöne Abende.« Er massierte ihren Nacken. »Bevor meine Alte wiederkommt. Dann muss ich mir mit ihr wieder diese englischen Schnulzen im Hauptabendprogramm ansehen und Pfirsich-Eistee trinken.«

Als seine Finger ihre Wirbelsäule hinunterwanderten, griff sie nach dem Brieföffner. Mit der linken Hand stieß sie sich von der Tischplatte ab, fuhr mitsamt dem Bürostuhl herum und rammte ihm die Klinge mit Wucht in den Bauch. Dietmar richtete sich zu seiner vollen Größe auf und fasste sich mit beiden Händen an den Unterleib. Dickflüssiges Blut quoll zwischen seinen Fingern hervor, floss über seinen schmalen goldenen Ehering. Er wurde blass, rang nach Luft, röchelte und stürzte mit einem Krachen auf ihren Schreibtisch.

Helga stand auf und öffnete das Fenster. Die Luft, die von draußen ins Zimmer drang, roch nach frisch gemähtem Gras und leicht nach Teer. Sie sog sie begierig ein und straffte die Schultern.

»Schaut euch diesen Buslenker noch einmal genauer an«, schlug Dietmar vor. »Nächste Woche schickt uns das Landeskriminalamt Verstärkung.«

34

Da war das Geräusch wieder. Adolf saß im Bett und schwitzte. Seine Füße hatten sich in der dünnen Sommerdecke verfangen. Etwas klatschte gegen die Scheibe. Er dachte an Fleischfliegen. Grünblau schillernd prallten ihre borstigen Leiber gegen das Kellerfenster. Da, schon wieder. Das Herz schlug ihm bis zum Hals. Er musste auf und fort von hier. Doch es gelang ihm nicht, seine Beine aus der Bettdecke zu ziehen. *Bumm, bumm, bumm*, flogen die fett gefressenen Fliegen gegen das Fenster. Er keuchte. Kämpfte gegen das Seil, das sich um seine Waden gelegt hatte. Strampelte. *Bumm, bumm, bumm.*

Mit beiden Händen packte er das Laken, zerrte und zog daran. Endlich schaffte er es, ein Bein zu befreien. Er sprang auf und fiel der Länge nach auf den Teppich. Über seinem Kopf knallten die schwarzen Fleischfliegen gegen das Glas. Auf Knien krabbelte Adolf vorwärts, zog das zweite Bein aus dem Betttuch. Der linke Ellbogen und sein Kinn schmerzten. Er kroch auf das Fenster zu, griff nach dem Fensterbrett und zog sich daran hoch. *Bumm.* Der Aufprall ließ ihn zusammenzucken. Ihm kam es so vor, als hätte er den haarigen Insektenleib für einen Moment gesehen. Instinktiv hielt er sich einen Arm vors Gesicht. Keuchend kam er von den Knien in die Hocke.

Dort unten stand jemand. Eine blasse, schmale Gestalt

mit einer Umhängetasche über der Schulter. Hanni! *Bumm, bumm, bumm, bumm.* Sie warf Steinchen an sein Zimmerfenster. Wie damals. Als er sich aufrichtete, hielt sie inne. Schnell trat Adolf hinter den Vorhang. Zu spät – sie hatte ihn entdeckt, sah zu ihm hoch und winkte. Er fürchtete, dass sie nach ihm rufen könnte, also öffnete er das Fenster.

»Wir müssen reden«, raunte sie, den Kopf in den Nacken gelegt.

Adolf schüttelte den Kopf. Er hatte ihr nichts zu sagen. »Geh nach Hause«, zischte er.

Wie einen Trichter legte sie beide Hände an den Mund. »Du wirst mich nicht los. Ich komme rauf.«

Das werden wir ja sehen, dachte er grimmig und schickte sich an, das Fenster zu schließen.

Hanni stellte sich auf die Zehenspitzen. »Lass mich rein oder ich schreie!«

Es hatte keinen Zweck, er wusste, sie würde ernst machen.

»Warte«, flüsterte er und verdeutlichte das Gesagte, indem er den Finger an die Lippen legte.

So leise er konnte, durchquerte er das Zimmer, öffnete vorsichtig die quietschende Tür und schlich durch den Flur zu seiner Jacke. Aus Mutters Schlafzimmer drang ihr gleichmäßiges Schnarchen. Er tastete die Jackentaschen nach seinem Schlüsselbund ab, zog ihn heraus und erstarrte, als das Bündel klirrend auf die Fliesen fiel. Mutters Schnarchen erstarb, ihr Lattenrost knarrte. Adolf stand reglos im Dunkeln und hielt den Atem an. Nach einigen Sekunden, die ihm wie eine Ewigkeit erschienen, hörte er sie kurz röcheln. Dann setzte ihr Schnarchen wieder ein.

Er bückte sich, hob den Schlüsselbund auf und kehrte damit in sein Zimmer zurück.

Hanni stand noch immer unter dem Fenster und schaute zu ihm hoch. Er hielt den Schlüsselbund über seinem Kopf in die Luft, sodass sie ihn sehen konnte. Sie nickte ihm zu, und er ließ ihn auf die Rasenfläche neben dem Weg fallen. Flink hob sie ihn auf und verschwand damit um die Ecke.

Mit einem flauen Gefühl im Magen schloss er das Fenster. Er wollte sich Worte zurechtlegen. Worte, die ihr klarmachten, dass sie ihn in Ruhe lassen musste. Sein Kopf war leer. Auf dem Boden lag die verhedderte Bettdecke, und er trug seinen verschlissenen Sommerpyjama, den ihm Mutter zu seinem einundzwanzigsten Geburtstag geschenkt hatte. Doch das war ihm egal. Ganz gleich wie, er musste Hanni loswerden.

Da ging auch schon die Tür auf, und sie schlüpfte herein. Früher hatte er sie bewundert dafür, dass sie sich lautlos wie ein Fuchs in der Dunkelheit bewegen konnte. Sie kam direkt auf ihn zu, streckte eine Hand nach ihm aus.

»Adolf!«

Er wich zurück und verschränkte die Arme vor der Brust.

»Was willst du?«

Seine Stimme klang so hart und feindselig, dass sie ihm selbst fremd erschien.

»Es ist nicht so, wie du denkst«, wisperte sie. Sie trug einen weiten knielangen Rock und ein helles Top. Ihre braune Lederhandtasche hatte sie beim Eintreten abgenommen und auf der Kommode abgestellt.

»Dann lebt Dirk also noch?«

Sie schüttelte den Kopf. »Aber ich wollte das nicht.« Ihre Unterlippe zitterte.

»Na, dann ist ja alles gut«, zischte Adolf. Sie griff nach

seinem Arm, doch er zog ihn mit einem Ruck zurück. »Geh nach Hause!«

Sie machte einen Schritt auf ihn zu und packte ihn an den Schultern. »Hör mir zu!«

»Verschwinde«, raunte er und stieß sie von sich.

Hanni taumelte rückwärts, doch sie fing sich rasch. Bevor er noch reagieren konnte, stürzte sie sich auf ihn wie ein Raubtier. Er wollte sie abwehren, erwischte sie am Hals. Blitzschnell biss sie ihn in die Hand.

»Bist du verrückt«, keuchte er und versuchte, sie festzuhalten.

Sie wich aus. Es schien, als würde sie sich zurückziehen. Dann machte sie kehrt, schnellte vor, fast flog sie. Mit einer solchen Wucht warf sie sich gegen ihn, dass sie ihn zu Boden riss. In einem Anflug von Panik schlug er um sich. Früher hatten sie manchmal gerangelt, doch das hier war anders. Ernster. Sie kauerte über ihm. Er versuchte, sie abzuschütteln. Doch sie war zäh und gelenkig, wich seinen Bewegungen aus. Mit ihren Beinen umklammerte sie seinen Oberkörper wie mit einer Zange. Er keuchte, griff nach ihr, doch er erwischte nur ihr Haar.

Mit ihren kleinen, harten Fäusten schlug sie nach ihm, wenn er sie fassen wollte. Er wand sich, rang nach Luft und gab schließlich auf. Schwer atmend blieb er auf dem Rücken liegen. Hanni setzte sich auf, fuhr sich durchs Haar und lockerte die Umklammerung ihrer Beine ein wenig.

Adolf nutzte die Gelegenheit und versuchte hochzukommen. Als sich sein Kopf ihrem näherte, beugte sie sich vor. Ihr Atem streifte seine verschwitzte Wange. Ihre harte Zungenspitze berührte seinen Mund. Sie biss ihn in die Unterlippe und schob ihre Hand unter seinen Pyjama.

Mit beiden Händen griff er nach ihrem Gesicht, zog ihren Kopf zu sich herunter. Er umklammerte ihren Nacken, und sie küsste ihn, warm und wild.

Der Mond schien auf den Teppich vor Adolfs Bett. Ein Rettungswagen fuhr vorbei. Die Uhr im Flur tickte, und nebenan schnarchte Mutter. Im Gewirr aus Sommerbettdecke und Kleidern rang Adolf mit Hanni. Einmal war sie über ihm, dann hinter ihm. Er spürte ihre heiße Zunge am Hals, im Nacken, an der Brust, am Rücken, am Bauch. Ihre Lippen flatterten über seine Haut, tasteten, landeten, saugten sich fest und flogen wieder auf. Sie sprachen kein Wort.

Als er am nächsten Morgen erwachte, schien die Sonne auf den Teppich. Das Laken war wieder verknotet, und Hanni war fort.

Adolf fühlte sich wie damals mit fünfzehn. Tausende Gedanken schwärmten durch seinen Kopf, doch er konnte keinen fassen und zu Ende denken. Er hielt das Gesicht in die Morgensonne, trank Wasser aus der Leitung und musste grundlos lachen, als die Brotscheiben aus dem Toaster hüpften. Er lief die Treppen hinunter, nahm drei Stufen auf einmal, sprang und knickte beinahe um. Der erstaunten Dunja, die sich gerade eine Zigarette zwischen die zinnoberroten Lippen steckte, winkte er zu.

Draußen schritt er kräftig aus, um dann unvermittelt stehen zu bleiben. Ein Greis mit verknittertem Mantel drückte ihm seinen Rollator ins Kreuz. »So passen Sie doch auf, wo Sie hinlaufen«, klagte er mit brüchiger Stimme.

Adolf war so voll Hanni, dass ihr Name aus ihm herausquoll und sich über den Gehsteig ergoss, sobald er den Mund öffnete. Zugleich war ihm bewusst, dass er nicht in diesem Zustand verweilen durfte. Er musste Hanni ausatmen, seine Lunge frei kriegen.

Zum ersten Mal seit langer Zeit wollte er wieder. Und zwar mit einer Heftigkeit, die ihn erschreckte. Er wollte Hanni. Nichts anderes. Nur sie. Ganz gleich, was sie getan hatte. Er wollte zu ihr fahren. Zu ihr laufen. An ihre Tür schlagen und ihre Lippen auf seinem Mund spüren. Ihr Gewicht auf seinem Bauch. Dann dachte er an ihren Keller und an die Fleischfliegen, die gegen die Fensterscheiben flogen.

35

»Und, wie findest du es?«

Sascha Sackmeier war auf dem Beifahrersitz nach vorne gerutscht, zog sein Hemd aus der Hose und presste den Oberkörper zurück gegen den Sitz. Sein Bauch gefiel ihr – muskulös, kaum Fett, ein dünner Streifen dunkler Haare führte aus seinem Hosenbund hinauf zu seinem wohlgeformten kleinen Nabel. Was Helga Zenz weniger gefiel, war das frisch gestochene Tattoo. Über die gesamte linke Lende wand sich ein Feuer speiender Drache, begleitet von chinesischen Schriftzeichen.

Das bedeutet wohl »der nächste Depp«, dachte sie grimmig. »Sieht toll aus«, sagte sie laut.

Sascha stopfte sein Hemd wieder in die Hose und verzog dabei das Gesicht, als hätte er in eine Zitrone gebissen.

»Das brennt wie Feuer«, jammerte er. »Aber Lisi steht total auf Tattoos.«

Helga bremste scharf an einer Ampel ab.

»Na, dann wird es Zeit, dass du es ihr zeigst«, meinte sie.

»Denkst du, sie will mich zurück?«

Jetzt wirkte er wie ein Kind, das sich im Einkaufszentrum verlaufen hatte. *Die Mutter des kleinen Sascha wird gebeten, zur Information im Erdgeschoss zu kommen.* Sie musste grinsen bei diesem Gedanken und verschluckte sich an dem Kaffee, den sie sich zuvor bei der Tankstelle gekauft hatte. Hustend stellte sie den Becher in der Halterung in der Mittelkonsole ab und fuhr dann langsam an.

»Der Drache wird deine Lisi schon überzeugen«, versuchte sie, ihn aufzumuntern. Dann wurde sie ernst. »Wenn wir diesen Adolf Schweiger befragen, darfst du ihm nicht verraten, von wem wir den Tipp haben.«

»Weiß ich doch«, empörte sich Sascha Sackmeier.

»Na, dann ist es ja gut«, erwiderte sie und verdrehte die Augen.

»Denkst du, er war es?«

»Ich kann es mir kaum vorstellen.«

Helga unterdrückte den Impuls, schon wieder nach dem Kaffeebecher zu greifen. Am liebsten hätte sie jetzt einen kleinen Schluck Wodka, und das macht ihr Angst. Bisher hatte sie sich lediglich nach Dienstschluss ein Glas gegönnt – und das auch nicht jeden Tag. Lange war sie mit Bier und Wein gut über die Runden gekommen. Doch nun verspürte sie tagsüber immer öfter das Verlangen nach dem klaren, geschmacklosen Getränk. Warm und kalt zugleich lief die Flüssigkeit ihre Kehle hinunter und brannte dabei leicht. *Wie Saschas Drache*, dachte sie.

Mit ihm hatte sie bisher noch nichts gehabt. Er war zu jung für sie und zu dumm. Wobei beides kein Hindernis war. Früher oder später war noch jeder Mann im Polizeipräsidium einsam oder frustriert genug gewesen, um in ihrem Bett zu landen. Bei Sascha Sackmeier war sie sich sicher, dass sie es nicht wollte. Aber sie wollte schon lange nicht mehr, und trotzdem passierte es ihr immer wieder.

»Der will doch diese Brandstätter«, riss er sie aus ihren Gedanken. Er seufzte verklärt, wie in einer amerikanischen Vorabendserie. »So eine Frau kriegt man nicht so einfach. Ich wette, er wäre bereit, alles für sie zu tun.«

Helga zuckte mit den Schultern. Ihre Erfahrung hatte sie gelehrt, dass man so gut wie jeden kriegen konnte, wenn er verzweifelt genug war. Allerdings nur für eine gemeinsame Nacht, niemals für ein gemeinsames Leben.

36

Im Hof stritten die Gündör-Kinder. Samira quietschte schrill, und kurz darauf begann Achmed zu heulen. Adolf bestrich eine Brotscheibe mit Butter und belegte sie mit fein geschnittener Salami, er drückte eine zweite Brotscheibe darauf und nahm die Alufolie aus der Schublade. Da läutete es an der Tür. Mutter war einkaufen gegangen, deshalb wischte er sich die Hände an einem Geschirrtuch ab, trottete in den Flur und presste ein Auge gegen den Türspion.

Vor der Wohnung stand die Polizistin mit dem gebleichten Zopf. Adolfs Kehle fühlte sich eng und trocken an, als er die Tür öffnete. Die Frau war in Begleitung eines jungen Kollegen mit wichtigtuerischer Miene.

»Guten Morgen, Herr Schweiger, wir hätten da noch ein paar Fragen zum Fall Brandstätter. Dürfen wir hereinkommen?« Sie wirkte unausgeschlafen und angespannt.

Adolf nickte und ließ die beiden eintreten. Dann kehrte er in die Küche zurück. Die Polizisten folgten ihm.

»Ich dachte, Sie wären krankgeschrieben?«, sagte die Frau.

Anfangs wusste er nicht, was sie meinte, doch dann sah er, wie sie seine Uniform betrachtete.

Er spürte, wie er errötete, und hoffte, dass sie es nicht bemerkte.

»Gewohnheit«, murmelte er. »Unter der Woche trage ich nie Jeans.«

»Was fehlt Ihnen eigentlich?«, fragte der junge Polizist. Er war groß und hatte breite Schultern. Seine Stupsnase, das rundliche Kinn und sein rosiger Teint wollten so gar nicht zu seiner imposanten Erscheinung passen.

Adolfs Wangen brannten. Die Fragen der beiden irritierten ihn. Für einen Moment überlegte er, ob er den Beamten einen Kaffee anbieten sollte, um sie zu besänftigen. Weil er befürchtete, seine Mutter könnte jeden Augenblick zurückkommen, entschied er sich dagegen.

»Überlastung, meint der Arzt«, nuschelte er, trat ans Fenster und schaute hinunter in den Hof, wo Frau Gündör bunte Bettlaken an die Wäscheleine hängte.

»Burn-out?«, wollte die Polizistin mit den müden Augen wissen.

Er wandte sich ihr zu und nickte knapp.

Daraufhin zog sie energisch an ihrem Zopf, umrundete den Küchentisch und stellte sich neben ihn ans Fenster.

»Ihr Gesicht«, begann sie, während sie ihn intensiv musterte. »Wie ist es zu diesen Verletzungen gekommen?«

Adolf fühlte sich in die Enge getrieben und merkte, wie sich seine Schultern verkrampften. Heute Morgen beim Zähneputzen hatte er festgestellt, dass die Blutergüsse kaum noch sichtbar waren. Was gab dieser Frau das Recht, in Mutters Wohnung einzudringen und sich in sein Leben einzumischen? Am liebsten hätte er sie gefragt, weshalb sie selbst so verquollene Augen hatte.

Ihr Gesicht war mit roten Flecken übersät, und an der Nase entdeckte er geplatzte Äderchen. *Sie säuft*, dachte er grimmig. Vielleicht sollte er sie darauf ansprechen? Der Bus-Bertl würde das tun, da war er sich sicher.

Nein, er musste sich zusammennehmen, wenn er unbeschadet wieder aus der Sache herauskommen wollte.

»Ich bin gestolpert«, erwiderte er so ruhig wie möglich, trat zur Küchenzeile, lehnte sich an die Arbeitsplatte und versuchte, sich zu entspannen.

Ihr schien es ebenso peinlich zu sein, so direkt angesehen zu werden, denn sie streckte den Rücken durch und erklärte förmlich: »Ich frage Sie noch einmal: Wann haben Sie Dirk Brandstätter zuletzt gesehen?«

»Vor etwa achtzehn oder zwanzig Jahren.« Er räusperte sich. »Aus der Ferne habe ich ihn natürlich immer wieder im Garten gesehen.«

Sie horchte auf. »Wie das?«

»Ganz einfach – das Haus liegt auf meiner Fahrtroute.«

»Dann geben Sie also zu, dass Sie die Brandstätters beobachtet haben.«

»Beobachtet«, schnaubte Adolf. »Gesehen habe ich sie ab und zu. So wie man manchmal ein Reh oder einen Hasen sieht.«

»Wussten Sie, dass Herr Brandstätter gerne mit dem Rennrad unterwegs ist?«

Er schüttelte heftig den Kopf. Rennräder begegneten ihm häufig in den Hügeln zwischen den Dörfern. In ihren farbenfrohen Monturen mit leuchtenden Helmen und verspiegelten Sonnenbrillen sahen die Radfahrer alle gleich aus.

Adolf trat von einem Bein aufs andere, er hatte genug von dieser Befragung. Seine Blase war voll, und Mutter musste jede Sekunde nach Hause kommen. Der Polizist mit dem jungenhaften Gesicht, der sich bisher im Hintergrund gehalten hatte, meldete sich nun zu Wort.

»Wann haben Sie Hannelore Brandstätter zuletzt getroffen?«

Adolf dachte an Hanni im Mondlicht und spürte ein Kribbeln im Bauch, das sich bis in die Beine zog.

»Vor etwa eineinhalb Wochen im Bus«, log er.

In diesem Moment hörte er den Schlüssel in der Tür.

»Ein Zeuge hat uns erzählt, dass Frau Brandstätter die vorletzte Nacht hier in dieser Wohnung verbracht hat.«

Adolf schnappte nach Luft. Ein Zeuge! Das konnte nur Erwin Feichtinger gewesen sein. Der hatte ihm nie verziehen, dass er damals dem Hausmeister verraten hatte, wer die Hakenkreuze an die Wohnungstüren und an die Briefkästen der Gastarbeiter gesprüht hatte.

»Ja«, sagte Adolf trotzig, »sie war bei mir.«

»Sie geben jetzt also doch zu, dass Sie eine Affäre mit ihr haben?«, rief die Polizistin mit der Säufernase triumphierend.

Er dachte an Hannis wilde Küsse. »Nein.« Er dachte an Dirk und an die Fliegen in ihrem Keller. »Vielleicht.« Dann sah er Mutter, die – eine vollgepackte Einkaufstasche in jeder Hand – hinter ihm im Türrahmen stand und ihn ansah. Mit einem Blick, der ihm durch Mark und Bein ging.

37

Als er es nicht mehr aushielt, wählte er ihre Nummer. Im Dunkeln auf seinem Bett lauschte er dem Läuten. Die vorbeifahrenden Autos ließen flackernde Lichter über die Wände wandern. Vor dem Fenster vollführten die Fledermäuse, die tagsüber im Dachstuhl schliefen, ihren Schattentanz auf der Jagd nach Insekten. Da klickte es in der Leitung, und sie war dran. Er schloss die Augen, als er ihren Atem an seinem Ohr hörte.

»Du bist mir unheimlich.«

Sie atmete lauter. »Das bin ich mir selber auch.«

»Manchmal glaube ich, ich ekele mich vor dir.« Das hatte er nicht sagen wollen. Die Wörter waren aus dem Nichts aufgetaucht und hatten sich selbstständig gemacht.

Sie sog scharf die Luft ein. Dann war es eine Weile still. Er hörte ein leises Schnaufen. Weinte sie? Er wünschte sich, er könnte das Gesagte zurücknehmen. Doch es war die Wahrheit.

Es raschelte im Hörer, und er wartete ab, ob sie etwas sagen würde. Doch sie schwieg.

»Die Polizei war wieder hier«, begann er schließlich. »Sie haben mich nach dir gefragt.«

»Was hast du gesagt?« Ihre Stimme klang hell und brüchig.

»Nichts.« Er dachte an ihren halb offenen Mund. »Aber

ich glaube, es ist besser, wenn wir uns eine Zeit lang nicht sehen.«

Er hörte, wie sie schluckte. Wünschte sie zu sich in sein mondbeschienenes Zimmer. Wollte sie an sich ziehen. Ihren Mund auf sein Gesicht. Ihr Gewicht auf seinen Schoß. Er wollte ihr die Münzen und die Knöpfe im Schuhkarton zeigen.

Schwang da bereits ein Abschied mit in ihrem geräuschvollen Schweigen? Wenn er nicht bald etwas sagte, würde sie auflegen.

Sein Kopf war leer. All die schönen Sätze, die er sich für sie zurechtgelegt hatte, waren fort. Ein dumpfes Klicken trennte ihn von ihrem warmen Atmen ab. Er war wieder alleine.

38

Die folgenden Tage waren schwierig. Mutter rüstete sich für den Krieg, das konnte er deutlich spüren. Ihr beleidigtes Schweigen war einer Feindseligkeit gewichen, die ihm das Blut in den Adern gefrieren ließ. In ihrer Gegenwart fand Adolf keine Ruhe mehr. Wie Speere durchbohrten ihn ihre Blicke von hinten, wenn er bei offener Küchentür aß oder sich Brote für den Tag richtete. Wenn sie im Flur patrouillierte, bekam er keinen Bissen hinunter. Nicht einmal sein Bier, das er abends mit auf sein Zimmer nahm, schmeckte ihm. Selbst die Schätze im Schuhkarton vermochten ihn nicht zu trösten. Hannis blauen Stein hätte er am liebsten durch das geschlossene Fenster in den Hof geworfen.

Mittlerweile war es August geworden. Über Merk lag eine sengende Hitze, die ihn matt und antriebslos machte. Nachts war es nur geringfügig kühler. Dutzende Stechmücken surrten über seinem heißen Körper. Bald war die Haut von juckenden Stichen übersät. Er konnte nicht klar denken. Das war in Hinsicht auf Hanni zwar gut, aber in seinem Bauch, in seiner Brust, da rumorte und gärte es. Wie besessen war er von ihr. Namenlose Empfindungen wuchsen, blähten sich auf, platzten. Von einer Seite wälzte er sich auf die andere. Träumte von Fliegen, die über ihn krabbelten und ihn mit ihren tastenden Rüsseln küssten. Tausende Eier legten sie in seinem Herzen ab, aus denen bald gelbliche Maden schlüpften. Er spürte, wie sie sich in ihm bewegten, wie sie sich wanden und wuchsen. Sie fraßen ihn von innen auf. Er warf sich hin und her in nassen Laken. Schrie Hannis Namen. *Hanni!* Hanni, die wie eine schwarze Spinne in der hintersten Ecke lauerte und wartete, dass die Maden zu Fliegen wurden und sich in ihrem Netz verfingen.

Wenn er aufwachte, wollte er Hanni anrufen. Mehrmals wählte er ihre Nummer. Dachte an ihre großen weißen Zähne und an ihre kleine heiße Zunge. Bevor es läutete, legte er jedes Mal auf. Es ging nicht. Es gab keinen Platz für sie beide. Ihre gemeinsame Zeit war lange vorbei. Sie hatte damals im Schulbus geendet, als sie noch nebeneinander in der vorletzten Reihe gesessen hatten. Heute saß er am Steuer, trug Verantwortung für die Fahrgäste. Hanni war nur deshalb wieder eingestiegen, weil sie ihn für ihre Zwecke benutzen wollte. Mit ihr an Bord war er ins Schlingern geraten. Er hatte die Stopptafel nicht gesehen und war schließlich von seiner Route abgekommen. Jetzt durfte er endlose vier Wochen lang seinen Bus nicht mehr fahren – und sie war schuld daran.

Nebenan plante Mutter ihren Feldzug. Sie ächzte, stöhnte und schwitzte, doch sie war hoch konzentriert. Sie wetzte die Messer. »Die Kunst ist, zu glauben, das zu wollen, was man muss.«

Er hatte keine Chance gegen sie. Eine ohnmächtige Wut stieg in ihm auf, als ihm klar wurde, dass Mutter auch diese Schlacht gewinnen würde.

39

Wenn er die Enge seines stickigen Zimmers nicht mehr ertrug, zog er seine Uniform an und schlüpfte aus der Tür. Dass Mutter dachte, er ginge zu Hanni, war ihm gleich. Er setzte sich auf die Bank an der Bushaltestelle beim ehemaligen Gemischtwarenladen und rief den Bus-Bertl an. Bis Mitternacht konnte er sich bei ihm melden. Sein Kollege war ein Nachtmensch, der immer gerne die späten Schichten übernahm. Heutzutage ging nach zehn Uhr abends kein Bus mehr in Merk. Nur Verlierer nahmen dem Bus, so lautete die Devise unter den jungen Leuten. Lieber fuhren sie sturzbetrunken mit ihren Mopeds oder Autos von der Disco nach Hause, statt sich die Blöße zu geben, auf den Nachtbus zu warten. Deshalb war der Betrieb vor einigen Jahren eingestellt worden.

Montagabend flüchtete Adolf wieder einmal vor Mutters wortlosem Brüten auf die Straße. Um sich die Zeit zu vertreiben, lief er eine Weile ziellos durch die Stadt und ärgerte sich über die verlogenen Gesichter auf den immer zahlreicher werdenden Wahlplakaten. Um kurz nach halb elf begab er sich zum angestammten Treffpunkt. Sein Freund würde kommen, da war er sich sicher.

Adolf streckte beide Arme auf der Lehne aus und atmete die schwüle Nachtluft ein. An der Fassade des aufgelassenen Gemischtwarenladens hing neben dem Zigarettenautomaten noch der alte Kaugummiautomat. Wenn er damals auf dem Schulweg Münzen gefunden hatte, hatte er sie in den Schlitz geworfen und am Hebel gedreht. Bunte Kaugummis waren in seine Hände geprasselt, die hatte er im Bus mit Hanni geteilt. Mit grün-roten Fingern und blauen Zungen hatten sie auf den süßen Kugeln herumgekaut und Kaugummiblasen geformt, bis Geschmack und Farbe verflogen waren und nur noch eine graue, zähe Masse übrig blieb.

Eine Ratte huschte die Hauswand entlang, schnupperte kurz am Boden unter dem Zigarettenautomaten und machte sich dann zum Mülleimer an der nächsten Ecke auf.

»Hundstage, elendige«, stöhnte der Bus-Bertl zur Begrüßung.

Adolf nahm die Arme von der Lehne. Sein Freund setzte sich und öffnete seine Apfelsaftflasche.

»Vermisst du ihn, deinen Bus?«

»Es ist eigenartig, so viele Tage kein Lenkrad in den Händen zu halten«, gab Adolf zu.

»Der Mensch braucht die täglichen Ausfahrten, die kleinen Reisen«, philosophierte Bertl munter drauflos, »damit er bei sich bleiben kann.« Er lehnte sich zurück und sah zu den Fenstern über dem alten Kaufmannsladen hoch, wo noch Licht brannte. »Solange du deine Kreise ziehen kannst, hältst du es aus mit dir. Aber wenn du untätig festsitzt, dann wird die ersehnte Ruhe bald zur Hölle.«

Heute widersprach Adolf ihm nicht, denn die pathetischen Worte seines Kollegen beschrieben seine Gefühle ganz gut.

»Eine Woche noch«, seufzte er, »dann steige ich wieder ein.«

Der Bus-Bertl nahm einen kräftigen Schluck.

»Was macht die Liebe?«, fragte er leichthin.

»Die Frau ist wie eine Naturkatastrophe«, platzte Adolf heraus. »Sie hat mich doch in diese Situation gebracht.« Er schnappte nach Luft. »Du kannst dir beim besten Willen nicht vorstellen, wozu sie fähig ist. Selbst wenn ich es wollte, ich kann dir gar nicht sagen, was sie getan hat.«

»Dann warst du also im Bett mit ihr.« Der Bus-Bertl grinste.

Adolf schlug sich mit den flachen Händen auf die Oberschenkel und ließ sich gegen die Rückenlehne fallen.

»Das auch«, murmelte er. »Aber es kommt noch viel schlimmer.«

»Erzähl!« Sein Freund ließ die Flasche sinken und sah ihn aufmerksam an.

Es fehlte nicht viel, und Adolf hätte ihm alles gesagt. Er wollte ihm von dem dunklen Klumpen erzählen, der ihm seit einer Woche im Nacken saß und täglich schwerer wurde. Von dem Unaussprechlichen, das ihm die Luft abschnürte. Sein Mund versuchte, die Worte zu formen, doch er brachte keinen Ton heraus. Bertl sah eine Weile zu, wie er mit sich rang. Dann hielt er ihm die Apfelsaftflasche hin. Adolf trank gierig. Die sprudelnde Süße spülte die Bitterkeit fort und ließ seine trockene, enge Kehle für einen Moment weiter werden.

»Mutter«, keuchte er und wischte sich mit dem Handrücken über die Lippen. »Mutter schnappt völlig über. Sie führt sich auf wie eine Furie und will sich einfach nicht beruhigen.«

Jetzt lachte der Bus-Bertl. »Sie hat Angst.«

Adolf sah ihn überrascht an. »Angst? Wovor?«

Er gab dem Bertl die Flasche zurück.

»Sie spürt, dass du fortgehen wirst«, erwiderte der und trank den restlichen Inhalt in einem Zug aus.

40

»Muss ich dich sprechen.«

Dunja trat Adolf in den Weg, als er Dienstagmorgen das Haus verlassen wollte. In letzter Zeit hatte er sie nur im Vorbeieilen gegrüßt, doch heute gab es kein Entrinnen.

Aus Gewohnheit sah er auf die Uhr. Dabei spielte es keine Rolle, dass es bereits Viertel vor sieben war. Kein Kollege, den er ablösen musste, und keine Fahrgäste, die auf ihn warteten.

»Tut mir leid, was Erwin schon wieder gemacht hat.« Dunjas Lippen waren heute in einem ungewohnt dezenten Roséton geschminkt. Sie legte eine Hand auf seinen Oberarm und brachte ihr Gesicht so nahe an seines, dass er ihr beigefarbenes Make-up sehen konnte. Ein Gemisch aus Zigarettenrauch und einem schweren orientalischen Parfum stieg ihm in die Nase.

»Er meint es nicht so. Er denkt nicht viel nach.« Sie sah ihn eindringlich an. »Darfst du nicht böse sein. Erwin ist nicht sehr klug.«

»Das ist mir auch schon aufgefallen«, sagte Adolf.

»Er ist nicht sehr ... wie heißt noch mal ...«, sie suchte nach dem richtigen Ausdruck, »selbst ... selbstgewiss.«

Ihre eigenwilligen Wortkreationen brachten Adolf jedes Mal zum Schmunzeln.

»Selbstbewusst meinst du wohl.«

Dunja nickte. »Das ist er leider gar nicht, mein Erwin. Aber tief da drin«, sie legte ihre beiden Hände an ihr Herz, »da ist er guter Mensch.«

»Sehr tief da drin«, murmelte Adolf, und beide lachten los.

Was auch immer Erwin Feichtinger war, seine Frau war auf jeden Fall ein guter Mensch. Daran musste Adolf denken, als Dunja ihre erdbeerroten Nägel in sein Uniformhemd bohrte, während ihr herzhaftes Lachen durch das Stiegenhaus hallte.

»Habe ich gar nicht gewusst, dass der Mann von Hanni verschwunden ist. Das ist ja schrecklich!« Sie senkte ihre Stimme. »Ich wollte, dass Erwin sagt kein Blödsinn zur Polizei. Beamtin hat ausgefragt wegen dir und deine Hanni.«

Adolf horchte auf. »Was wollte sie wissen?«

»Wie lang du schon kennst. Wie oft du triffst. Ob du hast was mit ihr. Solche Sachen.« Sie zuckte mit den Schultern. »Ich habe gesagt, ich weiß nichts. Dass ich rede nie mit dir, und ein Frau Brandweger oder so kenne ich nicht.«

Dunja tastete die Taschen ihrer ärmellosen Weste nach der Zigarettenschachtel ab.

»Aber Erwin hat Blödsinn geredet. Ich konnte ihn nicht aufhalten.« Sie machte eine hilflose Geste mit beiden Händen, steckte sich eine Zigarette in den Mund und zündete sie an.

»Hat gesagt, du wolltest immer diese Frau, weil sie Geld hat. Und dass du sehr böse warst, wie sie ein anderes Mann geheiratet hat. Du hast Pläne geschmiedet, wie du sie zurückbekommst, und viel über Ehemann geschimpft.«

Adolf konnte nur den Kopf schütteln über diese dreisten Lügen. Kein Wunder, dass die Polizei misstrauisch geworden war.

»Bist du jetzt in Schwierigkeiten?«, fragte Dunja und schnippte die Asche zum offenen Fenster hinaus.

Adolf, der ihr ansehen konnte, dass sie sich für die Bosheit ihres Mannes verantwortlich fühlte, winkte ab.

»Das wird schon wieder.«

»Sicher kommt Mann von Hanni bald nach Hause.« Dunja drückte Adolfs Arm.

»Bestimmt«, erwiderte er und vermied es, ihr dabei in die Augen zu sehen.

»Manchmal könnte ich Erwin umbringen!« Dunja zog heftig an ihrer Zigarette und stieß den Rauch durch die Nase aus.

»Lieber nicht«, sagte Adolf.

41

An diesem Tag nahm Adolf die Suche nach der Knopffrau wieder auf, wenn auch nur halbherzig. Er durchstreifte das Gewerbegebiet, kaufte sich ein kariertes Hemd, ein Paar bequeme Schuhe und ein Buch über Wildpflanzen. Er sah sich auf den Rückseiten der Geschäfte bei den Liefereingängen und Müllcontainern um. Keine Spur von ihr. Beim Baumarkt und bei den zwei Supermärkten schaute er bei den Abstellplätzen für die Einkaufswagen nach, ob sie vielleicht Münzen und Plastikchips sammelte. Einen älteren Mann mit dunkler Haut und zerschlissenen Kleidern, der dort die Obdachlosenzeitung verkaufte, fragte Adolf nach der Knopffrau, doch der Mann verstand ihn nicht. Adolf kaufte ihm zwei Exemplare ab und nahm sich vor, das zweite Bertl zu schenken. Sein Freund las die Zeitung gerne als Inspiration für seine Bus-Philosophien.

Als er die großen Parkplätze überquerte, widerstand er der Versuchung, einige der Kieselsteine mitzunehmen, die die Trennstreifen und Verkehrsinseln bedeckten. Er dachte an den blauen Stein auf seinem Nachttisch. Fünf Minuten, bevor der Bus kam, der ihn zurück in die Stadt bringen würde, suchte er sich auf dem Ständer vor dem Kleidergeschäft eine rote Badehose aus. Er zahlte schnell, bevor er es sich anders überlegen konnte. Kaum trat er aus der

Schiebetüre, sah er auch schon den Bus um die Ecke biegen. Seine Vertretung mit dem Pickelgesicht grüßte ihn überschwänglich, so als würden sie sich schon viele Jahre kennen.

An der Haltestelle am Stadtpark stieg Adolf aus. Nach dem Ausflug in die Betonwüste war es eine Wohltat, ins dichte Grün einzutauchen. Über zweihundertfünfzig Jahre waren die mächtigen Platanen alt, die mit ihren breiten Kronen das Licht filterten und ihm einen goldgrünen Ton gaben. Als er klein gewesen war, hatte ihn das Sprenkelmuster ihrer Rinde, das an das Fell einer Raubkatze erinnerte, fasziniert. Auch die knorrigen Kastanienbäume hatten schon viele Generationen von Merkern durch den Park flanieren gesehen und jeden Herbst aufs Neue die Kinder mit ihren glatten, glänzenden Früchten beglückt. Der gusseiserne Pavillon, den von einer Seite kleinblütige weiße Kletterrosen überrankten, wirkte wie ein Relikt aus der Vergangenheit, als Frauen Reifröcke trugen und Männer Zylinder.

Er sah hinauf zum Blätterdach, das so dicht war, dass nur vereinzelte blinkende Sonnenstrahlen ihren Weg bis auf den Boden fanden. Hier, unter den großen Bäumen, kam es ihm jedes Mal so vor, als bliebe die Zeit stehen. Ein Eichhörnchen kreuzte seinen Pfad, stellte sich kurz auf die Hinterpfoten, um dann mit zwei langen Sätzen auf den nächsten Baumstamm zu fliehen.

Adolf wollte zum Springbrunnen, doch schon von Weitem bemerkte er, dass dort hektisches Treiben herrschte. Männer in Arbeitskleidung luden Metallsteher und Holzplanken von zwei Pritschenwagen. Lange Kabel lagen kreuz und quer über den Rasenflächen und entlang der Kieswege. Es sah ganz so aus, als sollte hier in den nächsten Tagen eine Veranstaltung stattfinden. Am Brunnen würde er die Knopffrau also auch nicht finden.

Er setzte sich auf die Bank unter einem jungen Maulbeerbaum, packte sein mit fein geschnittenem Paprika belegtes Schmalzbrot aus und las einen Artikel in der Obdachlosenzeitung. Die Händler der Innenstadt hatten eine Initiative gegen das »Herumlungern« in der Fußgängerzone gestartet. Man wollte Bettler und Stadtstreicher aus dem Zentrum verbannen, weil man der Meinung war, sie trügen Mitschuld am Geschäftesterben. Der Präsident der Wirtschaftskammer hätte sich an den Wirtschaftsminister persönlich gewandt, um dieses Problem zu lösen. Adolf schüttelte den Kopf und faltete die Zeitung zusammen.

Wie überall sonst war es auch in Merk der Gewerbepark am Stadtrand, der mit seinen Diskontern und Ramschläden die Schnäppchenjäger anzog und den kleinen Unternehmen in der Stadt keine Chance ließ. Die Stadtpolitiker profitierten von den Steuern, die die großen Ketten zahlten, gleichzeitig mussten sie ihre Wähler, die kleinen und mittelständischen Unternehmer, bei Laune halten. Dieser Spagat gelang ihnen nur, wenn sie Schuldige fanden, auf die man mit dem Finger zeigen konnte. Wohnungslose und Flüchtlinge eigneten sich dazu am besten, weil sie sich nicht wehren konnten. Es war immer das Gleiche! Adolf dachte an die hasserfüllten Reden des Dicken Peppi.

Sein Schmalzbrot schmeckte ihm nicht mehr so recht, trotzdem aß er es auf. Dann knüllte er die Alufolie zu einem Ball zusammen und blätterte eine Weile in seinem neuen Pflanzenführer. Die botanischen Zeichnungen mit den detailreichen Abbildungen von Blättern, Blüten und Früchten besänftigten ihn.

Nach einer Weile nahm er den Bus hinaus in die kleinen

Dörfer um Merk. Am Straßenrand blühten die Flockenblumen. Weiter draußen ließen der Raue Sonnenhut und die Goldrute die Wiesen gelb leuchten. Die Mirabellenbäume bogen sich unter der Last der reifenden Früchte. Dort, wo noch vor wenigen Wochen der grüne Weizen im Wind gewogt hatte, ragten nun gelbe Stoppeln aus der trockenen Erde. In der Kurve vor Nonnendorf schloss Adolf die Augen und versuchte so angestrengt, nicht an Hanni zu denken, dass er das Gefühl hatte, sie säße neben ihm.

Die heißen Nachmittagsstunden verbrachte er lesend in der Kirche von Wolfenreith. Mit dem nächsten Bus fuhr er weiter nach Mautzen, wo er sich im heruntergekommenen Dorfgasthaus einen Kaffee und ein Stück Mohnkuchen kaufte.

Es dämmerte bereits, als Adolf in die Stadt zurückkehrte. Er stieg gleich an der ersten Haltestelle nach dem Ortsschild von Merk aus. Auch wenn er müde und durstig war, wollte er zu Fuß nach Hause gehen, in der Hoffnung, dass Mutter bereits im Bett lag, wenn er die Wohnung erreichte. Seine Knie schmerzten, die Fußsohlen brannten, und an der linken Ferse hatte er eine Blase, die bei jedem Schritt höllisch wehtat. Seine Schuhe waren für längere Fußmärsche einfach nicht geeignet. Die neuen Sandalen hatte er noch in der Einkaufstasche. Es war verboten, offene Schuhe zur Uniform zu tragen. Er war zwar krankgeschrieben, wagte es aber trotzdem nicht, sich über diese Regel hinwegzusetzen. So viel wie im letzten Monat war er in den vergangenen zwanzig Jahren nicht gelaufen. Seine Hose war ihm zu weit geworden, und den Gürtel trug er bereits am letzten Loch.

Er biss die Zähne zusammen und setzte tapfer einen

Fuß vor den anderen. Müde wollte er sein, todmüde. Und augenblicklich in einen traumlosen Schlaf sinken, sobald er die Matratze berührte. Von den Plakaten an den Laternenmasten grinste ihm aufmunternd Wirtschaftsminister Seefeld entgegen. *Stellen Sie mir persönlich Ihre Frage – am 7. August im Stadtpark*, stand auf einer neongelben Banderole, die direkt über den Hals des Politikers geklebt war. Adolf blieb stehen. Die Bühne, an der so fleißig gebaut wurde, war also für den hohen Besuch aus der Hauptstadt gedacht. Was der wohl in einem Kaff wie Merk zu suchen hatte?

In diesem Moment hörte Adolf ein eigenartiges Geräusch. Ein Schaben und Kratzen, begleitet von einem leisen Wimmern. Er sah sich um, doch er konnte nichts Ungewöhnliches entdecken. Ein eng umschlungenes Paar teilte sich einen Eisbecher. Ein weißer Pudel zog eine ältere Frau mit Turmfrisur an der Leine hinter sich her. An einem Laternenmast mit dem Konterfei des Wirtschaftsministers hielt das Tier kurz an und hob sein Bein, was Adolf ein Lächeln entlockte. In einem Hauseingang lachte eine Gruppe türkischer Jugendlicher.

Er wollte seinen Weg fortsetzen, da war das Geräusch wieder zu hören. Es klang nach einem eingesperrten Tier, das verzweifelt versuchte, sich zu befreien. Adolf entfernte sich ein Stück von den ausgelassenen jungen Männern und lauschte angestrengt. Klopfen und Scharren auf Stein. Pfoten, die kratzten und gruben, und dazwischen immer wieder ein hohes Winseln. Mittlerweile war es beinahe dunkel. Er kniff die Augen zusammen, um im Schein der Straßenlaternen nach einem verletzten Hund Ausschau zu halten. Doch außer der weggeworfenen Tüte eines Fast-Food-Restaurants, einigen leeren Bierdosen und einem leichten Strickpullover, den jemand verloren haben musste, fand er nichts. Vielleicht war eine Katze in einem der Kellerabteile eingesperrt? Er konnte doch unmöglich alle Bewohner der umliegenden Wohnungen herausklingeln. Als es eine Weile ruhig blieb, beschloss er, nach Hause zu gehen. Wahrscheinlich hatte er sich diese Laute nur eingebildet. Die Sache mit Hanni nahm ihn mehr mit, als er es für möglich gehalten hatte.

Er überquerte die Straße. Warf einen kurzen Blick in die Auslage des Spielwarengeschäftes, wo auch heute noch die Modelleisenbahn, die er als Kind stundenlang beobachtet hatte, unermüdlich ihre Runden drehte. Herr Witasek stand mit achtundsiebzig jeden Tag in seinem Laden, selbst wenn er kaum mehr Kundschaft hatte. Adolf nahm sich vor, ihm in den nächsten Tagen einen Besuch abzustatten.

Als er sich wieder in Bewegung setzte, fiel sein Blick auf eine Baugrube, die mit einem Gitter und mit rot-weiß gestreiften Flatterbändern abgesperrt war. In diesem Moment erklang das Kratzen wieder, diesmal deutlich lauter. Er trat an den Rand der Aufgrabung. Da sah er sie. In etwa drei Metern Tiefe kauerte neben einem dicken Kunststoffrohr die Knopffrau. Wie ein gefangener Fuchs scharrte sie mit den Händen über die Wände der Grube. An der Stirn hatte sie eine blutende Wunde.

Adolf schob rasch das Absperrgitter zur Seite und beugte sich über das Loch.

»Hallo!«, rief er ihr zu. »Sind Sie verletzt?«

Sie zuckte zusammen. Sah zu ihm auf, mit einem Gesichtsausdruck, der einem Fauchen glich.

»Bleiben Sie ruhig, ich hole Hilfe!«

Sie presste sich an die erdigen Wände ihres Gefängnisses. »Nein! Nein!«, schrie sie plötzlich. »Nein, nein! Nein, Nein!« Ihre Schreie gingen in ein Wimmern über.

»Sie können doch nicht die Nacht dort unten verbringen.«

Wie wild begann sie, mit beiden Händen an der Erde und an den Steinen zu kratzen.

»Er ist hier«, krächzte sie. »Er wird mich holen!«

Adolf überlegte, ob er nicht besser die Rettung rufen sollte. Doch als er die Panik in ihren Augen sah, entschied er sich dagegen. Man würde sie in die Psychiatrie bringen, so viel stand fest. Auch wenn sie sichtlich verwirrt war, gefiel ihm dieser Gedanke nicht. Er seufzte und hockte sich an den Rand der Grube. Ein stechender Schmerz durchzuckte sein linkes Knie.

»Wer will Sie holen?«, fragte er.

»Sie dürfen mich nicht finden.« Sie atmete so heftig, dass sich ihre magere Brust unter der verfilzten, schmutzigen Wollweste hob und senkte. »Niemand darf kommen. Ich muss fort von hier. Ich muss weg.«

Wieder begann sie, hektisch mit beiden Händen an den steinigen Wänden der Baugrube zu kratzen. Adolf konnte erkennen, dass ihre schmutzigen Fingernägel abgebrochen waren.

»Wir schaffen das alleine«, versuchte er, sie zu beruhigen wie ein verängstigtes Kind. »Ich helfe Ihnen da raus.«

Wie ihm das gelingen sollte, wusste er nicht. Doch er musste es zumindest versuchen.

Er überlegte kurz, dann stellte er seine Einkaufstüte ab, legte sich flach auf den Bauch und streckte ihr beide Arme entgegen. Sie wich zurück, drückte sich in die Ecke und starrte ihn an wie ein in die Enge getriebenes Wildtier, das jeden Moment zuschnappen konnte.

»Ihnen passiert nichts«, versprach er. »Geben Sie mir Ihre Hände, ich ziehe Sie herauf.« Er nickte ihr zu. »Dann können Sie fort. Dann können Sie laufen, wohin Sie wollen.«

Ihr Blick glitt hastig über sein Gesicht. Von den Augen zum Mund und wieder zurück. Schließlich stützte sie sich an der Wand ab und richtete sich auf. Zentimeter für Zentimeter kam sie auf ihn zu – in geduckter Haltung, jederzeit zur Flucht bereit. Als sie vor ihm stand, hob sie langsam einen Arm über den Kopf. Zog ihn ruckartig zurück, um ihn dann wieder auszustrecken. Sie konnte seine Hand nicht erreichen. Stellte sich auf die Zehenspitzen. Immer noch fehlten etwa dreißig Zentimeter. Adolf robbte etwas weiter vor. Sein Oberkörper ragte bereits über den Abgrund. Weiter wagte er sich nicht, aus Angst, selbst in die Grube zu stürzen.

Da fiel ihm sein neues Hemd ein. Er rollte sich zur Seite und zog es aus der Einkaufstüte. Faltete den blaurot karierten Stoff auf und drehte ihn zu einem Seil. Damit rutschte er wieder zur Grube vor und nahm ein Ende in jede Hand. Die Knopffrau streckte sich und packte den Stoff mit ihren zerschundenen Händen. Als sie sich ins Seil hängte, wurde Adolf nach vorne gerissen. In letzter Sekunde fand er mit den Füßen in einem Kanalgitter Halt. Aus Leibeskräften zog er an dem Hemd, während sie sich mit den Füßen an den Wänden abstieß und mit überraschender Behändigkeit zu ihm hochkletterte.

Ein spitzer Stein bohrte sich in seine Hüfte, sein Kreuz tat ihm weh. Er hatte das Gefühl, seine Arme würden abreißen, als sie über den Rand der Aufgrabung kroch. Kaum hatte er sie losgelassen, entfernte sie sich blitzschnell gerade so weit, dass er nicht nach ihr greifen konnte, und hockte sich auf den Asphalt.

Keuchend richtete Adolf sich auf. Seine Hose hatte an beiden Knien ein Loch. Sein Uniformhemd war am Ärmel eingerissen. Das neue Hemd war blutig und voller Erde. Aber er war stolz, dass es ihm gelungen war, die Knopffrau aus der Baugrube zu ziehen. Er betrachtete sie im Schein der Straßenlaterne. Ihr wirres Haar war am Hinterkopf blutverkrustet. Die Wunde an ihrer Stirn war schmutzig und blutete noch immer. Er wagte es nicht, sie zu fragen, ob er sie ins Krankenhaus bringen sollte. Deshalb setzte er sich schweigend neben sie und erholte sich von den Strapazen.

Die Minuten vergingen. Autos fuhren vorbei. Von der anderen Straßenseite drangen Stimmen und Gelächter herüber. Doch niemand beachtete die beiden Menschen, die hinter dem Gitter der Baustelle auf dem Boden saßen.

»Emilia«, sagte sie plötzlich, ohne ihn anzusehen.

Er brauchte einen Moment, um zu begreifen, dass das ihr Name war.

»Adolf«, erwiderte er.

Sie nickte, wiegte ihren Oberkörper vor und zurück und strich dabei immer wieder über ihren erdigen Rock.

»Kein Kampf. Kein Führer. Nur die Stadt. Du sammelst sie auf, die Gefallenen. Du bringst sie nach Hause. Du sortierst nicht aus. Du nimmst alle mit.«

Erst wusste er nicht, wovon sie sprach. Er konnte ihr monotones Murmeln kaum verstehen. Dann, als er es begriff, schossen ihm Tränen in die Augen. Er heftete den Blick auf seine Schuhe und versuchte, den großen Kieselstein, der in seinem Hals steckte, hinunterzuschlucken. Ein paar Mal atmete er tief durch die Nase ein und aus. Aus dem Augenwinkel sah er ihre Hände mit den blutigen Fingern, die über den dünnen Stoff strichen und zupften, die ständig in Bewegung waren. Sie erinnerte ihn an ein kleines Tier mit zottigem, verklebtem Fell, das sich putzte.

»Woher kommen Sie?«, brachte er schließlich heraus.

»Von drüben«, antwortete Emilia. Sie sagte es so selbstverständlich, dass er sich nicht nachzufragen traute, wo denn dieses Drüben lag.

»Ich war einmal«, sprach sie weiter und zog den Saum des Rocks über ihre Knie.

»Was waren Sie?«, fragte Adolf.

»Alles. Reich. Schön. Und besonders. Geige habe ich gespielt und kleine salzige Perlen gelöffelt. Die sind in meinem Mund zerplatzt. Sie schmeckten nach Meer. Da waren Pferde und Stimmen – Lachen, hell wie Glocken.« Sie wiegte sich weiter vor und zurück und zupfte Fussel von ihrer Strumpfhose und von ihrer Weste. »Ich war einmal. Und du bist noch nicht.«

Jetzt hielt sie einen Fussel zwischen den abgesplitterten Nägeln von Daumen und Zeigefinger, betrachtete ihn wie einen Floh oder eine Zecke, die sie aus ihrem Pelz entfernt hatte.

»Was bin ich nicht?«, wollte er wissen.

»Jeder muss einmal sein, bevor er zur Tür hinausdarf«, sagte sie, ohne auf seine Frage einzugehen. »Du bist noch neu, das kann ich riechen.«

Plötzlich schnellte ihr magerer Körper mit einem Ruck hoch, als hätte sie einen Stromschlag erhalten. »So kommst du nicht raus«, raunte sie. Sie raffte ihren Rock. »Du bist mein erster Adolf«, flüsterte sie und trippelte davon.

Mühsam rappelte er sich hoch, klopfte den Staub von seiner Uniform und sah ihr nach.

Emilia – E mi li a – klang es in Adolfs Kopf, als er nach Hause ging. Endlich hatte die Knopffrau einen Namen bekommen. Das Gespräch mit ihr hatte ihn fast mehr aufgewühlt als die Treffen mit Hanni. Beinahe kam es ihm so vor, als wäre er verliebt in sie. Einen kurzen Moment lang schämte er sich für diese Gedanken. Er sah sie vor sich – hager, mit fettigem Haar, in ihre viel zu große filzige Wollweste gehüllt. Er roch die Jahre, die sie auf der Straße verbracht hatte. Und doch war da ein Schimmern in ihren Augen und eine Leichtigkeit in ihren Bewegungen, die ihm begehrenswert erschienen. Emilia. Ihr Name klang wie eine Aufforderung zum Tanz. Niemals würde er diese Gedanken mit einem anderen Menschen teilen, nicht mit Dunja, nicht mit Hanni, nicht einmal mit dem Bus-Bertl.

42

»Sie haben die Miete erhöht.«

Mutters Stimme drang aus dem Flur, wo sie seit mittlerweile einer guten Dreiviertelstunde damit beschäftigt war, die Kommode, auf der früher das Festnetztelefon gestanden hatte, mit Möbelpolitur einzulassen. Adolf hatte sein Abendessen längst beendet. Nun spülte er das Geschirr, während er darauf wartete, dass sie sich wie gewohnt ins Wohnzimmer zurückziehen würde. Er war so überrascht, sie reden zu hören, dass er sich anfangs nicht sicher war, ob sie tatsächlich mit ihm sprach.

»Alles wird teurer«, murmelte er schließlich und trocknete sich die Hände am Geschirrtuch ab.

»Meine Rente bleibt gleich, und dir werden sie auch nicht mehr zahlen.«

Ihre Schritte kamen langsam näher.

»Nicht, dass ich wüsste«, antwortete er ausweichend und hoffte inständig, dass sie nichts von seiner Krankschreibung erfahren hatte. Aus dem Augenwinkel sah er, dass sie jetzt begann, den Türrahmen zu polieren.

»Wie viel teurer ist es geworden?«, fragte er, nur um irgendetwas zu sagen.

»Knapp vierzig Euro«, kam ihre Antwort. »Das klingt zwar nach nicht viel. Aber es summiert sich, wenn dann die Preise für Strom, Gas und Wasser auch noch steigen.«

Der beißende Geruch der Möbelpolitur erfüllte die Küche.

»Mhm«, brummte er und wollte sich ein Bier aus dem Kühlschrank nehmen. Doch da war keines.

Verärgert ging er in die Speisekammer, nahm die letzte Flasche aus der Bierkiste und legte sie ins Gefrierfach. Mutter wischte zwar immer noch am Türrahmen herum, doch er konnte spüren, dass sie jede seiner Bewegungen beobachtete. *Wenigstens tut sie nicht mehr so, als wäre ich Luft*, dachte er und schaute aus dem Fenster in den Hof, wo Samira und Achmed – sehr zum Leidwesen des Ehepaars Schneeweiß – mit bunter Kreide Rechtecke auf den Asphalt gemalt hatten. Nun hopsten sie von einem Kästchen zum nächsten und klatschten dabei in die Hände.

»Ich mein ja nur …«, begann Mutter und brach ab, ohne den Satz zu beenden.

Jetzt war Achmed hingefallen. Samira lachte zwar, doch dann streckte sie die Hand aus und half ihrem weinenden Bruder auf die Beine. Für einen Sekundenbruchteil musste Adolf an Hanni denken, wie er sie wieder und wieder aus den Brennnesseln gezogen hatte. Dann riss er sich zusammen und versuchte, sich ganz auf seine Mutter zu konzentrieren.

»Was meinst du denn?« Er durfte jetzt nicht die Geduld verlieren. Immerhin sprach Mutter wieder mit ihm.

»Ich frag mich einfach, ob ich in Zukunft alles alleine zahlen muss.«

Er drehte sich mit einem Ruck zu ihr um. »Warum denn?«

Sie rieb das Holz auf Brusthöhe so energisch mit dem ölgetränkten Lappen, als versuchte sie, einen hartnäckigen Fleck zu entfernen.

»Wenn du zu dieser Hanni ziehst, dann muss ich wohl die Kosten für das alles hier alleine tragen.« Jetzt schrubbte Mutter wie besessen. »Sie hat ja ein schönes Haus draußen vor der Stadt.«

Adolf schüttelte ungläubig den Kopf. »Ich zieh doch nicht zu Hanni!«, rief er entrüstet. »Wie kommst du denn darauf?«

»Ich könnte es dir ja nicht einmal übelnehmen. Ich täte da auch einziehen, wenn mich jemand fragen würde. Aber ich hab so eine Möglichkeit ja nie geha...«

»So ein Blödsinn«, unterbrach Adolf sie und nahm die Bierflasche aus dem Tiefkühlfach. Sie war zwar noch nicht kalt, doch er wollte nicht länger warten.

»Die Miete teilen wir uns wie gewohnt. Den Strom und das Gas bezahle weiterhin ich«, fügte er hinzu und schloss die Kühlschranktür heftiger als notwendig. Dann nahm er den Bieröffner aus der Schublade und machte sich auf den Weg in sein Zimmer.

»Es gibt Menschen, die wollen, und Menschen, die müssen«, hörte er Mutter sagen, bevor er die Türe schloss. »Du, dein Vater und ich, wir haben immer zur zweiten Sorte gehört.«

43

Langsam ordneten sich die Dinge. Er träumte zwar immer noch von Hanni, von ihrem Keller und von den Fliegen. Doch es gelang ihm, die Gedanken an sie fortzuschieben, wegzupacken wie die Münzen im Schuhkarton. Irgendwann würde er sie hervorholen und in Ruhe betrachten. Jetzt war nicht die Zeit dafür. Mutter sprach wieder. Das machte es ihm leichter.

Er fuhr, den Vater gießen und nahm bei der Gelegenheit einen frischen Sack schwarze Blumenerde aus dem Baumarkt mit, die er auf dem Grab verteilte. Eine weitere dünne Schicht deckte ihn nun zu, den zornigen Mann mit dem fehlenden Bein. Er fragte sich, ob er jemals ganz verschwinden würde aus seinem und Mutters Leben.

Zu Hause tauschte er die Glühbirne im Flur aus, von der Mutter immer behauptet hatte, dass sie zu wenig Licht gäbe. Auch die flackernde Leuchtstoffröhre über der Arbeitsplatte in der Küche ersetzte er durch eine neue. Ende der Woche schaute er beim alten Herrn Witasek im Spielzeugladen vorbei. Er ließ sich Züge und Modellflugzeuge zeigen, hörte sich Anekdoten von Herrn Witaseks verstorbener Frau an und kaufte schließlich ein neues Uno-Spiel und Straßenmalkreiden für Samira und Achmed.

Beinahe fühlte sich sein Leben an wie früher, auch wenn ihm das Busfahren ein wenig fehlte. Ganz zaghaft begann sich die altbekannte Gleichförmigkeit wieder einzustellen. Nur manchmal durchzuckte ihn Hannis Lachen wie ein Blitz. Doch nach einem kurzen Donnergrollen in seinem Bauch verblasste ihr Gesicht, und er machte einfach weiter.

Er dachte oft an Emilia. Sie schien beinahe Hannis Platz eingenommen zu haben. Er fragte sich, wo sie steckte. Sah sich nach ihr um, wenn er unterwegs war. Ein paar Mal hatte er das Gefühl, sie wäre ganz in der Nähe, sie würde ihn aus ihrem Versteck heraus beobachten. Die Stadt war bunt und laut geworden Anfang August. Marktwoche, Theater am Hauptplatz und laufend Wahlkampfveranstaltungen.

Wenn Adolf abends mit dem Bus-Bertl an einer der Haltestellen saß, hörten sie die Stimmen der Redner durch die Straßen hallen. Sie verstanden zwar nicht, was sie sagten, aber das war auch nicht notwendig. Alles würde besser werden – Merk schöner, moderner und sicherer, die Bewohner glücklicher, gesünder und kaufkräftiger, die Schulen und Kindergärten PISA-konform, das Altersheim einladend wie ein Kreuzfahrtschiff und die Luft so sauber, dass man sie in Flaschen in der Wallfahrtskirche von Ammendorf verkaufen könnte.

So verbrachten sie einige Nächte zwischen Bus-Philosophien und leidenschaftlichem Schimpfen über die Politik. Adolf erzählte seinem Freund, wie er die Knopffrau aus der Baugrube gerettet hatte. Ihren Namen behielt er für sich. Er erschien ihm kostbar wie das Funkeln der Steine, das sich nur offenbarte, wenn man sie ins Wasser tauchte. Bertl hörte ihm zu, den Blick voll Anerkennung. Hanni erwähnten sie beide mit keinem Wort.

Nach dem Wochenende war es dann endlich so weit –

Adolf würde wieder Bus fahren. Der Betriebspsychologe hatte bei dem Termin am Freitag keinen Grund gesehen, warum er noch länger zu Hause herumsitzen sollte. Er möge auf seelischen Ausgleich und auf ein erfülltes Privatleben achten, und damit hatte er ihm ein Attest geschrieben, das seine Diensttauglichkeit bescheinigte. Adolf freute sich auf seine Arbeit, wie er sich als Kind die ganzen Sommerferien lang auf die Schule gefreut hatte. Nicht, weil er ein guter Schüler gewesen war oder beliebt bei den Lehrern. Nein, er hatte sich darauf gefreut, die Tage weit weg von seinem Vater zu verbringen, der stets im Wohnzimmer gelauert hatte. Die Schnapsflasche in der einen, den Besenstiel in der anderen Hand, während Mutter im Supermarkt an der Kasse saß. Er hatte sich darauf gefreut, wieder jeden Morgen neben Hanni im Bus zu sitzen. Denn in den Ferien hatten sie einander oft erst am Nachmittag getroffen.

Wie damals genoss er die kribbelnde Vorfreude, verdrängte jedoch die Frage, ob Hanni am Montag in den Bus steigen würde. Das Wichtigste war, wieder auf dem Fahrersitz Platz zu nehmen, das Lenkrad in den Händen zu halten und schaukelnd die Stadt zu durchschiffen. Bis sich draußen wieder die Straße vor ihm ausbreitete wie ein graues Band, gesäumt von blühenden Wiesen, von den sich ewig wandelnden Feldern und von schattigen Wäldern.

Bereits am Freitagabend hatte er eine frische Uniform aus dem Schrank genommen und über den Stuhl vor dem Fenster gelegt, den er als Kleiderständer nutzte. Das Malheur mit der zerrissenen Hose, die er vor Mutter in einer Plastiktüte versteckt hatte, würde er seinem Vorgesetzten wohl oder übel melden müssen. Doch das bereitete ihm momentan kein Kopfzerbrechen. Seine Welt war dabei, wieder in Ordnung zu kommen, und er wollte diesen Prozess nicht durch Zweifel, Grübeleien oder düstere Gedanken stören.

Um Punkt sieben Uhr löste er seinen Kollegen von der Frühschicht ab. Das Gespräch mit dem Chef war problemlos verlaufen. Nachdem dieser sich kurz nach Adolfs Befinden erkundigt hatte, hatte ihm die Sekretärin auch schon seine Lenkberechtigung ausgehändigt. Er wechselte ein paar Floskeln über das Wetter und den Verkehr mit dem Kollegen und nahm auf dem Fahrersitz Platz.

Es war nicht mehr ganz so heiß wie in den letzten Tagen, und die ganze Stadt atmete spürbar auf. Durch ihre Straßen strömten wieder Menschen, Autos und Fahrräder wie Blut durch die Adern eines großen Organismus. Die Rentner, die sich aus Angst, einen Hitzschlag zu erleiden, nicht mehr aus dem Haus gewagt hatten, schoben wieder ihre Rollatoren über die Gehsteige. Die Kinder, die sich hinter ihren Computerbildschirmen verkrochen hatten, machten sich wieder auf ins Freibad. Der lebhafte Westwind trieb eine Herde Schäfchenwolken vor sich her. Nach und nach füllten sich die Sitzreihen. Für einen Morgen im August waren es relativ viele Fahrgäste. Meist blieb der Bus während der Schulferien fast leer.

Gerade als Adolf den Startschlüssel umdrehen wollte, kamen noch zwei dunkel gekleidete Personen quer über den Bahnhofsplatz geeilt. Er öffnete die Tür. Vor ihm standen zwei junge Polizisten – einer schlaksig mit dünnem Oberlippenbart, der andere stämmig mit glänzendem Gesicht. Er wartete darauf, dass sie einstiegen.

In den letzten Jahren war es hin und wieder vorgekommen, dass die Polizei die Fahrgäste kontrollierte. Grund dafür waren Gerüchte über den Handel mit Cannabis während der Fahrt. Der Bus-Bertl hatte sich wahnsinnig aufgeregt und die Kontrollen als Schikane bezeichnet. »Wenn sich zwei Sechzehnjährige einen Joint drehen, steht gleich die Exekutive da«, hatte er getobt. »Dabei ist das doch allemal besser als Saufen bis zum Umfallen. Der Alkoholismus ist die Geisel unserer Zeit, glaub mir, ich weiß, wovon ich rede. Aber die Sauferei wird ja auch noch subventioniert vom Staat und zur Kultur hochstilisiert.«

Auch wenn Adolfs Einstellung zum Drogenkonsum nicht so liberal war wie die seines Kollegen, gab er ihm recht. Vor allem, seit einige führende Politiker der stimmenstärksten Partei wiederholt beim Koksen erwischt worden waren.

Die beiden Polizisten machten keine Anstalten, in den Bus zu steigen.

»Herr Adolf Schweiger?«, fragte der Stämmige.

Augenblicklich breitete sich ein flaues Gefühl in Adolfs Bauch aus. Er nickte knapp und trommelte mit den Fingern auf das Lenkrad. Am liebsten hätte er die Tür wieder geschlossen.

»Wir müssen Sie bitten, mit uns zu kommen«, fuhr der Polizist mit den glatt rasierten speckigen Wangen fort.

»Wohin?«, wollte Adolf wissen. Seine Stimme war auf einmal unnatürlich hoch.

»Aufs Präsidium«, erwiderte der schlaksige Polizist in einem Ton, der keine Widerrede erlaubte. »Wenn ich bitten darf.«

44

Der Raum hatte keine Fenster. Die Neonleuchten an der Decke gaben den schmutzig-weißen Wänden einen leichten Blaustich. Adolf saß auf einem Stuhl mit einer unbequemen Lehne, die Unterarme auf der laminierten Tischplatte abgestützt. Er dachte an seinen Bus, der die grünen Hügel hinter Merk erklomm, wo die Schwalben jagten und die Raubvögel kreisten. Nach der nächsten Biegung würde er in den Wald eintauchen. Licht und Schatten tanzten auf seinem Gesicht, wenn sich dunkles Tannengrün mit dem hellen Laub der Birken und Buchen abwechselte. Hin und wieder streifte blinkend ein goldener Sonnenstrahl seine Wange. Es roch nach Föhrennadeln, nach Harz und nach Kaugummi auf dem Weg Richtung Stausee. Hinter ihm lärmten die Kinder. Ein alter Mann hustete mehrmals und schnäuzte sich geräuschvoll. Adolf blinkte und überholte einen Traktor. Als er sich wieder einordnen wollte, gehorchte ihm das Lenkrad nicht. Er schlug es nach rechts ein, doch der Bus fuhr geradeaus. Schon kam die nächste Kurve auf ihn zu. Er trat heftig auf die Bremse, aber der Bus verlangsamte sein Tempo nicht. Mit achtzig Stundenkilometern raste er auf eine mächtige Eiche zu. Adolf schloss die Augen.

Als er sie wieder öffnete, befand er sich immer noch in dem fensterlosen Raum. Auf der gegenüberliegenden

Tischseite standen zwei Stühle. Sonst gab es keinerlei Möbel oder Bilder. Nur ein alter Ventilator war über seinem Kopf zwischen den Leuchtstoffröhren befestigt. Der schien jedoch außer Betrieb zu sein, denn an seinen Flügeln hingen Spinnweben. Die Luft war stickig. Eine Fliege krabbelte über die Tischplatte auf seinen Unterarm. Als er sie verjagte, flog sie eine Runde, nur um sofort wieder auf ihm zu landen. Er schlug nach ihr, verfehlte sie knapp. Sie umkreiste ihn laut surrend. Ihr fetter, borstiger Leib ekelte ihn. Er dachte an die länglichen gelb-weißen Eier in ihrem Inneren. An Maden, die sich durch faulendes Fleisch fraßen. Er dachte an Hanni. Der dunkle Keller unter ihrem hellen, modernen Haus hatte ihn eingeholt und in die Tiefe gesaugt. Jetzt saß er hier unten fest, umgeben von Fliegen.

»Das kleine, das tägliche Unglück ist berechenbar, damit kann man leben«, hörte er Mutter sagen. »Vor dem großen Unglück musst du dich hüten, Bub. Das kommt daher im schönen Gewand und lacht dich an, als wär's das größte Glück. Wenn du dann zupackst, hast du es am Hals, dann zerstört es dein Leben.«

Er zuckte zusammen, als die Tür aufgerissen wurde und die Polizistin mit dem weißblonden Zopf, die ihn bereits zweimal befragt hatte, hereinkam. Diesmal war sie in Begleitung eines schlanken Mannes Mitte fünfzig, der keine Uniform trug.

Adolf konnte nicht sagen, wie viel Zeit er in dieser finsteren Kammer verbracht hatte. Es gab keine Uhr hier, seine Armbanduhr und das Handy hatte man ihm bei der Ankunft abgenommen. Er hatte keine Ahnung, ob es noch Vormittag oder bereits mitten in der Nacht war. Sein Kopf tat ihm weh. Er war durstig und völlig erschöpft vom langen Sitzen auf dem unbequemen Stuhl. Blinzelnd wandte er sich der Polizistin zu. Ihr Gesicht war verquollen. Das kalte Neonlicht ließ ihren Teint noch fahler wirken, betonte ihre Tränensäcke und die Falten um ihren Mund. *RevInsp Zenz* stand auf dem Namensschild an ihrer Brusttasche.

Revierinspektor ist sie also, dachte er, *die inspiziert wohl vor allem ihre Schnapsflaschen.*

Sie wich seinem Blick aus, als hätte sie seine Gedanken gelesen.

»Herr Schweiger«, begann der schlanke Mann in Zivil. »Machen wir es kurz. Sie werden heute hierbleiben.«

Adolf glaubte, sich verhört zu haben. »Ich muss doch zur Arbeit!«, empörte er sich.

»Wir haben Ihrem Dienstgeber bereits Bescheid gesagt.« Revierinspektor Zenz stützte die Ellbogen auf die Tischplatte und strich über das stumpfe Ende ihres Zopfes.

Das war absolut unmöglich! Adolf hatte doch gerade erst vier Wochen gefehlt. Auf gar keinen Fall konnte er jetzt schon wieder nicht zum Dienst erscheinen. Dass ihn heute die Polizei mitgenommen hatte, würde sein Chef ohnehin nicht so einfach akzeptieren wie seine Krankmeldung.

»Achtundvierzig Stunden dürfen wir Sie auf jeden Fall festhalten. Und so wie es aussieht, sollten Sie sich auf einen deutlich längeren Aufenthalt einstellen«, erklärte die müde Polizistin, ohne ihn anzusehen.

Adolf meinte, in ein schwarzes Loch zu fallen. Er konnte den Boden unter seinen Füßen nicht mehr spüren und bekam Angst, vom Stuhl zu kippen.

»Hierbleiben?«, wiederholte er ungläubig. »Ich muss nach Hause.« Er spürte seine Hände nicht mehr. Wie zwei

Fremdkörper lagen sie vor ihm auf dem Tisch. Die Fliege krabbelte über seinen linken Unterarm. Er ließ sie gewähren.

»Sie sind vorläufig festgenommen«, drang die Stimme des Beamten in Zivil wie aus weiter Ferne zu ihm.

»Warum denn festgenommen?«, hörte er sich selbst fragen.

»Sie werden beschuldigt, Herrn Dirk Brandstätter getötet oder zumindest seinen Tod wissentlich herbeigeführt zu haben.«

Das kann doch alles nicht wahr sein, dachte Adolf.

Und vielleicht hatte er den Satz laut ausgesprochen, denn der Mann sagte nun: »Wir haben seine Leiche zwar noch nicht gefunden, aber alles deutet darauf hin, dass Dirk Brandstätter nicht mehr am Leben ist.« Er holte tief Luft, stützte sich mit beiden Händen auf der Tischplatte ab und beugte sich ein wenig vor, bevor er weitersprach: »Heute Morgen haben wir Ihre Wohnung durchsuchen lassen und dabei einige Gegenstände sichergestellt, die unseren Verdacht erhärten. Das Beweismaterial wird gerade ausgewertet. Sobald dies abgeschlossen ist, wird man Sie erneut befragen.« Er schlug zweimal kurz mit den flachen Händen auf den Tisch. »Bis spätestens morgen wird feststehen, ob Sie in Untersuchungshaft kommen.«

Wohnungsdurchsuchung! Untersuchungshaft! Mutter! Was würde Mutter zu alldem sagen? Adolf wurde schwarz vor den Augen.

»Möchten Sie jemanden anrufen?«, fragte die Polizistin.

Doch Adolf gab keine Antwort.

Als die beiden den Verhörraum verließen, blieb er wie benommen sitzen. Sein Kopf wurde schwer, und er nickte ein. Ein kühler Luftzug ließ ihn hochfahren. Fröstelnd blinzelte er ins Neonlicht. Vor ihm stand ein Wachebeamter und forderte ihn auf, mitzukommen. Adolf leistete keinen Widerstand. Wortlos folgte er dem Mann durch einen schier endlos langen Gang in einen düsteren Gerichtssaal. Dort musste er auf einer knarzenden Bank Platz nehmen, die ihn an die Kirchenbesuche seiner Kindheit erinnerte. Ein Richter mit wächserner Haut und schütterem Haar tauchte wie aus dem Nichts auf. Er sprach Adolfs Vornamen mit sichtlicher Abscheu aus und verkündete ihm, dass er aufgrund zweier in seiner Wohnung aufgefundener Indizien als dringend tatverdächtig gelte. »Um die weiteren Ermittlungen nicht zu gefährden, sieht es das Gericht als unabdinglich an, Sie in Gewahrsam zu nehmen«, leierte die Wachsfigur mit monotoner Stimme herunter. Als Haftgründe nannte er Fluchtgefahr sowie Verabredungs- und Verdunkelungsgefahr. Das reiche vorerst für eine zweiwöchige Haft. Bis auf Weiteres seien Besuche und Anrufe untersagt.

Adolf war so erschöpft, dass er nur den Kopf schüttelte, als er gefragt wurde, ob er irgendwelche Einwände vorzubringen habe. Der wächserne Haftrichter klopfte matt mit den Fingerkuppen auf sein Pult, erhob sich und verschwand so lautlos, wie er gekommen war.

Der Wachebeamte fasste Adolf am Arm und führte ihn zum Hinterausgang des Präsidiums, wo ein grauer Bus wartete, der ihn in die Justizvollzugsanstalt Sonnleiten brachte.

45

»Die Hose ist zerrissen und schmutzig. Am Ärmel und am Kragen des Hemdes befinden sich Blutspuren.« Chefinspektor Weitner sprach langsam, so als würde er jedes Wort auskosten. Dabei lehnte er sich in seinem Stuhl zurück und musterte Helga Zenz. Sie wusste nicht so recht, ob sie seinen Blick mochte. Er hatte ungewöhnlich helle, stechende Augen unter farblosen Wimpern, die sie verunsicherten und zugleich anzogen.

»Darüber hinaus wurde ein Klappmesser beschlagnahmt. Wie die Kleider war es im Schrank versteckt. Es befindet sich noch im Labor.«

Helga Zenz wandte sich ab, sah aus dem Fenster auf den Parkplatz hinunter und trank ihren Kaffee. Wieder einmal war es unglaublich heiß und dunstig im Raum.

»Unter Schweigers Matratze haben die Kollegen ein blutiges Poloshirt entdeckt«, hörte sie Weitner sagen, während sie eine Taube beobachtete, die mit nickendem Kopf über den Asphalt trippelte. »Von der Größe her passt es genau zum Vermissten.«

»Dann gibt es da noch etwas, das so gar nicht zum Fall Brandstätter passt«, fuhr er fort. »In einem Karton haben wir wertvolle alte Gold- und Silbermünzen gefunden. Die sind seit fast zehn Jahren als gestohlen gemeldet.«

Helga leerte die Tasse in einem Zug, straffte die Schultern und drehte sich zu ihm um. Aus Angst, dass er den Alkohol riechen könnte, hatte sie bisher geschwiegen. Es war nur ein ganz kleiner Schluck gewesen, den sie in ihren Cappuccino gegossen hatte. Kaum der Rede wert. Eigentlich viel zu wenig, um überhaupt eine Wirkung zu spüren.

Während Weitner in seiner Tasche nach seinem Handy kramte, schielte sie kurz auf seine rechte Hand. Er trug einen Ehering. Als fühlte er sich ertappt, verschränkte er die Hände hinter dem Kopf und lehnte sich noch weiter in seinem Bürostuhl zurück.

»Wir müssen jetzt enger zusammenarbeiten«, sagte er und ließ seine Augen von ihrer Brust über die Hüfte zu ihren Beinen wandern.

46

Licht und Schatten führten lange lautlose Zwiegespräche an der Decke. Linien und Rechtecke wanderten über das Weiß wie über eine Leinwand. Erst mit scharfen Rändern, später mit weichen, welligen. Kurz bevor alles Schatten wurde, leuchtete die Leinwand rot auf. Dann floss das Schwarz die Wände hinab und sammelte sich auf dem Fliesenboden.

Adolf hielt ganz still. Er lag auf dem Rücken und sah der Fliege zu, die über die Fensterscheibe des kleinen Fensters knapp unter der Zimmerdecke krabbelte. Sie musste ihm gefolgt sein, aus der fensterlosen Kammer vom Polizeipräsidium bis hierher in sein neues Zuhause. Er meinte, wieder die Maden in seinen Eingeweiden zu spüren, wie sie sich wanden und wuchsen. Man hatte ihm Kaffee gebracht und ein Brot mit Marmelade. Erbsenpüree mit Würstchen. Zwei Semmeln mit Schinken und Käse. Er hatte nichts davon angerührt, war nicht einmal aufgestanden. Man hatte ihm angeboten, seinen Anwalt anzurufen. Er hatte keinen. Er brauchte keinen. Da hatten sie ihm die Nummer des rechtsanwaltlichen Bereitschaftsdienstes genannt. Der Zettel lag immer noch zusammengefaltet auf seinem Nachttisch. Die Fliege war über das Essen gekrabbelt, hatte sich mit Erbsenpüree, Kirschenmarmelade und Butterkäse vollgefressen, damit sie noch mehr Eier in ihm ablegen konnte. Dann hatten sie die Teller wieder mitgenommen, und das Zimmer hatte sich randvoll mit Schwarz gefüllt.

Die Tage vergingen mit Kohleintopf, mit Topfenstrudel und mit Krautroulade. Adolf teilte sein Mahl mit der Fliege, die über den Teller und über seine Gabel krabbelte, während er ein paar Bissen hinunterwürgte. Nach dem Essen lag er auf dem Bett und die Fliege küsste seine Haut mit ihrem Rüssel und surrte ihn in den Schlaf. Sie teilten sich die Zelle. Viele Stunden waren sie miteinander allein und wurden dabei immer vertrauter. Er begann, mit ihr zu reden. Und sie begann, ihm zu antworten. Sonst sprach er mit niemandem. Nur manchmal, kurz bevor es dunkel wurde, kam es ihm so vor, als schlüpfe Emilia durch die Gitterstäbe am Fenster oder durch die Revisionsklappe an der Türe. Wie ein dämmerungsaktives Wildtier durchstreifte sie seine Kammer, verborgen im Schatten beschnupperte sie sein Leben. »Ich war einmal. Und du bist noch nicht«, flüsterte sie ihm zu. Wenn die Sonne unterging, kam sie heraus und tanzte über die Parkplätze der Stadt und zwischen den Müllcontainern. Sie steckte ihm Münzen zu, aus Plastik, aus Gold und aus Schokolade. »Für dein Ticket«, hörte er sie sagen. »Damit kommst du hier raus.«

In der ersten Woche durfte Adolf, wie der Richter angeordnet hatte, weder Besuche empfangen noch telefonieren. »Verdunkelungsgefahr eben«, meinte der blasse junge Wachebeamte entschuldigend, der seit zwei Tagen für ihn zuständig war. Er hatte schwarze Locken und einen kleinen geschwungenen Mund. Eines seiner Augen war dunkelbraun, das andere hellbraun, was seinem Gesicht einen erstaunten und unsicheren Ausdruck verlieh.

Adolf war das Kontaktverbot ganz recht. Ihm genügte die Zelle mit den wandernden Schatten, mit seiner Fliege und mit Emilia, die kam und ging, wie es ihr gefiel. Der junge Mann, der laut Brustschild Baghdadi hieß, wollte das nicht so recht glauben. Er versuchte, ihn zu einem Rundgang im Hof zu überreden. Zu einem Ausflug in den Gemeinschaftsraum zum Fernsehen. Sogar eine Bibliothek gebe es hier. Alle Tageszeitungen und Wochenzeitschriften. Adolf tat es leid, den engagierten Wachebeamten enttäuschen zu müssen. Doch er wollte niemanden sehen, nichts hören, nichts lesen.

Baghdadi lächelte unsicher. »Sie werden sich bald besser fühlen. Der Anfang ist am schwersten.« Dann schloss er die Türe, verriegelte sie von außen.

Und Adolf ließ sich wieder auf die Matratze sinken, wo bereits die Fliege auf ihn wartete. Er legte sich zu ihr in den Schatten und gab sich ganz den Maden hin.

47

Da waren Stimmen im Flur. Fremde, laute Stimmen. Zwei Männer und eine Frau. Sie redeten abwechselnd. Dazwischen sagte Mama etwas. Sie klang aufgebracht.

Er stand an der Zimmertür und lauschte angestrengt, legte das Ohr an das helle Holz, doch er konnte nichts verstehen. Ganz vorsichtig hob er die Arme und umklammerte die Klinke. Das kühle Metall linderte das Kribbeln in seinen heißen Handflächen. Vorsichtig zog er die Klinke hinunter.

Sofort drangen die Stimmen in sein Kinderzimmer. Sie waren jetzt schärfer und klarer. Der eine Mann war so alt wie Opa, der andere jünger als Papa, das konnte er hören. Die Frau war lange still geblieben, deshalb konnte er sie noch nicht einordnen. Er öffnete die Tür gerade so weit, dass er durchpasste. Auf bloßen Füßen schlich er durch den Flur zur Treppe. Er setzte sich auf die oberste Stufe. Von hier aus konnte er die Fremden nicht sehen, weil sie direkt unter ihm standen. Nur ihre langen Schatten fielen auf den Holzboden. Mamas Schatten erkannte er sofort. Sie sah aus wie Elfe Emma aus seinem Zauberbuch.

»Welche Kleidergröße trägt er?«, fragte der junge Mann gerade.

»Achtundvierzig«, sagte Mama.

»Besitzt Ihr Mann ein dunkelblaues Poloshirt der Marke Côte d'Azur?«, fragte der alte Mann.

»Wirklich jeder hat doch zumindest ein blaues Poloshirt im Schrank!«, sagte Mama. Sie regte sich auf, das konnte er deutlich hören. Ihre Stimme vibrierte, und ihr Schatten verschränkte die Arme vor der Brust.

»Wir haben es in der Wohnung von Adolf Schweiger gefunden. Es war in die Tüte eines Radsportgeschäftes gewickelt.« Jetzt streckte der Schatten des jungen Mannes die Hand vor und hielt Mamas Schatten ein kleines Rechteck hin. »Kennen Sie den SpeedBike Store?«

Mamas Schatten beugte sich etwas vor und strich sich die Haare hinter die Ohren. »Mein Mann interessiert sich für Rennräder, nicht ich. Wo er seine Sachen kauft, weiß ich ehrlich gesagt gar nicht.«

Wenn Mamas Stimme so klang wie jetzt gerade, war es für ihn höchste Zeit, auf sein Zimmer zu gehen. Ich zähle bis drei – dann werde ich fuchsteufelswild, *würde sie gleich sagen. Und dann mussten die Fremden schnell hinaus, sonst konnte sie richtig laut schimpfen.*

»Ich wette, dass die meisten Männer ein blaues Poloshirt im Schrank haben. Tut mir leid, ich kann daran nichts Ungewöhnliches erkennen. Warum sollte Herr Schweiger kein solches Kleidungsstück besitzen? Und Rennrad fährt doch heutzutage auch die halbe Welt.«

Eins.

Mamas Schatten bebte.

»Ich wüsste auch gar nicht, wie Dirks T-Shirt zu Schweiger nach Hause kommen sollte. Die beiden kennen sich doch überhaupt nicht. Woher auch? Mein Mann nimmt nie den Bus, darauf können Sie Gift nehmen. Der Tesla ist ihm heilig. Und wenn er getrunken hat, ruft er ein Taxi.«

Zwei.

Mamas Schatten fuchtelte mit den Armen.

Er hockte auf der obersten Stufe, die Arme um die Knie geschlungen. So fest er auch drückte, das Brennen und Kribbeln wurde stärker. Das war kein gutes Zeichen.

Unten tauchte plötzlich der Schatten der Frau auf. Er war kürzer als die anderen und hatte einen Zopf, wie Leni ihn früher getragen hatte.

»Das Shirt war im Halsbereich blutgetränkt«, sagte der Frauenschatten mit einer alten und ein bisschen kratzigen Stimme. War das nicht die Polizistin mit dem Zopf, die am Anfang der Sommerferien schon einmal hier gewesen war? »Wir bräuchten die Haarbürste oder die Zahnbürste Ihres Mannes für einen DNA-Abgleich.«

Drei.

Mamas Schatten hob die Arme und ließ sie wieder fallen. Dann griff er sich mit beiden Händen an den Kopf und schüttelte ihn heftig.

»Alles in Ordnung?« Der Schatten des jungen Mannes machte einen Schritt auf sie zu und wollte Mamas Schatten die Hand auf die Schulter legen. Doch ihr Schatten riss sich los und verließ mit einem Satz den Wohnzimmerboden.

Er spürte ein Zucken im Arm und presste sich ans Geländer. Mama stürmte die Treppe herauf. Er wollte nach ihrem flatternden Kleid greifen, doch sie eilte vorbei, ohne ihn wahrzunehmen, und verschwand im Badezimmer. Bevor er ihr folgen konnte, kam sie auch schon wieder zurück. Papas Elektrozahnbürste in der einen Hand, in der anderen seine Haarbürste. Die war aus Olivenholz gemacht und hatte Borsten aus Wildschweinfell. Das war etwas ganz Besonderes. Deshalb durfte er seinen Teddy nie damit bürsten und Balu schon gar nicht. Papa würde sehr böse werden, wenn Mama die Wildschweinbürste wegtrug. Alles musste seine Ordnung haben. Auch die kleinsten Dinge.

Er wollte Mama warnen, doch er brachte kein Wort heraus. Da war wieder dieser seifige Geschmack im Mund. Sein Arm zuckte immer stärker. Mama bemerkte ihn immer noch nicht. Sie lief an ihm vorbei die Stufen hinunter, und weg war sie.

Da tauchte ihr Elfenschatten auf dem Holzboden auf und hielt dem kleinen Frauenschatten die Haarbürste und die Zahnbürste hin.

»Dürfen wir uns kurz bei Ihnen umsehen?«, fragte der Schatten des alten Mannes.

Mamas Schatten erstarrte. »Wozu? Dirk ist nicht hier. Das ist ja das Problem. Wenn er inzwischen aufgetaucht wäre, hätte ich Ihnen das doch sofort gesagt.«

Mama war jetzt so außer sich, dass sie vielleicht etwas Dummes sagte. Er musste hinunter zu ihr und ihre Hand drücken, wie er das immer machte, wenn Papa sie beschimpfte. Seine Beine wollten ihm nicht so recht gehorchen. Doch er kämpfte sich hoch, den zuckenden Arm fest an den Körper gepresst. Wie ein Roboter setzte er sich in Bewegung. Ignorierte das Rauschen in seinem Kopf.

»Das ist reine Routine«, sagte der Frauenschatten mit der kratzigen Stimme.

»Ich habe doch längst jeden Millimeter abgesucht!«, schrie Mamas Schatten, die beiden Bürsten in den Fäusten. »Da ist nichts!«

»Wir würden uns gerne Ihren Keller ansehen.«

Mamas Schatten ließ die Hände sinken.

»Wenn es sein muss.«

Das war nicht Mama, das konnte sie gar nicht sein. Das klang so kraftlos, so klein, so verloren. So war sie nicht. Sie war groß und wild, sie würde nie aufgeben, auch wenn es Papa in den letzten Wochen beinahe gelungen wäre, sie kleinzumachen. Aber das war gar nicht Mama, das war nur ihr Schatten. Er setzte einen Fuß vor den anderen. Stakste die Treppe hinunter.

»Wo ist der Kellerzugang?«

Er musste schnell zu ihr und ihre weiche Hand halten.

Mamas Schatten machte eine Geste mit der Hand. »Dort vorne.«

Ein Schritt noch. Dann sah er sie. Drei dunkelblaue Fremde. Eine Hexe mit Zopf und zwei Männer mit bösen Gesichtern. Und dahinter Mama mit den Bürsten.

Sein Körper versteifte sich. Er spürte seine Beine nicht mehr. Trotzdem ging er weiter. Ein weißer Blitz fuhr durch die Glasfront ins Stiegenhaus. Das Sausen in seinen Ohren schwoll zu einem tosenden Sturm an. Mit dem zuckenden Arm versuchte er, sich am Geländer festzuklammern. Da kippte sein Kopf nach vorne, seine Beine knickten ein, und er fiel die letzten vier Stufen hinunter auf den Boden.

»Um Himmels Willen!«, hörte er die Hexe kreischen. Dann wurde alles schwarz.

48

»Schweiger.«

Sie klang sehr weit weg. Die Art, wie sie den Namen aussprach – fragend, mit einem lang gezogenen »ei« –, war ihm so vertraut. Als sie noch das Festnetztelefon gehabt hatten, hatte er jedes ihrer Telefonate mithören müssen, ob er wollte oder nicht. Ihre laute Stimme war durch den Flur gehallt und selbst im hintersten Winkel der Wohnung zu hören gewesen.

»Ich bin's.«

»Adolf!«, rief sie mit einem Anflug von Hysterie. »Du …«

Sie verstummte. Er machte sich auf eine lange ohrenbetäubende Schimpftirade gefasst. Doch am anderen Ende der Leitung blieb es still.

Adolf spielte mit dem Kabel, das den abgegriffenen Hörer mit dem alten olivgrünen Telefon verband. Er saß an einem schmalen Tisch, das Gesicht zur Wand gerichtet, an die andere Inhaftierte beim Telefonieren Brüste, Herzen, kyrillische Buchstaben und ein Hakenkreuz gekritzelt hatten. Irgendwo hinter seinem Rücken stand Baghdadi und wartete.

Er hatte zehn Minuten Zeit. Weil Mutter immer noch nichts sagte, befürchtete er, sie hätte aufgelegt. Er hatte nicht gedacht, dass es so schwer sein würde.

»Ich habe nichts gemacht«, brachte er schließlich hervor und war sich bewusst, wie kindisch das klang.

»Ich weiß.«

Sie war noch da!

»Sie haben dein Zimmer durchwühlt.«

»Ich weiß.«

»Und die ganze Wohnung durchsucht. Sogar in die Schublade mit meinen Unterhosen haben sie geschaut.«

»Das tut mir leid.«

»Das war doch bestimmt diese Hanni.« Er hörte sie nach Luft schnappen. »Die hat doch … die hat ihren …«

»Nein«, erwiderte er schnell. »Hanni ist auch nicht schuld.«

Er versuchte, über seine Schulter einen Blick auf Baghdadi zu werfen, doch er konnte ihn nicht entdecken. »Bestimmt wird sich alles klären.«

»Das glaubst du ja wohl selbst nicht.« Zu seiner Verwunderung klang sie nicht wütend, nur verzweifelt und traurig. »Die lassen dich nicht gehen. Dafür hat dein Vater gesorgt. Mit diesem Namen kommst du nicht davon.«

»Mutter …«

»Solche wie wir, die haben kein Glück.« Ihre Stimme war brüchig und alt.

Seit sie ihn im Alter von fünf in der Markthalle vergessen hatte, hatte Adolf Mutter nicht mehr vermisst. Wozu auch? Sie war ja immer da gewesen. Meist näher, als ihm lieb war. Doch plötzlich sehnte er sich nach ihr. Nach ihren geblümten Schürzen, nach dem Geruch ihrer Handcreme, nach ihrem Zetern und Schimpfen – sogar nach ihrem Kirschenkuchen.

Leise fuhr sie fort: »Ich komm dich jede Woche besuchen. Pass auf dich auf!«

Er wollte ihr widersprechen. Ihr sagen, dass sie nicht zu kommen brauchte, er wäre ja bald wieder zu Hause. Doch ihm fehlte die Kraft dazu. Sie hatte wohl auch diesmal recht. Deshalb wünschte er ihr nur eine gute Nacht und legte auf.

49

Noch bevor sie die Augen aufschlug, stieg ihr sein Parfum in die Nase. Es roch jetzt weicher, runder und holziger. Gestern hatte die kühle, zitronige Frische dominiert. Die war jetzt verflogen, und die Basisnote hatte sich mit dem Geruch von Schweiß vermischt.

Helga Zenz blinzelte und griff nach ihrem Handy. Es war kurz nach sechs. Sie kämpfte sich hoch und zog sich ein T-Shirt an. Das Kopfweh war heute gar nicht so schlimm. Weitner war kein Trinker. Sie hatten im *Lindenwirt* zu Abend gegessen. Weil sie nicht unangenehm auffallen wollte, hatte sie sich nicht getraut, mehr als drei Gläser Wein zu bestellen.

Er lag auf der Seite, trotz der Wärme im Zimmer fest in das Laken gewickelt, und schlief noch tief. Sie blieb eine Weile stehen und betrachtete ihn. Im Schlaf sah er sanft, fast kindlich aus. Wenn er die stechenden Augen geschlossen hatte, fand sie ihn richtig schön. Er hatte ein ebenmäßiges Gesicht, männlich und trotzdem fein.

Helga riss sich von seinem Anblick los, ging in die Küche und warf aus Gewohnheit ein Kopfschmerzmittel in ein Glas Leitungswasser. Während sie darauf wartete, dass sich die Brausetablette auflöste, griff sie nach der Wodkaflasche, die sie hinter dem Balsamico-Essig und dem Olivenöl versteckt hatte. Sie schraubte sie auf und trank einen Schluck. Augenblicklich ließ das Spannungsgefühl hinter ihrer Stirn nach, und sie war wieder ganz sie selbst. Der klare, geschmacklose Alkohol machte sie hellwach. Schon wollte sie die Flasche zurück ins Regal stellen, da nahm sie noch einen kräftigen Schluck. Dann leerte sie das Wasserglas mit einem Zug und ging ins Bad.

Sie spülte ihren Mund aus, duschte kalt und putzte sich die Zähne. Der Spiegel war beschlagen, als sie ihr Haar trocken rubbelte. Sie wollte sich ohnehin nicht sehen. Sie wusste auch so, dass sie alt geworden war. Alt und müde. Eine Schönheit war sie nie gewesen, doch mit ihrem blonden Schopf und den frechen Sprüchen war sie stets gut angekommen bei ihren Kollegen.

Bis vor ein paar Jahren hatte Helga sich noch gemocht. Heute war sie ihrer selbst überdrüssig. Die Männer sahen in ihr nach wie vor eine reizvolle Abwechslung zu ihren Ehefrauen. Sie hielten Helgas Verzweiflung für Hemmungslosigkeit, ihre Einsilbigkeit für Bewunderung – und vor allem schätzten sie ihre Anspruchslosigkeit.

Vielleicht sollte ich aufhören bei der Polizei, dachte sie, *durch Schottland reisen und Krimis schreiben.* Das Problem war nur, sie konnte nicht schreiben. In Deutsch hatte sie meist eine Vier gehabt. Die Kommaregeln bereiteten ihr Probleme, und manchmal verwechselte sie den dritten und den vierten Fall.

Mit heftigen Strichen bürstete sie ihr Haar. Es ziepte und zog an der Kopfhaut, doch es machte sie wacher. Wenn sie den Tatsachen ins Auge blickte, dann hatte sie keine besonderen Talente oder Fähigkeiten, die ihr einen anderen Job ermöglichten.

Im unteren Bereich begann sich der Spiegel bereits zu klären. Sie starrte auf ihren faltigen Hals und auf die verbissenen, blutleeren Lippen. Ihre Arbeit machte sie kaputt. Sie hasste das stickige Büro, die ständig wechselnden Dienstpläne, die verspielten Chancen.

Wenn ich ein Mann wäre, hätte ich heute Weitners Posten, dachte sie und betastete ihre Tränensäcke. *Chefinspektor Zenz.* Sie grinste ihrem Spiegelbild grimmig zu. Zu Hause wartete die fürsorgliche Ehefrau – hübsch, anschmiegsam und aufmerksam – und im Büro die dankbare einsame Geliebte.

Mit einem trockenen Lachen flocht sie ihr nasses Haar zu einem straffen Zopf. Es waren die Männer, die sie nicht mehr ertrug. Die Männer auf der Straße mit den harten Fäusten und den billigen Ausreden. Die Männer im Büro, in den Chefsesseln, mit den kalten Augen und den heißen Begierden. Immer waren sie Opfer der Umstände. Wenn man sie erwischte, hatten sie das alles ja so nie gewollt.

Helga knipste das Licht über dem Badezimmerspiegel aus und blieb ein paar Sekunden im Dunkeln stehen. Dann machte sie sich auf den Weg in die Küche, wo sie die Kaffeemaschine einschaltete und dem Drang widerstand, erneut die Wodkaflasche hervorzuholen.

Der Kaffee blubberte, sprudelte und verströmte seinen verführerischen Duft, als sie ins Schlafzimmer zurückkehrte, wo Chefinspektor Weitner immer noch selig schlummerte. Er hatte sich auf den Rücken gedreht, seine Züge waren vollkommen entspannt. Auf seiner Brust lag seine gepflegte Hand mit dem goldenen Ehering am Ringfinger.

Langsam umrundete sie das Bett, griff nach ihrem Kopfkissen und kehrte damit auf seine Seite zurück. Mit einer schnellen Bewegung setzte sie sich auf ihn und drückte das Kissen auf sein Gesicht. Er zuckte zusammen. Versuchte, den Kopf zu drehen. Doch sie presste das Kissen mit beiden Händen fest nach unten. Er schlug um sich. Aber sie kniete so auf seinen Armbeugen, dass ihr ganzes Körpergewicht seine Arme fixierte. Er bäumte sich auf, schrie etwas in die Daunen auf seinem Mund. Warf sich von links nach rechts. Trat mit den Beinen. Sie umklammerte seinen Körper eisern mit ihren Schenkeln wie ein Rodeoreiter die Flanken des tobenden Bullen. Er keuchte, gurgelte, röchelte, zitterte und bebte. Dann war er endlich still. Sein Körper erschlaffte, und er blieb regungslos liegen. Sie hob das Kissen und schaute in seine glasblauen Augen, die weit aufgerissen an die Decke starrten.

»Na du«, Weitner griff nach ihr, »komm noch mal ins Bett.«

»Ich hole uns erst einen Kaffee«, flüsterte sie, machte sich los und lief in die Küche. Sie schenkte Kaffee in zwei Tassen. In die eine goss sie viel Milch und rührte einen Löffel Zucker unter, so wie er es mochte. Sie selbst trank morgens ihren Kaffee stets schwarz. Nachmittags durfte es dann gerne ein Cappuccino sein. Bevor sie mit den beiden Tassen zu ihm zurückkehrte, nahm sie einen großen Schluck aus der Wodkaflasche.

50

Wieder saß Adolf in einem kahlen Raum auf einem unbequemen Stuhl an einem nackten Tisch. In der Mitte der Tischplatte befand sich ein kleines Mikrofon, dessen Kabel durch ein Loch im Sperrholz verschwand. Es roch nach Staub und Putzmittel. Ihm gegenüber blätterte Revierinspektor Zenz in ihrem Notizbuch. Heute wirkte sie etwas wacher. Ihr Zopf war frisch geflochten und glatter als sonst. Wenn sie aufsah, meinte er, einen Glanz in ihren Augen wahrzunehmen. Neben ihr wischte der Beamte in Zivil, der sich beim Eintreten als Chefinspektor Weitner vom Landeskriminalamt vorgestellt hatte, auf seinem Tablet.

»Nun, Herr Schweiger«, begann er schließlich, »es haben sich neue Erkenntnisse ergeben.«

Er musterte Adolf so eindringlich, als sähe er ihn zum ersten Mal.

»In Ihrem Zimmer wurde eine zerrissene und blutige Arbeitsuniform gefunden. Wie können Sie das erklären?«

»Ich habe eine Frau aus einer Baugrube gerettet«, erwiderte Adolf wahrheitsgemäß. Die kalten Augen des Chefinspektors erinnerten ihn an hellblaue Glasmurmeln.

»Welche Frau?«, fragte Weitner sofort. »Und welche Baugrube?«

»Eine Obdachlose. Sie fährt oft in meinem Bus mit.«

»Name?«

Adolf zögerte. Er wusste den Nachnamen der Knopffrau nicht. Und ihren Vornamen wollte er nicht preisgeben. Er hatte das Gefühl, ihr damit zu schaden.

»Ich kenne ihren Namen nicht«, erwiderte er deshalb und merkte sofort, dass ihm Chefinspektor Weitner nicht glaubte.

»Soso. Und weshalb war diese Obdachlose in einer Baugrube?«

»Das weiß ich nicht. Sie ist wohl hineingefallen.«

»Wieso das? Alle öffentlichen Baustellen müssen ordnungsgemäß gesichert sein. Das wird in der Provinz doch hoffentlich nicht anders sein als in der Landeshauptstadt.« Er lächelte selbstgefällig und erntete einen giftigen Blick von der Revierinspektorin.

»Keine Ahnung, wie das passiert ist. Auf jeden Fall war sie dort unten und konnte nicht mehr heraus«, erklärte Adolf geduldig.

»Wo befindet sich diese Baustelle?«, übernahm nun die Polizistin die Befragung.

»In der Linzerstraße stadteinwärts auf Höhe Kendlergasse.«

Sie kritzelte etwas in ihr Notizbuch. Dann straffte sie die Schultern und fuhr fort: »Wie ist das Blut auf die Ärmel und an den Kragen Ihres Hemdes gekommen?«

»Die Frau muss sich beim Sturz verletzt haben.« Er deutete an seine Stirn und an den Hinterkopf. »Sie hat geblutet.«

»Und da haben Sie nicht die Rettung gerufen?«, empörte sie sich.

»Das wollte sie nicht.«

Wieder machte sie sich eine Notiz.

»Weshalb haben Sie die schmutzige Uniform nicht gewaschen, sondern versteckt?«, fragte sie weiter.

»Ich wollte nicht, dass meine Mutter sie sieht. Sie regt sich leicht auf und macht sich ständig Sorgen.«

Er registrierte, wie die beiden Polizisten einander einen belustigten Blick zuwarfen. Die sonst so mürrische Frau zeigte dabei den Anflug eines Lächelns. Doch es galt nicht ihm. *Chefinspektor Weitner gefällt ihr*, schoss es Adolf durch den Kopf.

»Gut. Dann zum nächsten Punkt.« Sie zog ein Foto aus ihrem Notizbuch und legte es vor Adolf auf den Tisch. »Dieses Klappmesser war ebenfalls in Ihrem Schrank versteckt.« Sie hob ihre dünnen schwarzen Augenbrauen und fügte spöttisch hinzu: »Wohl auch, damit sich Ihre Frau Mutter keine Sorgen machen muss.«

Er warf einen Blick auf das Messer.

»Das gehört Erwin Feichtinger, meinem Nachbarn.«

»Mit dem Herrn haben wir uns bereits unterhalten. Von einem Messer hat er nichts gesagt. Dafür aber von Ihrem Nahverhältnis zu Frau Brandstätter.«

»Er wäre ja schön dumm, der Polizei von dem Messer zu erzählen«, platzte Adolf heraus. »Der will doch ständig irgendjemanden damit abstechen. Da hab ich es ihm weggenommen.«

»Soso«, mischte sich der Chefinspektor ein. »Wen möchte er denn abstechen, der Herr Feichtinger?«

Adolf bereute seine unüberlegte Aussage bereits. Er wollte Dunja nicht in Schwierigkeiten bringen.

»Der redet nur so groß, weil er ein Problem mit Ausländern hat und mit anderen Religionen. Er meint es nicht so«, murmelte er.

»Und warum haben Sie dann sein Messer an sich genommen?« Chefinspektor Weitner sah ihn aus seinen Glasmurmelaugen forschend an.

Adolf drehte das Foto von Erwins Springmesser in den Händen und dachte daran, wie Dunjas Mann aus Ärger über die lärmenden Gündör-Kinder gedroht hatte, dem Muselmanenpack, dem elendigen, die Hälse durchzuschneiden.

»Er hat sich über die Nachbarn aufgeregt und im Suff wieder einmal große Reden geschwungen. Da wollte ich auf Nummer sicher gehen und habe sein Messer versteckt.«

Der Blick der Polizistin war plötzlich milder, beinahe freundlich. Der Chefinspektor hingegen musterte ihn weiter skeptisch.

»Adolf, der Menschenfreund. Soso.«

Revierinspektor Zenz schrieb einige Zeilen in ihr Notizbuch. »Kommen wir zum letzten Punkt«, meinte sie schließlich, zog ein weiteres Foto hervor und reichte es Adolf.

Neun Münzen waren auf dem Bild zu sehen, in zwei Reihen aufgelegt, daneben ein Lineal. Sechs der Geldstücke waren golden, die übrigen drei silberfarben. Bei näherer Betrachtung erkannte Adolf die Münzen. Sie gehörten zu seinem Schatz aus dem Schuhkarton!

»Wie kommen Sie zu diesen Münzen?«, wollte die Polizistin wissen.

Die Tatsache, dass die Beamten seine Sammlung durchwühlt hatten, verursachte Adolf ein Gefühl des Unbehagens. Plötzlich fühlte er sich nackt und ausgeliefert. Die Gaben der Knopffrau waren auf eine eigenartige Weise intim. Er wollte diese Schätze mit niemandem teilen.

Dafür war es jetzt wohl zu spät.

»Ich habe sie gesammelt«, erwiderte er trotzig und verschränkte die Arme vor der Brust.

»Woher haben Sie diese Münzen?«, wiederholte sie langsam und betonte dabei jedes Wort.

»Von der obdachlosen Frau.«

»Ach, das ist ja eine tolle Geschichte!«, rief Chefinspektor Weitner. »Da verschenkt eine Pennerin ganz selbstlos Golddukaten an den netten Buslenker.«

»Sie hat damit ihre Fahrscheine bezahlt.«

Der stechende Blick des Beamten durchbohrte ihn. »Wissen Sie eigentlich, was diese Münzen wert sind?«

Adolf blinzelte und schüttelte den Kopf.

»Zusammen knapp sechzehntausend Euro.«

Der Chefinspektor lehnte sich so weit über den Tisch, dass Adolf ihm wohl oder übel in die eisigblauen Augen schauen musste.

»Aber das ist noch längst nicht alles. Diese Münzen«, er klopfte mit dem Zeigefinger auf das Foto, »diese wertvollen alten Münzen wurden vor sechs Jahren in Wien als gestohlen gemeldet.« Er ließ seine Worte einige Sekunden wirken, um dann fortzufahren: »Glauben Sie nur nicht, dass Sie mir hier Ihr Märchen von der Goldmarie auftischen können. Ich habe Sie durchschaut. Sie haben still und heimlich eine kriminelle Laufbahn eingeschlagen – mit Diebstahl fängt es an, und allzu oft endet es bei Mord.«

51

Die Frau, die in den Besucherraum kam, trug einen bodenlangen braunen Rock, eine weite Bluse in derselben Farbe und ein passendes Kopftuch. Frau Gündör? Nein, die war kleiner und rundlich. Diese Person war mittelgroß, hager und hatte eckige Schultern. Das musste eine Verwechslung sein! Die Frau wollte bestimmt ihren Mann besuchen, und der Portier hatte ihren Namen nicht richtig verstanden. Zielstrebig bewegte sie sich auf ihn zu. Schon wollte Adolf den hinter der Scheibe wartenden Baghdadi zu sich winken, um den Irrtum aufzuklären. Da erkannte er sie.

»Dunja!«

»Hast du dir ein schickes Lokal ausgesucht für unser Date, Herr Chauffeur«, stellte sie mit einem Blick durch den Raum fest und ließ sich auf dem Besucherstuhl nieder.

Adolf freute sich so, sie zu sehen, dass er laut auflachen musste. Trotz ihres gemäßigten Aufzugs war sie wie immer kräftig geschminkt: Das Rotbraun ihrer Lippen harmonierte mit der Farbe ihrer Kleider, die Augenlider hatte sie mit üppigem Goldglitzer bestäubt.

»Seit wann trägst du ein Kopftuch?«, fragte er. »Du bist doch serbisch-orthodox.«

»Bin ich eben konvertiert für dich besuchen.« Sie presste die linke Faust an ihre Brust. »Mein armer Vater dreht sich um im Grab, wenn er mich so sieht. Und Erwin ist beinahe ins Koma gefallen.«

Adolf erschrak. »Erwin weiß, dass du mich besuchst?«

»Hat er nichts mehr zu melden.«

Dunja ließ ihre flache Hand ohne Vorwarnung so heftig auf die Tischplatte niedersausen, dass er zusammenzuckte.

»Hab ich gesagt: Klappe halten, oder ich lass mich scheiden!«

Er sah sie erstaunt an und musste sofort wieder lachen.

»Genug ist genug.« Sie setzte sich kerzengerade hin. »Stänkern und dumme Streiche machen, ist lächerlich. Raufen und hauen noch blöder. Da habe ich noch gedacht, so sind sie, die Männer. Wie dumme Jungen. Bei uns zu Hause in Serbien auch. Aber das hier«, sie machte eine ausladende Geste mit der Hand, »das geht zu weit. Gefängnis ist kein Spaß mehr.«

Adolf seufzte. Das Eingesperrtsein machte ihm weniger aus als erwartet. Er mochte Baghdadi, und das Essen war auch in Ordnung. Doch er hatte Angst, seine Arbeit zu verlieren. Und er machte sich Sorgen um Mutter. Andererseits brauchte er ja gar keine Arbeit mehr, wenn sie ihn tatsächlich hierbehielten, wie Mutter vermutete. Bisher hatte sie stets recht gehabt mit ihrer Schwarzmalerei.

Im Angesicht von Dunja, die bunt und glitzernd vor ihm saß, ein Stück Zuhause, das nach Zigaretten, Weichspüler und Parfum roch, traten ihm plötzlich Tränen in die Augen. Er blinzelte hektisch und wich ihrem Blick aus. Doch sie hatte es sofort bemerkt. Dunja war eine Emotionsakrobatin, randvoll mit Gefühlen, die sie gerne mit dramatischen Gesten untermalte, wenn sie andere daran teilhaben ließ. Innerhalb weniger Sekunden konnte sie sich von tiefster Trauer über den Tod eines ihrer unzähligen Familienmitglieder in die schwindelnden Höhen euphorischer Freude über ein Kompliment, eine Einladung emporturnen. Mit ihren feinen Fühlern spürte sie jedwede Gefühlsregung ihrer Mitmenschen in Sekundenschnelle auf – was sie Adolf ein wenig unheimlich machte. Dunja wollte gemeinsam mit ihrem Gegenüber in dessen Gefühlen baden. Mitweinen und mitlachen mit der Leidenschaft und Hingabe einer Operndiva.

Nun legte sie ihre Hand mit den korallenfarbenen Nägeln auf seinen Unterarm.

»Bin ich gekommen zum Helfen. Was kann ich tun?«

»Du kannst mir nicht helfen. Mit einem Namen wie meinem lassen sie mich hier nicht mehr rau…«

»Blödsinn!«, unterbrach sie ihn scharf. »Mein Cousin heißt Slobodan. So wie Milosevic. Trotzdem ist glücklicher Mann mit vier Kinder, Hühner und Schweine und BMW. Du bist Mensch, Adolf, nicht Name.« Jetzt bohrte sie ihre Nägel in seinen Arm. »Was kann ich tun?«

Adolf dachte nach. Was konnte sie schon für ihn tun? Nichts! Niemand konnte ihm helfen. Für die Polizei sah alles danach aus, als hätte er Dirk umgebracht. Das nahm er der erschöpften Polizistin nicht einmal übel. Da fiel ihm Mutter ein. Sie saß tagein, tagaus allein in der Wohnung und war wahrscheinlich zutiefst enttäuscht, weil ihr Sohn alle ihre negativen Erwartungen übertroffen hatte.

»Kannst du nach meiner Mutter sehen? Ich will nicht, dass sie hierherkommt. Das ist kein Ort für sie.«

Dunja strahlte ihn an. »Geh ich jeden Tag besuchen, dein Mama!«

Er atmete erleichtert aus. Mutter war zwar nicht gerade begeistert von der »Serbin mit der Nuttenschminke«, wie sie Dunja gerne nannte. Aber wenigstens hegte sie ihr gegenüber keinen Hass, wie sie ihn für Frau Maratschek empfand.

»Machen wir Kaffeeplausch, und schmieden wir Pläne für die Zukunft.« Dunja klatschte in die Hände.

Ob Mutter davon ebenso begeistert sein würde, wagte er zu bezweifeln. Sie pflegte sich über Dunjas laute Stimme und über ihr Gelächter, das bereits frühmorgens durch die Flure des Mitterwegs 5 hallte, zu beschweren. Außerdem war sie der Meinung, sie würde die Luft mit ihrer Kettenraucherei verpesten. *Hauptsache, sie ist nicht mehr alleine*, sagte er sich.

»Und du denkst nach scharf, was ich noch tun kann für dich.«

Dunja tastete bereits nervös die Brusttaschen ihrer sackartigen Bluse nach ihren Zigaretten ab. Bestimmt hatte sie diese am Eingang abgeben müssen.

»Danke«, sagte Adolf. Und er meinte es.

Als Dunja aufstand und ihm zum Abschied einige Male kräftig den Arm drückte, flüsterte er: »Was hat es denn nun wirklich mit diesem Kopftuch auf sich?«

»Ist nur für alle Fälle. Man weiß nie, wozu noch gut ist.« Sie zwinkerte ihm zu. »Und wollte ich immer ausprobieren Hidschab, wie ich Mädchen war, aber Mama hat nicht erlaubt.«

Er schüttelte lachend den Kopf. Dunja war wirklich ein Phänomen.

An der Tür drehte sie sich noch einmal um zu ihm.

»Werde ich auch reden mit dein Chef!« Sie winkte ihm zu und formte ihre braunroten Lippen zu einem Kussmund.

»Bitte nicht!«, entfuhr es Adolf. Aber da war sie schon zur Tür hinaus.

52

Am Tag nach Dunjas Besuch brachte Baghdadi Adolf wieder in den kahlen Verhörraum. Diesmal musste er nicht lange warten. Kaum war der Wachebeamte verschwunden, trat Chefinspektor Weitner vom Landeskriminalamt ein. Er war heute alleine und schien es eilig zu haben.

Adolf dachte an die müde Revierinspektor Zenz. Sie musste wohl einfach eingeschlafen und nicht mehr aufgewacht sein, deshalb war sie nicht gekommen. Er konnte es ihr nicht verdenken. Die Luft in der JVA Sonnleiten war schlecht, fast so stickig wie im Polizeipräsidium. Dunkle Gänge, Leuchtstoffröhren, der Geruch nach Chlor, Würstchen und Kohl. Der Kaffee hier enthielt kaum Koffein. Es gab weder Bier noch Doppelkekse.

Wortlos legte Weitner eine Plastiktüte, die etwas Großes, Dunkles enthielt, auf den Tisch und schaltete das Mikrofon ein. Adolf rieb sich die Augen. Seitdem er in Untersuchungshaft war, verbrachte er die meiste Zeit in einer Art Dämmerschlaf, der ihn matt und teilnahmslos machte. »Kommt Ihnen dieses Kleidungsstück bekannt vor?«, fragte der Chefinspektor. Seine Stimme war leise, aber messerscharf. Sie passte zu seinen kalten Augen, die sich fast schmerzhaft in Adolf bohrten und ihn daran hinderten, sich in sich selbst zu verkriechen.

Adolf betastete die Tüte. Ihr Inhalt war weich, stoffig.

Er fühlte einen kleinen Knopf und noch einen. Obwohl es sich durchaus um eines seiner Hemden handeln könnte, schüttelte er den Kopf. Im kalten Kunstlicht konnte er Farbe und Textur nicht genau erkennen. Nein, er kannte dieses Hemd nicht. Er wollte auch nicht genauer hinsehen, sich nicht konzentrieren, weil das bedeuten würde, die Gleichgültigkeit abzustreifen, die sich wie ein behaglicher Mantel um seine Schultern gelegt hatte.

»Dieses Poloshirt haben wir zwischen den Holzleisten Ihres Lattenrostes gefunden – fein säuberlich gefaltet und in einer Plastiktüte verpackt.« Der lauernde Unterton des Ermittlers ließ Adolf eine aufrechte Haltung einnehmen. Er saß steif da und sah Chefinspektor Weitner verständnislos an. Wieder kam er sich vor wie im Zimmer des Schuldirektors, der ihn häufig für Untaten gerügt hatte, von denen er bis dahin gar nichts gewusst hatte. Wie damals bemühte er sich, an nichts zu denken, und wartete ab. Irgendwann würde auch diese Schelte vorübergehen.

»Das Shirt ist im Halsbereich mit Blut getränkt«, fuhr der Beamte fort. »Die DNA-Analyse hat ergeben, dass es sich um das Blut von Dirk Brandstätter handelt.«

Er griff nach der Tüte mit dem Kleidungsstück und hielt sie hoch. Jetzt meinte Adolf, schwarze, verkrustete Flecken auf dem Stoff wahrzunehmen. Eine leichte Übelkeit stieg in ihm auf.

»Erklären Sie mir bitte, wie das blutige Hemd des Vermissten in Ihr Schlafzimmer kommt.« Die Stimme des Chefinspektors war jetzt gefährlich leise.

Da erst begriff Adolf. Hanni! Hanni hatte Dirks Shirt in ihrer Umhängetasche dabeigehabt, als sie nachts Steinchen an sein Fenster geworfen hatte. Während er schlief, musste sie das Kleidungsstück unter seiner Matratze versteckt haben.

Im aufgeheizten Verhörraum begann Adolf zu frösteln. Das alles war kein Zufall gewesen! Nicht die Sehnsucht hatte Hanni in dieser Nacht in seine Arme getrieben. Ihr Ziel war es, Beweismaterial bei ihm zu platzieren, dazu war ihr jedes Mittel recht gewesen. Kalter Schweiß bedeckte seinen Rücken. Genauso wenig war es eine Fügung des Schicksals, dass sie einander nach so langer Zeit plötzlich begegnet waren. Hanni hatte das alles genau geplant. Jedes Treffen. Die gemeinsamen Ausflüge. Man sollte sie zusammen sehen. Man sollte Adolf verdächtigen. Er, der Verlierer, hatte nach jahrzehntelanger Einsamkeit seine Chance ergriffen und den Ehemann erschlagen, um endlich die Schöne, die Kluge, die Nichtsahnende ganz für sich alleine zu haben. Sie würde damit davonkommen, wenn er nur schwieg. Und auch das hatte Hanni einkalkuliert. In seinen Ohren schrillte es.

»Ich warte.« Chefinspektor Weitner erinnerte Adolf an eine Viper, die ihr Opfer mit ihrem hypnotischen Starren bewegungsunfähig machte, um kurz darauf zuzuschlagen.

List und Trug. Hannis Lachen, ihr Geruch, ihre Berührungen. Schwimmbad und Kirschen. Langos und Eis. Popcorn. Doppelkekse. Geschickte Täuschungsmanöver.

»Ich frage Sie noch einmal. Haben Sie das blutige Poloshirt unter Ihrem Bett versteckt?«

Vielleicht war alles, was Hanni je gesagt oder getan hatte, darauf ausgerichtet, dass er ihr irgendwann nützlich sein könnte. Hatte die Sechsjährige mit der Zahnlücke dem kleinen, dicklichen Jungen bereits angesehen, dass er einer war, den man hinhalten und ausnutzen konnte?

»Ein allerletztes Mal, Herr Schweiger: Haben Sie Herrn

Brandstätters Shirt mit nach Hause genommen? Vielleicht als Trophäe?«

Diese Unterstellung war so absurd, dass Adolf vor Entsetzen kein Wort herausbrachte. Hatte Hanni während der gemeinsamen Jahre im Bus, in der Schulbank, im Park, im Freibad, am See, seine Loyalität ausgelotet, seine Unterwürfigkeit getestet?

»Fällt Ihnen jemand ein, von dem Sie sich vorstellen können, dass er den Verdacht auf Sie lenken möchte?«

Adolf schüttelte den Kopf.

Hatte sie ihn als zuverlässigen Lakaien stets im Hinterkopf behalten, weil sie wusste, dass sie jemand war, der sich nicht an die Regeln hielt? Weil sie ahnte, dass sie irgendwann einmal einen Schuldigen brauchen würde?

»Herr Schweiger«, zischte Chefinspektor Weitner und pfählte ihn mit seinem hellblauen Blick, »ich rate Ihnen dringend dazu, von Ihrem Recht Gebrauch zu machen, einen Anwalt hinzuzuziehen.«

53

Als er zurückkam, war sie tot. Adolf fand sie auf dem Boden am Rücken liegend, die Beine zur Decke gestreckt. Er hob sie auf und hielt sie behutsam in seiner Handfläche ans Licht. Staunte über ihre großen Augen und die zerbrechlichen Flügel. Sie musste während seiner Abwesenheit verstorben sein. Ihr Surren war immer leiser, immer kraftloser geworden. Dann war sie wohl abgestürzt, wie die Papierflieger, die er einst mit Hanni gefaltet hatte. Vielleicht war sie noch ein paar Mal im Kreis gekrabbelt, bevor sie umgekippt war. Hatte noch einmal so laut sie konnte gesummt, mit den Beinen gezappelt, und dann war sie tot gewesen.

Er beneidete sie ein wenig. Sie war so leicht, er spürte sie gar nicht in seiner Hand. Es widerstrebte ihm, sie einfach in den Mülleimer zu werfen, sie im Abfluss oder in der Toilette hinunterzuspülen.

Behutsam wickelte Adolf den schwarzen borstigen Körper der Fliege in ein Stück Klopapier. Sie würde ihm fehlen. Jetzt war er wirklich allein. Vielleicht war das auch am besten so.

Wer brauchte schon eine Münzdiebin, eine Mörderin und eine Fleischfliege, um glücklich zu sein? Mutter war bei Dunja in guten Händen, da war er sich sicher. Und er konnte wieder in diesen angenehmen Dämmerzustand abgleiten. Vielleicht würde es ihm gelingen, einfach zu verschwinden. Wie Vaters Bein. Wie Dirk.

Zwei Dinge musste er zuvor allerdings noch erledigen.

Als Baghdadi das Mittagessen brachte, fragte Adolf, ob er später eine Runde im Hof drehen dürfe. Der Wachmann schien sich zu freuen. Seine zweifarbigen Augen lachten ein wenig unsicher, und er versprach, ihn um Punkt drei Uhr abzuholen. Das Putenfleisch und die Nudeln kratzte Adolf mit der Gabel in die Toilette und betätigte die Spülung. Seit er begriffen hatte, welch perfides Spiel Hanni mit ihm trieb, brachte er keinen Bissen mehr hinunter. Er wollte den freundlichen Baghdadi nicht enttäuschen. Die tadelnde Miene, die der Wachebeamte aufsetzte, wenn er einen unberührten Teller wieder mitnehmen musste, erinnerte Adolf an seine Mutter.

Er kämmte sein Haar, steckte die eingewickelte Fliege in seine Hosentasche, setzte sich aufs Bett und wartete auf Baghdadi. Dieser war gut gelaunt und gesprächig, als er die Zellentür aufschloss. Seite an Seite durchquerten sie den tristen Flur. Graues Linoleum dämpfte ihre Schritte.

»Ist sie deine Freundin?«, fragte der junge Mann plötzlich.

Adolf warf ihm einen verwirrten Blick zu. Von wem sprach er? Doch nicht etwa von der Fliege in seiner Tasche?

»Sie ist hübsch. Ich mag ihr Lachen.« Baghdadi sah ihn unsicher an. »Oder seid ihr verheiratet? Sie trägt Hidschab und ist trotzdem nicht schüchtern.«

Es ging um Dunja! Das beruhigte Adolf, den das Gefühl beschlich, langsam verrückt zu werden. »Sie ist meine Nachbarin«, erwiderte er, »und meine Freundin.«

»Cool«, sagte Baghdadi. »Gut, dass sie zu dir hält.«

Adolf konnte sich nicht erinnern, dem Wachebeamten das Du angeboten zu haben.

»Was hast du eigentlich angestellt?«, fuhr der ungerührt fort.

»Nichts«, erwiderte Adolf mürrisch. Er hatte keine Lust auf ein Gespräch.

»Das sagen sie alle. Mir kannst du es ruhig sagen.«

Zum Glück waren sie mittlerweile im Hof angekommen. Adolf bat seinen Begleiter, ihn einige Minuten alleine zu lassen. Baghdadi schien zwar enttäuscht, doch er blieb in der Nähe des Eingangs stehen, während Adolf die hohe Betonmauer entlanglief. Sie war nach innen geneigt und oben mit Stacheldraht versehen. Der Gefängnishof erinnerte ihn an den Sportplatz in der Schule, mit dem er keinerlei gute Erinnerungen verband. Adolf konnte weder schnell rennen noch hoch springen oder klettern. Im Kugelstoßen und Speerwerfen war er eine Niete gewesen. Für Ballspiele hatte es ihm an Koordination und Geschicklichkeit gemangelt. Hanni war ein Ass in Sport. Sie lief wie der Wind, sprang wie ein Steinbock. Jeder ihrer Bälle traf, und ihre Speere flogen bis an die Grundstücksgrenze. Doch an Hanni wollte er nicht mehr denken.

Sobald er sich weit genug von Baghdadi entfernt hatte, trat Adolf auf den kurz gemähten Rasen. Er nahm das Klopapier aus seiner Hosentasche und faltete es auseinander. Da lag sie, die Fliege. Sie wirkte sehr tot, war getrocknet und geschrumpft in den letzten Stunden. Er nahm sie vorsichtig hoch, um ihre transparenten Flügel nicht zu beschädigen. Eine Wolke schob sich vor die Sonne, als er erst sachte, dann kräftiger auf seine Handfläche blies. Irgendwo weiter vorne fiel die Fliege ins Gras.

Adolf war traurig. Trauriger als beim Begräbnis seines Vaters. Er war traurig darüber, wie alles endete. Kurz schaute er in den verhangenen Himmel, dann kehrte er zum wartenden Baghdadi zurück.

54

Er hatte lange geschlafen. Tief und traumlos. Jetzt lag er im abgedunkelten Zimmer und hatte einen gewaltigen Muskelkater, genau wie letzten Winter nach dem Skikurs. Über seinem Kopf schaukelte das Mobile mit den blauen Wolken und den bunten Heißluftballons, die sich drehten und tanzten. Leni sagte, er sei längst zu groß dafür, Mobiles seien was für Babys. Aber er mochte es. Er würde es behalten, bis er groß war. Vielleicht sogar, bis er steinalt war und schon bald wieder sterben würde.

Leni verstand nichts von Ballons, von den kleinen und leichten Dingen, vom Schweben. Sie war viel zu ungeduldig. Immer rannte sie los, mit dem Kopf durch die Wand, wie Oma sagte. Ja, das passte zu ihr. Leni war wild. Deshalb machte es keinen Spaß, mit ihr zu spielen. Sie war größer, schneller, stärker als er, und ließ ihn das ständig spüren. In letzter Zeit war sie nie zu Hause. Sie hatte Freunde, die er nicht kannte. Mit denen sie lief und kletterte und sprang. Freunde, die keine Babys waren, mit Wolken und bunten Ballons über dem Bett.

Er hörte Flugzeuge fliegen und Autos und Motorräder brausen. Ein großer, schwerer Traktor kämpfte sich den Hügel hoch. Unten im Garten surrte leise der Rasenroboter. Immer wieder kam Mama herein. Sie roch nach Lavendel und nach Sonne. Ihre Hände waren warm. Alles war gut.

Gleich nachdem er die Augen geöffnet hatte, waren ihm die Fremden wieder eingefallen, die sprechenden Schatten. Die Hexe und die bösen Männer. »Sind sie fort?«, hatte er Mama gefragt. Und sie hatte genickt und seinen Kopf gestreichelt. An das, was mit ihm passiert war, hatte er keine Erinnerung. Mama hatte es ihm schon oft erklärt. »Da war ein Gewitter in deinem Kopf«, pflegte sie zu sagen, wenn er mit Muskelkater und völlig erschöpft aufwachte. »Bleib liegen, bis der Wind die dunklen Wolken weggeblasen hat. Bald scheint die Sonne wieder.«

Er dachte an den kühlen Keller, wo unentdeckt das Eis blühte, während im Garten und in ganz Merk Sommer war.

»Werden sie wiederkommen?«, fragte er Mama, als sie ihm nun ein Glas Himbeersaft brachte. Den hatte Oma selbst gemacht, und er hatte ihr dabei zugesehen.

»Ich denke nicht.«

Sie half ihm, sich aufzusetzen, und steckte ihm das Kissen hinter den Rücken. Er trank so gierig, dass der rosarote Saft auf seinen Pyjama tropfte. Nach einem Kopfgewitter war er immer so durstig.

»Was machen wir, wenn sie doch zurückkommen?«

Sie wollte ihm mehr Saft bringen, doch er hielt sie am Saum ihres weißen Kleides fest.

»Das überlegen wir uns später.«

»Was, wenn sie in den Keller gehen?«

Mamas Blick wurde sehr eigenartig. Sie sah ihn an und bewegte den Mund, ohne etwas zu sagen. Dann schaute sie schnell weg. Zum Fenster, zur Tür, an die Decke. Sie schob ihre Haare hinter die Ohren und zupfte am Mobile herum, sodass die Wolken und die Heißluftballons wie wild schaukelten.

»Wir haben jemand, der uns hilft«, sagte sie schließlich und lief davon.

Es dauerte lange, bis sie wiederkam. Ihr Gesicht war rot, ihre Wimpern nass. Sie setzte sich auf die Bettkante und hielt ihm ein neues Glas Saft hin.

»Wer hilft uns?«, fragte er und spürte sein Herz klopfen.

»Du kennst ihn nicht.«

Doch er musste es wissen. »Wer, Mama, wer?«

Sie strich ihm übers Haar. »Ein Buslenker«, sagte sie.

Er riss die Augen auf.

»Hat er einen echten Bus?«

Mama lächelte. »Ja, einen großen. Ich bin schon mitgefahren.«

Seine Brust war so voll Freude, dass er den Saft gar nicht schlucken konnte. Er lachte und hustete.

»Wann kommt er?«

Jetzt wurde sie wieder ernst. Sie sah ihm lange in die Augen. »Ich weiß es nicht. Ich weiß nur, dass er kommt, bevor es zu spät ist.«

55

Die Schultasche trommelte ein Stakkato auf seinen Rücken. Ihre Riemen zwickten. Ihr Rhythmus passte nicht zu seinem, hinderte ihn daran, schneller zu laufen. Seine Schuhe prallten hart auf den Asphalt. Die halb offenen Schnürsenkel gaben zu wenig Halt an den Füßen. Die Erschütterung jedes Schrittes zog sich bis in seine Schädeldecke. Schon während des Laufens konnte er die Niederlage spüren. Noch nicht ganz wach, empfand er die harten, eckigen Bewegungen als mühsam und sinnlos. Dort vorne bog bereits das Postgelb des Schulbusses um die Ecke. Er rannte weiter. Äußerlich hektisch, innen matt. Alibischritte. Er hatte schon verloren. Noch dreißig Meter. Mit einem Zischen schloss der Bus die Türen und fuhr ruckartig an. Immer noch lief er, weil das Abbremsen mehr Energie kostete als das Weiterlaufen. An der Haltestelle ließ er sich auf die Bank fallen, atmete die rußigen Abgase, den Gestank des Versagens ein. Starrte auf den Boden. Im Augenwinkel sah er den gelben Fleck verschwinden. Asphaltgrau hüllte ihn ein, verschluckte ihn.

Adolf erwachte mit dem matten Gefühl des Scheiterns. Sein Leben lang hatte es ihn begleitet. Jeden aufkeimenden Wunsch hatte er sofort unterdrückt und sich schon lange keine Ziele mehr gesteckt, dennoch war es ständig da gewesen. Vater hatte von seinem Rollstuhl aus den

Grundstein für all seine Niederlagen gelegt. Mutter hingegen hatte sein Scheitern genährt, gehegt und großgezogen. Täglich hatte sie es ihm gepredigt: Er würde versagen. Deshalb war es besser, sich mit dem, was war, abzufinden. Und das hatte er getan.

Er hatte mit der Vergeblichkeit gelebt, sich mit ihr angefreundet. Sie war ein ruhiges, trübes Gewässer, auf dem ein Boot gefahrlos treiben konnte. Und er hatte sich treiben lassen, in all den Jahren ohne Hanni. An Hannis Seite hatte er es damals beinahe verlernt, das Scheitern. Mit Hanni hatte er den Bus erreicht. Manchmal war es knapp geworden. Dann war sie vorausgesprintet und so lange in der zuckenden und schnaufenden Tür stehen geblieben, bis er an Bord war. Unter den Flüchen des Fahrers hatten sie beide sich schließlich in die schmutzig blauen Sitze sinken lassen. Er keuchend, sie kichernd. »Du bist ein Faultier, Adolfffff!« Wie angenehm kühl ihr Atem war, auf seinen heißen Wangen.

Das harte, klare Licht, das in seine Zelle fiel, verriet ihm, dass es auf Mittag zuging. Er blieb trotzdem liegen. Das Müssen hatte nun ein Ende. Er musste nicht mehr aufstehen, nicht mehr zur Arbeit gehen, nicht grüßen, nicht blinken oder an roten Ampeln halten. Er musste nicht duschen, nicht essen und mit niemandem mehr reden. Es war still geworden ohne die Fliege.

Adolf lag seit Tagen im Bett und übte sich darin, nicht mehr zu denken und nicht mehr zu träumen. Es klappte bereits ganz gut. Nur manchmal kam ihm für einige Sekunden Hanni in die Quere. Dann stiegen Bilder in ihm auf. Fragmente von damals, Szenen aus einer vagen Zukunft. Aus einer Zukunft, die Hanni ermordet hatte.

Baghdadi wollte ihm seine neue Freiheit nicht gönnen.

Sein Blick wurde von Tag zu Tag vorwurfsvoller, seine Stimme unzufriedener. Er trug die vollen Teller fort und brachte neue. Er schimpfte und klagte. Wahrscheinlich meinte er es nur gut, wie Mutter. Doch Adolf hatte genug von all den wohlmeinenden Kerkermeistern, die glaubten, ihn im sicheren Verlies festhalten zu müssen.

Er machte nicht mehr mit. Er würde sich über den Rand fallen lassen wie Emilia. Ins kalte, klare Nichts.

56

Er sah ganz anders aus, als Adolf ihn in Erinnerung hatte. Vielleicht lag es daran, dass er Bertl bisher meist von der Seite angeschaut hatte. Auf den Bänken an den Bushaltestellen saß Adolf stets links von ihm. Wenn er im Bus bei ihm mitfuhr, hatte Bertl ihm die rechte Gesichtshälfte zugewandt. Jetzt, wo ihm sein Kollege im kalten Licht der Leuchtstoffröhren gegenübersaß, wirkte er klein und alt. Sein rundes Gesicht mit der flachen Nase und dem breiten Mund erinnerte Adolf an einen Frosch.

Als Baghdadi gekommen war, um ihm den Besuch anzukündigen, hatte er zuerst nicht reagiert. Bertl gehörte zu seiner Vergangenheit, wie das bunte Blinken der Ampeln, das Glitzern des dahinfließenden Verkehrs, das Vorbeiziehen der Wiesen, gesprenkelt mit den Farben des Sommers. Das alles war nun vorbei. In ihm war es ruhig und leer geworden. Keine Kurven, keine Hügel, keine Jahreszeiten. Längst hatte er sich so an das stille Liegen gewöhnt, dass ihm Stimmen, Gesichter, Gesten und Bewegungen aufdringlich erschienen.

Erst als der Wachebeamte gedroht hatte, den Gefängnisarzt zu holen, hatte Adolf sich aufgesetzt. Zittrig, mit einem flauen Gefühl im Magen und einem seltsam leichten Kopf war er Baghdadi durch die Gänge der JVA Sonnleiten gefolgt. Seine Füße berührten das graue Linoleum kaum.

Jetzt saß er dem Bus-Bertl gegenüber und hatte nichts zu sagen. Sein Kopf war nur noch lose mit seinem Hals verbunden. Jeden Moment konnte er davonfliegen wie ein Luftballon. Dann würde er Bertls Halbglatze von oben betrachten.

Sein ehemaliger Kollege redete schon eine ganze Weile. Von Bussen und Straßen, von Einbahnen und von Sackgassen. Adolf konnte ihm nicht folgen. Er sah, wie sich Bertls Mund bewegte, wie bei einem quakenden Frosch. Ein Lachen stieg in ihm auf, trieb seinen Kopf noch weiter fort von seinen Schultern.

»Die Polizei sucht nach deiner Knopffrau«, sagte Bertl gerade. »Hat sie etwas mit dem Verschwinden von Hannis Mann zu tun?«

»Sie hat die Münzen gestohlen«, wollte er Bertl erklären.

Da machte sich das Lachen selbstständig. Entfloh durch Adolfs nachlässig geschlossene Lippen und sprudelte in den kahlen Besucherraum. »Gold und Silber. Der Schatz der Knopffrau!«

Bertl sah ihn erschrocken an. »Was meinst du?«

»Die Knöpfe sind Schätze!« Adolf lachte.

»Du meinst die Knöpfe, die sie dir gegeben hat?« Der Bus-Bertl redete mit ihm wie mit einem Wahnsinnigen. Langsam, ruhig und betont freundlich.

»Ich bin reich!«, brüllte Adolf und lachte schallend.

Baghdadi, der an der Tür stand, trat von einem Bein aufs andere. Bereit, jederzeit einzugreifen.

»Oder halt – ich war reich.« Vor lauter Lachen bekam Adolf kaum Luft. »Jetzt hat ihn Revierinspektor Zenz, den Schatz. Die kauft sich damit ein neues Glück.«

Er lachte so heftig, dass sich sein leerer Bauch verkrampfte. Tränen flossen ihm über die Wangen. Der Bus-Bertl legte seine Froschhand auf Adolfs Arm.

»Ganz langsam«, sagte er mit seiner Therapeutenstimme. »Erzähl mir, was es mit den Münzen auf sich hat.«

»Sie haben sie mir weggenommen«, keuchte Adolf und wischte sich mit dem Handrücken über die Wangen. »Inspektor Zenz kann sie behalten. Sie braucht das Geld dringender, so kaputt wie sie aussieht. Die sollte einmal eine große Runde bei dir mitfahren.«

»Warum hat die Polizei deine Knopfsammlung mitgenommen?« Dem Bus-Bertl fiel es sichtlich schwer, ruhig und geduldig zu bleiben.

»Weil sie wertvoll sind, die Knöpfe, die Münzen und die Plastikchips.«

Schon wieder kämpfte Adolf gegen einen Lachanfall an. »Stell dir vor, du besitzt den Schlüssel zu allen Einkaufswagen dieser Stadt. Du kannst alles leer kaufen mit deinen Münzen, und keiner kann dich aufhalten.«

»Langsam, Adolf, langsam!« Bertl tätschelte seinen Arm. »Es waren also wertvolle Münzen dabei?«

»Sie hat sie vor sieben Jahren gestohlen!«, rief Adolf und bog sich nun wieder vor Lachen. »Oder war ich das etwa? Ich weiß es nicht mehr, verzeih mir!«

Er hatte das Gefühl, bald davonzufliegen oder vom Sessel zu fallen.

»Hör mir zu!«, zischte Bertl und packte ihn am Handgelenk. »Ich versuche, die Knopffrau zu finden. Vielleicht kann sie dich entlasten, und du kommst endlich raus hier.« Er tätschelte ein letztes Mal Adolfs Hand, erhob sich und verließ den Besucherraum.

Adolf lachte vor sich hin, bis Baghdadi kam, ihm auf die Beine half und ihn zurück in die Zelle führte.

57

Die Kellerstufen waren aus demselben Holz gemacht wie die Treppe, die nach oben zu den Schlafzimmern führte. Trotzdem fühlten sie sich anders an. Kühl wie das Falllaub im Wald. Feucht und schlierig wie der Steg am See im Herbst. Mit jedem Schritt wurde es kälter und dunkler. Er hielt inne, stützte sich mit einer Hand an der Wand ab. Es war so still hier unten. Hoch über seinem Kopf summten die Bienen im Lavendel. Huschten die Eidechsen über die warmen Terrassensteine. Surrte Mamas Heckenschere. Hier war von all dem Leben, von all dem Sommer nichts zu hören. Er setzte seinen Weg fort, Stufe für Stufe nach unten.

Da tauchte sie vor ihm auf, die weiße Tür. Das Tor zum Winter. Sein Herz flatterte wie ein Kolibri. Einen Schritt noch, dann berührten seine Füße die eisigen Fliesen. Die Kälte bohrte sich in seine nackten Sohlen, kroch seine Beine hoch. Doch er ließ sich nicht aufhalten. Er legte die Hände auf das glatte Weiß. Presste sein Ohr an die Tür. Lauschte und meinte das Fallen großer, weicher Schneeflocken zu hören. Das Gefrieren des Sees. Eiskristall reihte sich an Eiskristall, sie wuchsen zusammen und bildeten eine Haut über dem grauen Wasser. Krähen krächzten im Geäst. Der Frost machte sie hungrig.

Durch die Nase sog er die scharfe Winterluft ein und

streckte sich nach der Klinke. Alles war voll Schnee – die Wände, der Boden, die Luft –, und hinten, unter dem Kellerfenster, stand die weiße Truhe. Er watete durch kniehohe Schneewechten. Eisige Flocken rieselten ihm auf die nackten Arme, auf die Wangen, blieben an seinen Wimpern hängen. Er durfte nicht stehen bleiben, sonst würde er erfrieren.

Aus der Nähe war die Truhe riesig. Ihr weißes Metall fühlte sich an wie spiegelblankes Eis. Er musste aufpassen, dass seine Finger nicht daran festfroren. Wieder lauschte er. Die Truhe surrte leise. Seine Zähne klapperten, er konnte sich kaum mehr bewegen. Er musste durchhalten, durfte nicht aufgeben. Er musste es sehen.

Mit beiden Händen umklammerte er den Griff. Drückte ihn, so fest er konnte, nach oben. Weißer Rauch stieg auf, als sich der Deckel öffnete. Er war zu klein, um sich tiefer über die Truhe zu beugen. Wenn er in ihr Inneres schauen wollte, musste er hineinklettern. Seine Finger tasteten, berührten harte, eisige Klumpen. Er zitterte unkontrolliert. Nicht aufgeben! Er musste sich zusammennehmen. Mit tauben Fingern krallte er sich am Rand fest. Hob das linke Bein, so hoch er konnte. Schwang es hinauf über den Rand und stieß sich mit dem rechten Fuß vom Boden ab. Vor Anstrengung biss er sich in die Zunge. Doch dann hatte er es geschafft. Er ließ sich über die Seitenwand der Truhe fallen, mitten in die Eisschollen. Begann zu graben. Eislutscher, Erbsen, Pizza, Lachsfilets, Pommes. Boxen und Beutel, von einer dünnen Eisschicht überzogen. Mit gefühllosen Händen und steifen Füßen schob er Kartonverpackungen und Tüten zur Seite. Bohrte sich tiefer ins eisige Weiß. Ihm war so kalt wie noch nie zuvor. So kalt, dass sich die Kälte beinahe warm anfühlte.

Auf dem Bauch liegend, grub er und grub. Dann sah er ihn. Eis in den Wimpern und Schnee im Haar lag er in seinem weißen Bett. Er schlief.

Nie hatte er ihn schlafen gesehen, daran musste er denken, als er sich vorbeugte, um ihn aus der Nähe zu betrachten. Von oben sah er friedlich aus, fast fröhlich. So als träumte er von den Bienen im Lavendel, von den Eidechsen und von Mama im Garten. Er streichelte seine Wange, doch er spürte nichts. Starrte eine Zeit lang auf seine blutleeren Fingerspitzen und wunderte sich über die Stille in seinem Kopf. Dann wälzte er sich mit letzter Kraft zur Seite und ließ sich die weiße Wand entlang auf den Fliesenboden gleiten. Er schloss den Deckel der Truhe und taumelte hinaus. Hinauf in den Sommer.

58

Das grelle Licht ließ seine Augen tränen. Er hielt sich an der Platte fest, um nicht unter den Tisch zu rutschen. Das Sitzen, das Gehen und das Stehen hatte er sich im Verlauf der letzten Woche abgewöhnt. Jetzt wollte es ihm nicht mehr so recht gelingen. Eine dunkel gekleidete Gestalt kam auf ihn zu. Vielleicht eine Krähe. Sie landete auf dem Stuhl direkt vor ihm. Unter dem schwarzen Gefieder verborgen war eine Frau. Eine Frau, die er kannte.

»Herr Chauffeur!«

Dunja. Er blinzelte. Ja, das war Dunja. In schwarze Tücher gehüllt, kam sie geflogen. Zu seinem Begräbnis?

»Du bist dünn geworden!«, rief sie. »Ist Essen so schlimm?«

Mit ihren langen dunkelroten Krähenklauen krallte sie sich an seinem Arm fest. »Wenn dir schlecht geht, musst du melden. Mein Cousin arbeitet in Krankenstation in Keller. Der kann helfen …« Sie sah ihn eindringlich an. »Dein Mama schickt viele Grüße! Denkt an dich jeden Tag.«

Die Krallen stachen in seine Haut.

»Im Anfang wollte immer zu dir, aber jetzt hat eingesehen, dass besser so. Haben wir viel Spaß zusammen – Irmgard und ich.«

Irmgard? Mittlerweile nannte sie Mutter also beim Vornamen. Er versuchte, sich zu konzentrieren. Mutter und Dunja. Waren die beiden schon per Du? Freundinnen? Mutter hatte keine Freundinnen. Spaß? Mutter hatte keinen Spaß.

Jetzt beugte sich Dunja zu ihm über den Tisch. Ein schwarzes Kopftuch verbarg ihr Haar, ließ ihre Haut blass wirken und betonte ihre blutroten Lippen. Sie drückte ein kleines Buch an ihre Brust.

»Bin ich gekommen zum Beten«, sagte sie.

Er musste sich verhört haben. Die schwarz eingehüllte Dunja griff nach seiner Hand. Sie presste ihre warme, trockene Krähenklaue fest auf seine kalten, feuchten Finger und hob zu einem eigenartigen Singsang an.

»Im Namen Allahs, des Gnädigen, des Barmherzigen! Wer dem Gesandten gehorcht, der gehorcht Gott!«

Ihre laute Stimme ließ ihn zusammenzucken.

»Hör mir zu, Adolf! *Wer dem Gesandten gehorcht, der gehorcht Gott*«, wiederholte sie eindringlich. »Darin liegen Zeichen für Leute, die nachdenken.«

Aus dem Augenwinkel konnte er sehen, wie Baghdadi ein paar Schritte näher kam. Dunja legte das Buch auf den Tisch und ihre rechte Hand darauf, mit der linken hielt sie immer noch Adolf fest.

»Gott ist groß!«, rief sie.

Baghdadi schien beruhigt und trat den Rückzug an.

»Such die Zeichen«, fuhr Dunja fort und klopfte energisch auf das Buch. »Hör auf die Schritte, auf die Stimmen in der Nacht!« Ihr Oberkörper bewegte sich rhythmisch vor und zurück. »Hilfe wird kommen.«

Das musste eine Halluzination sein! Vielleicht hätte er in den letzten Tagen besser etwas essen sollen. Er rieb sich mit der freien Hand die Augen. Doch vor ihm saß immer noch Dunja.

»Lies!« Ihre entschlossene Miene machte ihm Angst. »Sure 4, Vers 34 – *Die Frauen.* Seite hundertvierundzwanzig.«

Sie schob ihm das Buch hin. »Lies und bete! Und wenn du wach liegst im Nacht, halte Ohren und Augen offen! Das sind die Zeichen für Leute, die nachdenken.«

Jetzt drückte sie seine Hand so fest, dass er beinahe laut aufgeschrien hätte.

»Gott ist groß!«

Damit erhob sie sich und nickte Baghdadi zu, der sie mit einem strahlenden Lächeln bedachte. Dunja lächelte zurück, scheu und mädchenhaft. Träumte Adolf, oder flirtete seine Nachbarin tatsächlich in schwarze Stoffe gehüllt mit dem Wachebeamten?

Bevor sie den Raum verließ, drehte sie sich noch einmal um.

»Sure 4, Vers 34 – *Die Frauen*«, sagte sie und verschwand um die Ecke.

59

»Zeit, dass was weitergeht.« Weitner knallte eine Heftmappe auf den Tisch. »Wir brauchen Ergebnisse! Ich kann nicht ewig bleiben. Die warten in Sankt Pölten auf mich.«

Aubrunner nickte bedächtig. »Ganz Ihrer Meinung. Wir können hier keine ungeklärten Fälle brauchen, noch dazu mitten im Wahlkampf.«

»Wenn das LKA keine moderneren Methoden hat, dann frage ich mich, wozu wir überhaupt Unterstützung angefordert haben«, schnaubte Dietmar und schob sein Diensthandy, das vor ihm auf dem Tisch lag, hin und her. »Das ist doch reine Verschwendung von Steuergel…«

»Dietmar«, fiel Aubrunner seinem Untergebenem ins Wort, »du weißt selbst, dass sich ein Fall nicht auf Knopfdruck lösen lässt. Von niemandem.«

»Mir musst du das nicht erklären.« Die blauen Adern an Dietmars Schläfen traten hervor. »Ich war es nicht, der sich beschwert, dass nichts weitergeht.«

Helga Zenz schwieg. Sie verfolgte die Szene im Besprechungsraum mit Genugtuung. War es also doch nicht so weit her mit Dietmars natürlicher männlicher Autorität! Dieser magischen Fähigkeit hatte er es seiner Auffassung nach schließlich zu verdanken, dass er und nicht sie mit den verantwortungsvollen Aufgaben betraut wurde.

»Dann soll der Kollege vom LKA doch einen konkreten Vorschlag machen, wie er verfahren möchte«, ereiferte er sich gerade mit hochrotem Kopf.

Wenn Helga sich nicht täuschte, war da eine gewaltige Portion Eifersucht mit im Spiel. Nicht genug, dass Weitner Aubrunner dazu brachte, *seine* Kompetenzen anzuzweifeln. Jetzt ging der arrogante LKA-Mann auch noch mit *seiner* Geliebten ins Bett. Sie musste grinsen. Auf einmal war ihm die verschwiegene und genügsame Kollegin nicht mehr zu Diensten. Das war natürlich bitter. Helga dachte an Weitners trainierten Körper, an seinen frostigen Blick und an seine heißen Küsse. Ja, Weitner hatte dem Provinzpolizisten mit dem Raucherhusten und dem Speckreifen um die Hüfte einiges voraus.

Sie beobachtete Weitner, wie er sich streckte und die Heftmappe aufschlug. Dietmars Ausbruch ließ ihn völlig kalt. Er blätterte in seinen Unterlagen, wischte ein paar Mal über sein Tablet und schaute dann abwartend vom einen zum anderen. Als sein Blick an Helga hängen blieb, straffte sie die Schultern.

»Der Vermisste ist bisher nicht aufgetaucht. Wir gehen davon aus, dass er nicht mehr am Leben ist. Mit Sicherheit können wir das allerdings nicht sagen.«

Sie nahm einen Schluck aus ihrer Kaffeetasse. »Ich habe Ronny gebeten, die Firmenkonten und privaten Finanzen genauer zu durchleuchten. Er soll nach Unregelmäßigkeiten, nach falschen Buchungen, nach irgendetwas suchen, das Brandstätters Untertauchen erklären könnte.«

Alle Augen waren nun auf sie gerichtet. Sie strich ihren Zopf glatt und fuhr fort. »Schweiger ist noch in Untersuchungshaft. Aber ewig werden wir ihn nicht hierbehalten können.« Sie zuckte mit den Schultern. »Bisher können wir ihm nichts nachweisen. Nicht einmal in Bezug auf die Münzen. Die soll ihm eine Obdachlose geschenkt haben.«

»Habt ihr die wenigstens schon gefunden?«, wollte Aubrunner wissen.

»Wir haben eine ganze Reihe an Zeugen aufgetrieben, die sie gesehen haben wollen. Die Frau selbst konnten wir aber noch nicht aufspüren. Scheuch und Vastic sind dran.«

Dietmar warf ihr einen wütenden Blick zu, weil sie ihm die Show stahl.

»Was ist mit Brandstätters Frau?«, fragte Aubrunner. »Ist die in irgendeiner Weise verdächtig?«

Helga trank den letzten Schluck Kaffee aus ihrer Tasse. »Bis auf die Tatsache, dass nicht sie ihren Mann als vermisst gemeldet hat, sondern sein Kollege, scheint sie unauffällig.« Sie dachte einige Sekunden nach und fügte dann hinzu: »Ihr Sohn hat Epilepsie. Das hält sie wohl ziemlich auf Trab, neben dem Vollzeitjob …«

»Sie können ziemliche Biester sein, wenn es nicht nach ihrem Kopf geht, die Ach-so-lieben Frauen«, fiel ihr Dietmar ins Wort. Die Ader an seiner Schläfe pulsierte, sein Mund war verkniffen. »Du musst nur eine andere zu lange anschauen, schon kippt dir die Gattin Rattengift in den Mango-Spinat-Smoothie.«

»Eigene Erfahrung?«, fragte Aubrunner, und die Männer lachten schallend.

»Noch lebe ich«, meinte Dietmar und zwinkerte Helga zu. Erneutes Gelächter. Sie spürte, wie sie rot wurde. Die drei Kollegen schauten sie erwartungsvoll an.

Mit einem Ruck stand sie auf und griff nach ihrer leeren Tasse. Ihre Schultermuskulatur war verspannt, ihr Kopf schmerzte. »Bin gleich wieder da«, murmelte sie und eilte zur Tür. Das Lachen ihrer Kollegen dröhnte ihr in den Ohren, als sie durch den Flur hastete. In der Kaffeeküche wusch sie ihr Gesicht mit kaltem Wasser. Sie schenkte sich frischen Kaffee ein und machte sich auf den Weg zurück zum Besprechungsraum. Kurz vor der Tür kehrte sie um und lief stattdessen ins Erdgeschoss zu den Umkleidekabinen. Mit zitternden Fingern sperrte sie ihren Spind auf, schob die Trainingshose, die Turnschuhe und die Ersatzbluse zur Seite und griff nach der kleinen Wodkaflasche. Nach einem kurzen Blick über die Schulter schraubte sie die Flasche auf und trank. Den Rest kippte sie in ihren Kaffee.

Sie wollte den Spind gerade wieder schließen, als ihr Blick auf ihre Dienstwaffe fiel. Helga nahm sie aus dem Halfter und schob sie sich am Rücken in den Hosenbund. Die Flure waren wie ausgestorben. Sie erreichte die Treppe, nahm zwei Stufen auf einmal. Vor dem Besprechungsraum entsicherte sie die Pistole. Sie atmete tief ein, dann riss sie die Tür auf. Ihr erster Schuss traf Dietmar direkt über der Nasenwurzel zwischen den Augen. Er fiel zurück in die Lehne seines Stuhls. Aubrunner starrte sie entsetzt an, als sie die Waffe auf ihn richtete. Er bewegte die dicken Lippen wie ein Goldfisch. Sie drückte ab. Ihr Chef röchelte und sackte über den Mappen auf dem Tisch zusammen. Aus dem Augenwinkel sah sie, wie Weitner aufsprang und zum Ausgang floh. Sie zielte und feuerte ihm dreimal in den Rücken. Er prallte mit einem lauten Krachen gegen die Tür. Sie sicherte die Waffe, steckte sie zurück in den Bund ihrer Hose und straffte die Schultern.

»Statten wir Frau Brandstätter noch einen Besuch ab«,

sagte sie ruhig und stellte ihre leere Tasse auf den Tisch. »Diesmal nehmen wir sie härter ran. Dann werden wir schon sehen, ob sie tatsächlich unschuldig ist.«

Die drei Männer nickten zustimmend.

»Starker Auftritt, Zenz«, flüsterte ihr Weitner zu und erhob sich.

60

Adolf war froh, wieder zurück in seiner Zelle zu sein. Das Buch hatte er auf dem abgewetzten Tisch des Besucherraums liegen gelassen. Doch Baghdadi hatte es entdeckt und mitgenommen.

»Deine hübsche Freundin hat ganz recht«, sagte er eifrig. »Das ist eine gute Lektüre in deiner Situation. Der Koran wird oft falsch verstanden und von radikalen Spinnern für ihre Zwecke missbraucht.« Er nickte Adolf zu und drückte ihm das Buch in die Hand. »Schau einfach mal rein. Du musst ja nicht gleich beten.«

Er trat in den Flur und versperrte die Zellentür von außen.

Endlich Ruhe! Adolf legte sich aufs Bett und schloss die Augen. Das Letzte, was er jetzt brauchte, war ein Gebetbuch. Er spürte, wie sein Körper tiefer in die Matratze sank. Seine Füße und seine Hände waren kalt. Doch er deckte sich nicht mit der grauen Decke, die am Fußende zusammengefaltet lag, zu. Er mochte die Kälte. Sie sollte die Arme und die Beine entlang bis in seine Mitte kriechen und ihn ganz in Besitz nehmen. Doch da tauchten Dunjas blutrote Lippen vor ihm auf: »Das sind die Zeichen für Leute, die nachdenken.« So ein Schwachsinn! Er dachte nicht mehr nach. Die Wohnung und das Haus, in dem er aufgewachsen war, waren in weite Ferne gerückt.

Der Geruch nach Chlor, Zigarettenrauch, Frittierfett und Haarspray, das Lärmen der Gündör-Kinder waren verblasst. Die Mutter, die er einmal gehabt hatte, ihr Jammern und Klagen, ihre Sprüche vom Müssen und vom Wollen. Vom Unglück. Sie trank jetzt Kaffee mit Dunja. Das war gut.

Dunja. »Lies und bete«, hatte sie ihm befohlen. Wollte sie sich über ihn lustig machen? Das konnte ihm zwar egal sein, schließlich war sie nicht mehr seine Nachbarin – und trotzdem. Es ärgerte ihn, es kränkte ihn. So war Dunja nicht. »Die Sure von den Frauen.« Warum hatte sie das gesagt? Was hatte es mit dieser Sure auf sich? Adolf kannte den Koran ebenso wenig wie die Bibel. Der Pfarrer hatte zwar jede Woche im Religionsunterricht aus dem Alten Testament vorgelesen, aber niemand hatte ihm zugehört.

Dunjas mohnrote Lippen bewegten sich nun direkt über seinem Gesicht: »Die Frauen. Lies und bete!«

Adolf hatte genug von den Frauen, allen voran von Hanni. Trotzdem gelang es ihm nicht mehr, sich ins Nichts fallen zu lassen. Dunjas Mund flüsterte unentwegt von Zeichen, von Frauen und von Gott. Er seufzte, setzte sich auf und griff nach dem Koran, den er auf dem Nachttisch abgelegt hatte. Das Buch war klein, dick und hatte einen speckigen Einband aus braunem Leder, der mit üppigen goldenen Ornamenten verziert war. Er schlug es auf. Es roch alt und feucht, nach verstaubten Thesen und überholten Vorstellungen. Vorne war ein Verzeichnis der Suren. Adolfs Finger glitt über die Seite. Da – *Sure 4, Vers 34, Die Frauen*, Seite 120. Er suchte und blätterte. 121, 122, 123. Die Seiten 124 und 125 fehlten. Verärgert wollte er den Koran zuklappen, da fiel ihm auf, dass die Seite 123 dicker war als die anderen.

Er stand auf und ging zum Fenster, wo er das Buch ans Licht hielt. Klebeband – die beiden Seiten waren rundum zusammengeklebt! Behutsam versuchte er, den unteren Streifen mit den Fingernägeln Millimeter für Millimeter zu lösen, um die Seite nicht zu zerreißen. Schließlich gelang es ihm, das Band abzuziehen. Dann widmete er sich dem oberen und dem seitlichen Klebebandstreifen.

Es dauerte einige Minuten, bis er endlich die Seite 124 aufschlagen konnte.

Sure 4, Vers 34: »Die Männer stehen über den Frauen, weil Gott sie ausgezeichnet hat …«, las er, bis er einen schmalen Notizzettel entdeckte, auf dem mit Bleistift geschrieben stand: *Gott unterscheidet nicht, er trennt nicht. Ihr missversteht ihn. Er empfängt die Männer und die Frauen, Schwarz und Weiß, Moslems, Juden und Christen. Und kommt ein Mann des Nachts in den Kleidern der Frauen, dann erkennt ihn als Boten Gottes. Auf dass er euch führt in die Freiheit! Gott ist groß.*

Verrückt. Vollkommen wirr! Adolf verstand nicht viel vom Islam. Aber dass Freundschaft mit Andersgläubigen und Toleranz gegenüber Transsexuellen nicht Teil der islamischen Lehre waren, das wusste sogar er. Er drehte den Zettel um. Auf der Rückseite stand in großen Lettern:

Vernichtet die Botschaft – schützt den Propheten!

Kopfschüttelnd steckte er den Zettel in die Hosentasche, schlug den Koran zu und legte sich wieder auf das Bett. Weshalb hatte Dunja diesen Text zwischen den Seiten versteckt? Fand sie das etwa witzig? Er konnte nicht darüber lachen. *Vernichtet die Botschaft.* Sie erwartete offensichtlich von ihm, dass er ihr Schreiben verschwinden ließ. Wozu hatte sie es dann überhaupt verfasst?

Männer, Frauen, Zeichen und Boten – warum sprach sie in Rätseln? Und was sollte ihre Verkleidung? Moslems, Christen, Juden.

Adolf konnte nicht mehr aufhören, über die absurde Szene, die sich im Besucherraum abgespielt hatte, nachzudenken. Die verschleierte Dunja betete ihm wirre Formeln aus dem Koran vor. »Hör auf die Schritte, auf die Stimmen in der Nacht!«

Und da begriff er es: Sie würde ihm jemanden schicken! Nachts sollte jemand zu ihm kommen! Immer noch konnte er sich keinen Reim darauf machen. Doch er war jetzt bis in die Zehenspitzen gespannt. Seine eisigen Füße und Hände wurden warm. Seine Kopfhaut kribbelte. Er schwitzte.

Plötzlich hielt er es nicht mehr aus auf dem Bett. Wie ein gefangenes Tier begann er, unruhig in der Zelle auf und ab zu gehen. Wer würde kommen? Mutter? Nein, sie war nicht der Typ, der nachts verbotene Dinge tat. Hanni! Sein Herzschlag beschleunigte sich. Er wollte sich nicht freuen, aber es war schon zu spät. Sein Körper und sein Geist waren in Aufruhr. Und die Zeit verging viel zu langsam.

11:28 Uhr. Er lehnte sich neben dem Bett an die Wand und zählte die Falten des Leintuchs.

11:47 Uhr. Er lauschte an der Tür. Der Essenswagen rollte durch den Gang. Der Schlüsselbund schepperte. Eine Tür nach der anderen wurde aufgesperrt. Geschirr klapperte.

12:02 Uhr. Er zwang sich, die Backerbsensuppe, die Baghdadi gebracht hatte, auszulöffeln. Die salzige Flüssigkeit tat ihm gut. Er musste wach bleiben und einen klaren Kopf behalten. Die Grammelknödel mit Sauerkraut kippte er in die Toilette und betätigte die Spülung.

12:51 Uhr. Er lag auf dem Bett und zählte langsam bis tausend.

13:24 Uhr. Er stand unter dem Fenster und schaute in den Streifen Himmel hinter den Stäben.

14:00 Uhr. Er beugte sich über das Waschbecken und hielt sein Gesicht unter das fließende Wasser.

14:44 Uhr. Er saß auf der Klobrille und sagte laut die Texte aller Weihnachtslieder auf, die er kannte.

15:13 Uhr. Er kauerte in der Ecke und blätterte im Koran. *Das Vieh. Die Beute. Der Donner. Das steinige Land. Die Spinne.* Hundertvierzehn Suren mit bildhaften Namen.

16:42 Uhr. Er durchschritt seine Zelle hundertzwanzig Mal mit jeweils vier Schritten. Danach war ihm schwindlig und schlecht.

17:31 Uhr. Er aß das kleine Käsebrot, das Baghdadi gebracht hatte. Das Schinkenbrot ließ er auf dem Teller liegen.

18:40 Uhr. Er lehnte an der Wand gegenüber dem Bett und stellte sich vor, wie er eine Bierflasche aus dem Kühlschrank nahm. Hörte das leise Zischen, als er sie öffnete.

61

»Ich werde mit Sonja reden.«

Dietmar ließ sich auf den Beifahrersitz plumpsen und schnallte sich an. Der Dienstwagen stand in der prallen Sonne, weil sie mittags vergessen hatte, ihn umzuparken. Jetzt roch es in der Fahrerkabine nach heißem Plastik und nach Saschas Pfefferminzkaugummis. Nach kurzem Kauen spuckte der Supercop die Gummiklumpen wieder aus und klebte sie auf die Kassenbons des Fast-Food-Restaurants und der Bäckerei, die sich in der Mittelkonsole stapelten. Sascha hatte einen Verbrauch von mindestens zwanzig Kaugummistreifen täglich. Helga Zenz war genervt vom pausenlosen Malmen seiner Kiefer, das sie an ein wiederkäuendes Rind erinnerte. Wann immer sie nach einem Kugelschreiber kramte, blieben die weichen, oft noch feuchten Kaugummis an ihren Fingern kleben. Sie seufzte, steckte den Schlüssel ins Schloss und legte den Gurt an.

Neben ihr ließ Dietmar seine Finger knacken, wohl um ihre Aufmerksamkeit zu gewinnen. Er hatte sich heute völlig unerwartet bereit erklärt, sie anstelle von Sascha zu einer Zeugenbefragung in die Altstadt zu begleiten. Für solche Einsätze war er sich in letzter Zeit zu gut gewesen. Jetzt, wo er spürte, dass ihm seine Kollegin entglitt, wollte er plötzlich wieder an die Front.

»So kann es nicht weitergehen, das weiß ich ja selbst.« Dietmars Blick lag schwer auf ihrer rechten Wange.

Helga wandte sich ab und schaute zu den Pappeln hinüber, die den Parkplatz des Polizeipräsidiums säumten. Wenn sie sich nicht täuschte, hatten die Bäume hoch oben in den Kronen bereits die ersten gelben Blätter. Helga konnte es gar nicht erwarten, dass sich das Laub endlich golden färbte. Sie hatte genug von der Hitze im Präsidium. Sehnte sich nach Wolken, kaltem Wind und dem Geruch von Schnee.

»Ich lade dich nachher zum Chinesen ein.« Sein Blick brannte auf ihrer Wange. Sie drehte den Kopf über die Schulter, starrte zum Seitenfenster hinaus. Von Ente süßsauer hatte sie genauso genug wie vom Pflaumenwein. Klebrig, süß und penetrant waren sie, die Abende mit Dietmar, wenn er bei ihr Überstunden machte, um spätnachts doch noch zu seiner selig schlafenden Sonja heimzukehren. Am Morgen danach wusste Helga nie, ob die Kopfschmerzen vom Glutamat oder vom Wodka herrührten.

»Ohne dich laufe ich irgendwie nicht rund«, flüsterte Dietmar nun und neigte den Oberkörper über die Handbremse zu ihr hinüber. Sie rutschte näher zum Fenster. Ihr Atem ließ die Scheibe beschlagen. Durch den Nebel erkannte sie Weitner, der gerade das Präsidium verließ, eine Ledermappe unter dem Arm. Ihm schien die Hitze nichts auszumachen. Sie beobachtete, wie er mit geradem Rücken und federndem Schritt über den Parkplatz schlenderte. Fast jede Nacht hatte er in den letzten zwei Wochen bei ihr verbracht. Seit sie damals im Gasthof *Zum Franz* essen gewesen waren. Geschmorter Zander mit Petersilkartoffeln statt Chop Suey. Er roch so gut – nach Sandelholz und Zitronenschalen, nach Wind, nach Weite. Vielleicht sogar ein bisschen nach Meer. Helga sah ihn in seinen silberfarbenen Audi steigen. Sobald der Fall Brandstätter geklärt war, würde er fort sein.

»Sonja wird es verstehen«, raunte Dietmar. »Wir haben uns einfach auseinandergelebt.«

Seine Stimme umschmeichelte sie wie ein hungriger Kater. Katzen waren Helga schon immer suspekt gewesen. Sie haarten, kamen nur, wenn es ihnen passte. Ignorierten Befehle. Schnurrten und maunzten, bis sie ihr Ziel erreichten. Sobald sie dann genug hatten, bissen sie ohne Vorwarnung zu. Schüttelten den Pelz, putzten sich pikiert und verschwanden im Dickicht.

»Alles, was Sonja im Kopf hat, sind ihre Yogakurse, dieser esoterische Schwachsinn mit den Chakren und ihre dämlichen Freundinnen. Seit die Kinder groß sind, haben wir uns nichts mehr zu sagen.«

Dietmars Gesicht kam ihrem immer näher.

Wir beide haben uns nie etwas zu sagen gehabt, dachte Helga und drückte sich an die Tür. Die körperliche Nähe, die er sich seit über zehn Jahren bei ihr holte, hatte längst einen schalen Beigeschmack. Sie sprach es nicht aus, weil sie wusste, dass Diskussionen mit ihm sinnlos waren. Dietmar hörte ihr gar nicht zu. Er redete nur von sich selbst und von seinen Problemen mit Sonja. Außer Helgas Namen, ihrer Adresse und dass sie im Chinarestaurant immer Ente bestellte, wusste er nichts über sie. Nicht einmal ihren Geburtstag hatte er sich gemerkt.

»Ich könnte zu dir ziehen. Für eine Weile zumindest.« Er griff nach ihrem Zopf, ließ ihn durch seine Finger gleiten. »Dann bist du nicht mehr einsam. Ich sehe doch, dass dich das Alleinsein kaputt macht.«

Helga Zenz drehte den Startschlüssel um und legte den

ersten Gang ein. Sie löste die Handbremse und trat so heftig aufs Gaspedal, dass die Räder durchdrehten und der Einsatzwagen einen Satz machte. Dietmar schrie erschrocken auf, als er nach vorne geschleudert wurde. Mit quietschenden Reifen raste sie los, schaltete in den zweiten, in den dritten Gang. Sie zog eine Schleife über den Parkplatz und beschleunigte dabei so stark, dass das Auto ins Schlingern kam. Sie raste auf eine mächtige Pappel zu. Dietmar klammerte sich mit einer Hand am Türgriff, mit der anderen am Haltegriff über dem Fenster fest. Er schrie. Brüllte wie ein Wahnsinniger.

Sie schaltete das Autoradio an. Dort sangen die Rolling Stones »I can't get no satisfaction«. Sie drehte auf volle Lautstärke. Draußen flogen reihenweise geparkte Autos vorbei, blinkten in der Sonne. Helga trat das Gaspedal ganz durch. Der Motor heulte auf.

»Oh, no, no, no!« Ein goldenes Pappelblatt segelte zu Boden, als der Wagen mit voller Wucht gegen den Baumstamm krachte. »Geiler Song.« Dietmar zwinkerte ihr zu. »Lass uns unterwegs beim Bäcker halten. Ich hab jetzt echt Lust auf was Süßes.«

62

Dicht und schwarz sickerte die Nacht durch das schmale Fenster knapp unter der Decke in die Zelle. Zäh staute sich die Zeit. Eine Minute nach der anderen wurde vom Druck der kompakten Finsternis langsam durch den Türspalt aus dem Raum gepresst. Von Kopf bis Fuß angespannt lag Adolf auf dem Bett. Lauschte, witterte.

Der diensthabende Wachebeamte sah sich wie üblich amerikanische Sitcoms an. Im Gegensatz zum kontaktfreudigen Baghdadi hielt sich der Kollege von der Nachtschicht am liebsten vor dem TV-Gerät im Aufsichtszimmer auf. In einem gleichförmigen Rhythmus unterbrach wieherndes Lachen die Dialoge. Hin und wieder drehte er eine Runde durch den Flur. Einmal auf, einmal ab. Schwere Schritte, begleitet vom Rasseln des Schlüsselbundes und von unmelodiösem Pfeifen. Es schien fast so, als hätte der Mann Angst, nachts alleine in den weiten Fluren in der JVA.

Immer noch roch es schwach nach dem Sauerkraut vom Mittagessen, nach Bohnerwachs und Putzmittel. Jemand hustete. Im Wachraum klingelte das Telefon. Reden. Lachen. Dann plapperte und wieherte wieder der Fernseher. Aus der Zelle nebenan drang gedämpftes Schnarchen. Adolf dachte an Mutter, die zu Hause in ihrem lila geblümten Nachthemd von einer Kreuzfahrt träumte. Seit Jahrzehnten nahm sie an jedem Preisausschreiben teil, bei dem es eine Schiffsreise zu gewinnen gab. Er war sich sicher, sie würde nicht mitfahren, sollte sie tatsächlich den Hauptpreis ziehen. »Solche wie wir, die haben kein Glück«, pflegte sie zu sagen. Wenn er es sich genau überlegte, war es ihr wohl wichtiger, recht zu haben als Glück.

Es war kurz vor halb zwei, als sich Dunjas Prophezeiung schließlich erfüllte: Da waren andere Schritte im Flur – leichtfüßiger und schneller als die des Wachebeamten. Unregelmäßiger. Auf ein Dutzend hastige Tritte folgte eine kurze Pause. Gespannte Stille. Dann hörte Adolf die fremden Schritte wieder. Er setzte sich auf die Bettkante und starrte zur Tür, die ein schwarzes Rechteck in der nachtgrauen Wand war. War das tatsächlich Hanni, die da draußen durch den Gang schlich?

Sein Herz saß nicht mehr in seiner Brust, es war in seinen Hals hochgerutscht. Dort steckte es fest und schlug wild um sich. Die schnellen, hektischen Schritte kamen näher. Verstummten erneut für einige Sekunden. Adolf lauschte angestrengt. Am Ende des Flurs sang der Fernseher Werbejingles. Abermals läutete im Wachraum das Telefon.

Adolf stand auf und tappte zur Tür, da kamen die Schritte ganz nah. Draußen atmete jemand, blieb stehen, hielt die Luft an. Rascheln. Ein leises Kratzen am Schloss. Adolfs Herz musste sich durch seine Kehle in den Kopf gepresst haben, denn es hämmerte nun gegen seine Schädeldecke. Ein Quietschen, ein Rattern – dann säumte ein weißer Streifen das schwarze Rechteck. Licht fiel auf den Boden. Eine voluminöse Gestalt drängte sich in die Zelle. Adolf wich instinktiv zurück. Bevor er irgendetwas erkennen konnte, wurde es schon wieder finster. Ein fremder Geruch stieg ihm in die Nase, scharf und männlich.

Das war nicht Hanni! Er konnte die Enttäuschung am ganzen Körper spüren. Wie ein Schwall schlammiges Wasser umspülte sie ihn und ließ sein Herz zurück in den Brustkorb plumpsen. Sie war nicht gekommen.

»Schnell«, raunte eine raue Stimme.

Da war ein fremder Mann in seiner Zelle. Was wollte der von ihm?

»Wer …?«, stammelte Adolf. Doch der Eindringling schnitt ihm das Wort ab.

»Keine Fragen! Du machst, was ich dir sage«, drang die Stimme aus der Dunkelheit. Der Akzent erinnerte Adolf an Dunja.

Plötzlich blendete ihn ein grelles Licht. Adolf blinzelte und schirmte mit einer Hand die Augen ab. Der Unbekannte hatte die Taschenlampe an seinem Handy eingeschaltet. Adolf brauchte einige Sekunden, um sich an den hellen Schein zu gewöhnen. Schließlich erspähte er, nur einen Meter von ihm entfernt, eine alte, stämmige Frau mit bodenlangem schwarzen Mantel und Kopftuch.

Hier stimmte etwas ganz und gar nicht. Die große, breitschultrige Gestalt war ein Mann in einem Hidschab. Nun lehnte die Gestalt das Handy auf Adolfs Nachttisch gegen die Wand und trat einen Schritt vor. War das nicht der Typ, der ihm so ähnlich sah? Der, der ihn im Stiegenhaus angerempelt hatte? Adolf kniff die Augen zusammen. Wieder überkam ihn das eigenartige Gefühl, in sein eigenes Gesicht zu schauen. Die Augenbrauen unter dem Kopftuch waren zwar buschiger, das Kinn etwas kantiger, aber sonst könnte der Mann sein Zwillingsbruder sein.

»Jovan«, stellte sich der nächtliche Besucher vor. »Cousin von Dunja.«

Dunja hatte ihm oft von ihren Verwandten erzählt, die im ganzen Land verstreut lebten. Wenn sie Verwandtschaftsbesuch hatte, hallte Lachen durch das Stiegenhaus, und lebhafte Diskussionen und Auseinandersetzungen waren bis hinauf in die Küche von Mutters Wohnung zu hören.

Jetzt nahm Dunjas Cousin das Kopftuch ab und reichte es Adolf.

»Los, zieh an!«, forderte er ihn auf und schälte sich aus dem schwarzen Umhang. Adolf schüttelte den Kopf. Mochten Dunja und ihre Sippe Spaß am Verkleiden haben, er würde bei diesem Wahnsinn nicht mitmachen.

Er erschrak, als ihn Jovans wütender Blick traf. Der grobschlächtige Mann war nicht zu seinem Vergnügen hier, wurde ihm schlagartig bewusst. *Er will mich wirklich mit nach draußen nehmen*, schoss es ihm durch den Kopf. Adolf versteifte sich. Er würde hierbleiben! Er hatte sich mit seinem Schicksal abgefunden. Dort draußen versäumte er nichts.

»Zieh das an«, fuhr Jovan ihn an.

»Nein«, erklärte Adolf. »Ich komme nirgendwohin mit.«

Da packte ihn Dunjas Cousin mit seiner Pranke an der Schulter.

»Keine Diskussion«, knurrte er. »Ist lange zu spät. Wir machen jetzt, was Dunja sagt.«

Eine unbändige Wut auf seine Nachbarin stieg in Adolf hoch.

Als Jovan ihm das schwarze Tuch hinhielt, das aussah wie eine Mischung aus einem Kleid und einem Mantel, verschränkte er die Arme und versuchte vergebens, Jovans Hand abzuschütteln. Er würde sich von diesem Rüpel keine Befehle erteilen lassen. Es war irre, einen Fluchtversuch zu wagen. Bei seinem Glück würde ihn der Justizwachebeamte bereits im Flur erwischen und in eine Zwangsjacke stecken. Und selbst wenn es ihnen gelänge, die Justizvollzugsanstalt zu verlassen – sie würden nicht weit kommen. Großfahndungen kannte Adolf zwar nur aus Filmen und Fernsehserien, aber er stellte es sich nicht sehr angenehm vor, Ziel einer solchen Aktion zu werden.

»Ich habe keine Zeit für Theater«, herrschte ihn Jovan an. »Los, zieh deine Klamotten aus!«

Adolf wollte noch etwas fragen, da drückte Jovan seine Finger so fest zusammen, dass Adolfs Schultergelenk knackte und ein stechender Schmerz sein Schlüsselbein durchzuckte. Gehorsam zog er die Hose aus und knöpfte sein Hemd auf. Endlich ließ ihn sein Gegenüber los. Zu Adolfs Verwunderung begann auch der Serbe, sich auszuziehen. Er reichte Adolf eine weiße Hose und einen weißen Kasack, der nach Schweiß stank. Adolf presste die Lippen aufeinander und streifte widerstrebend die Kleidungsstücke über. Sie passten ihm fast so gut wie seine eigenen.

»Das auch«, drängte Jovan und hielt ihm den Umhang hin. »Mach weiter, wir haben keine Zeit.«

Adolf wagte nicht, zu widersprechen, als ihm Dunjas Cousin half, den Hidschab anzulegen. Kaum hatte er den Mantel zugeknöpft, packte ihn Jovan schon wieder unsanft am Arm.

»Pass gut auf jetzt!« Er deutete auf das Handy auf dem Nachttisch. »Nimmst du Telefon und Schlüssel.« Jovan hielt einen Schlüsselbund mit drei Schlüsseln hoch. »Rund sperrt oben, am Ende vom Gang. Eckig unten. Mit dritte sperrst du die Zelle von außen zu.«

Ohne Vorwarnung griff Jovan in Adolfs Hosentasche. Der hätte vor Schreck beinahe laut aufgeschrien. Im letzten Moment biss er sich auf die Lippen und hielt den Atem an. »Damit kommst du hinaus auf die Straße.« Jovan hielt eine Plastikkarte hoch.

Adolf war verwirrt. »Kommst du nicht mit?«

»Nein«, knurrte Jovan. »Meine liebe Cousine hat diese beschissene Idee gehabt. Du kommst raus, und ich bleib hier.«

»Aber …« Kaltes Entsetzen packte Adolf. Niemals würde es ihm gelingen, alleine hier hinauszugelangen. Weshalb in aller Welt hatte Dunjas Cousin zugestimmt, seinen Platz in der Zelle einzunehmen? Das war vollkommener Irrsinn!

»Nix aber.« Jovans Augen funkelten zornig. »Riskiere ich Kopf und Kragen für dich. Du machst jetzt keinen Fehler, sonst sind wir beide dran. Hör gut zu. Ich erklär's dir nur einmal!« Sein Atem stank nach einer Mischung aus Kaffee und Karamellbonbons.

»Du gehst den Gang entlang. Am Wachmann vorbei. Sperrst mit dem runden Schlüssel auf.« Noch einmal hielt er den Schlüsselbund hoch. »Dann raus und die Stiegen runter in den Keller. Dort ist mein Arbeitsplatz. Kollegen denken, ich habe Bauchschmerzen. Du gehst rechts und versteckst dich in Raum Vier. Zieh die schwarzen Fetzen aus und wirf sie zur Wäsche. Hörst du mir eigentlich zu?«

Um weiteren groben Behandlungen zu entgehen, nickte Adolf eilig.

»Um sechs Uhr ist Dienstschluss. Dann musst du mit den anderen raus.« Er wedelte mit der Plastikkarte vor Adolfs Gesicht. »Das ist die Schlüsselkarte.«

Immer noch hielt Jovan ihn fest. Adolf spürte, wie er

ihm die Karte wieder in die Hose stopfte. »In anderer Tasche ist Autoschlüssel. Roter Mazda. Rechts am Parkplatz. Ganz vorne.«

Mit diesen Worten ließ er Adolf los.

»Sonntagabend bist du wieder da. Verstanden?« Jovan reichte ihm den Schlüsselbund, nahm das Handy vom Nachttisch und leuchtete Adolf mit der Taschenlampe direkt ins Gesicht. »Habe ich Bruder. Der findet dich, wenn du nicht zurückkommst, und bricht dir alle Knochen.«

Damit schaltete er die Lampe aus und öffnete die Tür.

63

Als Adolf die Zellentüre von außen absperrte, merkte er, wie seine Knie zitterten. Er fühlte sich so kraftlos, dass er sich nicht einmal sicher war, ob er es bis zum Ende des Korridors schaffen würde. An Baghdadis Seite hatte ihm auf dem weitläufigen Flur in der JVA nichts passieren können. Jetzt war er auf sich alleine gestellt und völlig schutzlos. In seiner vertrauten Kammer hinter der Türe saß nun der raubeinige Jovan. Draußen in der Stadt lauerte irgendwo sein Bruder, der Adolf wohl den Kiefer brechen würde, wenn er die Anordnungen nicht befolgte. Und dort vorne im Wachraum saß der Beamte von der Nachtschicht, wie eine Spinne im Netz.

Adolf war zur Fliege geworden. Zu einer müden Fliege mit lahmen Flügeln, die in dem Moment aufgescheucht wurde, als sie ihr kurzes Leben schon fast hinter sich hatte. Irgendwie musste er es schaffen, ins Freie zu krabbeln, sonst würde die Fliegenklatsche auf ihn niedersausen, um ihn zu zerquetschen. Oder die Spinne würde ihn packen und aussaugen. Er schauderte.

Hinter der Tür hörte er Jovan husten. Adolf war sich bewusst, dass der Serbe jedem seiner Schritte lauschte. Aus dem Wachzimmer drangen spanische Gitarrenklänge. Allem Anschein nach sah sich der Wachebeamte nun eine Telenovela an. Aus Angst, seine Beine könnten versagen, tastete er sich an der Wand entlang und konzentrierte sich darauf, den Kopf gesenkt zu halten. Sein Zimmernachbar schnarchte immer noch gleichmäßig vor sich hin. Meter für Meter kämpfte sich Adolf vorwärts. Immer wieder trat er auf den Saum des bodenlangen Umhangs. Das Kopftuch schnitt in sein Kinn ein.

»Ich habe den Mut gesehen in deinen Augen«, hauchte eine sanfte Frauenstimme, »und die Verzweiflung.«

»Du ahnst ja nicht, wie es tief in mir aussieht«, antwortete ihr eine sonore Männerstimme.

»Lass dich fallen«, sülzte die Frau, »zeig mir deinen Schmerz.«

Auf der Höhe des Wachzimmers ging ein Ruck durch Adolfs Körper. Schon wieder war er auf den Umhang getreten! Er strauchelte, konnte sich gerade noch an der Wand abstützen. Keuchend blieb er einen Moment stehen. »Eine weitere Enttäuschung könnte ich nicht ertragen«, jammerte die Männerstimme.

»Du kannst mir vertrauen«, flötete die Frau. »Ich werde dich nicht enttäuschen.« Wieder setzte die rührselige Musik ein. Adolf schwitzte kalt unter den schwarzen Tüchern. Seine Kopfhaut juckte, er hatte einen metallischen Geschmack im Mund. Aus dem Augenwinkel erspähte er den Wachebeamten. Die Füße auf dem Tisch und die Hände hinter dem Kopf, starrte er auf den Fernseher, der in der Ecke links über dem Schreibtisch hing. Adolf raffte das sackartige Kleid zusammen, schlich sich mit drei schnellen Schritten am Wachzimmer vorbei und steuerte auf die Tür am Ende des Korridors zu. Mit eingezogenem Hals wartete er auf einen Schrei. Auf einen Schlag mit dem Knüppel. Auf einen Schuss. Doch nichts dergleichen geschah.

»Ich liebe dich, Ricardo«, zirpte die Frau aus der Telenovela. Seufzen. Gurren und Glucksen.

»Bleib für immer bei mir!«, bat der schöne Ricardo, als Adolf behutsam den runden Schlüssel ins Schloss steckte. Er passte. Rasch drehte er ihn um und schlüpfte hinaus. Nur nicht nachdenken! Einfach weitergehen, befahl er sich und zwang sich, den Blick auf dem Boden zu halten, denn irgendwo dort oben an den Wänden waren Kameras befestigt. Er erreichte das Treppenhaus, nahm die Stufen nach unten. Eine zittrige Hand ließ er über das Geländer gleiten, mit der anderen hob er den schwarzen Umhang an. Wenn er jetzt stolperte, war alles aus.

Im Kellergeschoss angekommen, sperrte er die Glastür zu den Fluren mit dem eckigen Schlüssel auf und hielt sich wie geheißen rechts. Da hörte er plötzlich Stimmen. Er fuhr herum. Der Korridor war leer, doch von vorne links näherten sich Schritte. Schnell! Was hatte Jovan gesagt? Er musste die vierte Tür erreichen.

»So geht's einfach nicht«, polterte eine aufgebrachte Stimme. »Wenn das noch einmal vorkommt, werde ich es dem Chef sagen.«

Tür eins. Tür zwei. Tür drei. Da bogen zwei Männer um die Ecke.

»An deiner Stelle wäre ich vorsichtig«, erwiderte der andere. »Wenn herauskommt, dass du gepetzt hast, bist du unten durch.«

Vier! Da war sie, die vierte Tür. Adolf griff so hastig nach der Klinke, dass sie ihm aus der Hand rutschte und geräuschvoll hochschnappte. Zum Glück waren die beiden Männer so in ihr Gespräch vertieft, dass sie ihn überhaupt nicht wahrnahmen.

»Du musst lernen wegzuschauen«, sagte der eine, als

Adolf im Raum Nummer vier verschwand, »sonst bist du weg vom Fenster.«

Das Zimmer war dunkel. Es roch nach Waschmittel und altem Schweiß. Rasch zog Adolf die Tür hinter sich zu und drückte sich an die Wand. Draußen gingen die beiden Männer vorbei. Als sie nicht mehr zu hören waren, ließ sich Adolf auf den Boden sinken. Einige Minuten blieb er mit geschlossenen Augen sitzen und wartete, bis sich sein Herzschlag beruhigt hatte. Was hatte Jovan gesagt? Um sechs Uhr endete seine Schicht. Dann musste Adolf mit der Karte das Gebäude verlassen. Er zog das Handy aus der Tasche. 5:56 Uhr. Adolf schüttelte den Kopf. Wozu das alles? Er könnte jetzt tief und fest schlafen und von Hanni oder von der Fliege träumen. Sollte er wirklich hier rauskommen, konnte Dunja was erleben! Was hatte sie sich dabei gedacht, ihren unhöflichen Cousin auf ihn zu hetzen? Wieso zwang sie ihn, aus der Untersuchungshaft zu fliehen? Er hatte doch ohnehin keine Chance. Solche Manöver mochten am Balkan funktionieren. Hier würde sein Fehlen bereits morgen früh auffallen. Mit Blaulicht und mit Maschinengewehren würde man nach ihm suchen.

Der Hidschab! Adolf rappelte sich auf. Jovan hatte ihm eingeschärft, vor Verlassen des Raums die schwarzen Tücher abzunehmen. Hatte er nicht von einem Wäschesack gesprochen? Weil Adolf es nicht wagte, nach dem Lichtschalter zu suchen, durchforstete er das Menü des Handys nach der Taschenlampen-Funktion. Wenig später erkundete er im Lichtschein von Jovans Telefon die Umgebung. Der Raum war quadratisch und etwa vier mal vier Meter groß. An zwei Wänden standen Regale, auf denen sich gefaltete Laken und Handtücher stapelten. Zu seiner Linken befanden sich mehrere große Behältnisse auf Rollen. Das erste war randvoll mit zusammengeknüllten Leintüchern und Bettbezügen. Im Behälter dahinter wartete getragene Anstaltskleidung auf die Fahrt zur Waschmaschine.

5:58 Uhr! Mit beiden Händen riss er sich den Hidschab vom Kopf und kämpfte sich aus dem Mantel. Er knüllte die Tücher zu einem schwarzen Knäuel zusammen und warf sie zur Schmutzwäsche. In Jovans Kleidern verließ er die Wäschekammer. Kaum hatte er einen Fuß vor die Türe gesetzt, kamen ihm zwei Männer entgegen. Er zuckte zusammen und wandte sich rasch ab. Doch die beiden schenkten ihm keinerlei Beachtung, sondern eilten den Gang entlang. Mit gesenktem Haupt und hämmerndem Herzen folgte er ihnen in sicherer Distanz. Er hoffte inständig, dass sie zum Ausgang unterwegs waren. Sein Herzschlag setzte für eine Sekunde aus, als ihm jemand auf die Schulter klopfte.

»Geht's besser, Jovi?«

»Hm-hm«, presste er hervor und starrte stur geradeaus auf den Linoleumboden. Die beiden Männer vor ihm blieben so plötzlich stehen, dass er beinahe gegen den Rücken des Kleineren geprallt wäre. Er schaute vorsichtig auf. Sie befanden sich vor einer großen Glastür. Er hörte ein Piepen, ein Summen und ein Klicken. Die Türe öffnete sich und die Männer vor ihm traten hinaus. Jetzt war er an der Reihe.

»Geht's wieder nach Novi Sad?«, fragte der Typ hinter ihm.

»Hm-hm«, murmelte Adolf und kramte hektisch nach der Plastikkarte. Jovan hatte sie ihm doch wieder in die Hosentasche gesteckt. Oder hatte er sich das nur eingebildet? Ihm wurde heiß.

»Dort soll es eine Menge scharfer Mädels geben.«

Der Mann hinter ihm lachte dümmlich vor sich hin. Endlich! Da war die Karte. Adolf schob sie mit klammen Fingern in den Schlitz an der Tür. Nichts tat sich. Er zog die Karte ein Stück heraus und drückte sie noch einmal fester hinein. Nichts. Er rüttelte an der Tür. Sie blieb verschlossen.

»Verkehrt herum, Jovi!«, rief der Mann hinter ihm. »Du bist wohl wirklich noch nicht ganz auf der Höhe!«

Adolf riss die Karte heraus, drehte sie um und stopfte sie wieder in den Schlitz. Es piepte. Es surrte. Er zog an der Klinke, die Tür ging auf, und er trat ins Freie.

Wie ein Ball aus zusammengeknüllter Goldfolie stieg die Sonne aus dem rosafarbenen Schleier auf, der über den Hügeln lag. Adolf parkte auf einem Feldweg mit Blick über Merk, die Autotür weit geöffnet, und schaute zu, wie das Morgenlicht die Fenster der Wohnhäuser und Büros in Flammen steckte. Scheibe für Scheibe blinkte in gleißendem Goldrot, funkelte eine Weile und erlosch dann wieder. Die Wiesen waren noch nass vom Tau. Nahe am Windschutzgürtel weideten zwei Rehe.

Er hatte Jovans Mazda sofort gefunden. Den Sitz und den Rückspiegel hatte er nicht einmal verstellen müssen. Beim Starten hatte ihn lauter Balkan-Pop zusammenzucken lassen. Der Wunderbaum, der über dem Armaturenbrett baumelte, verströmte einen penetranten Geruch, der laut Aufschrift grünem Apfel nachempfunden war. Adolf erinnerte er an die Toiletten an seinem Arbeitsplatz. Er lehnte den Kopf gegen die Nackenstütze. Das Land erschien ihm auf einmal unerträglich weit. Vor ihm erstreckte sich eine offene Leere, die sich bald mit dem anbrechenden Tag füllen würde. Er sehnte sich nach den schmutzig weißen Wänden seiner Zelle, die sein auseinanderfallendes Leben in den letzten Wochen zusammengehalten hatte. Er vermisste das Dahindämmern unter den wandernden Schatten. Jetzt musste er wieder handeln, Pläne schmieden, Gespräche führen. Einen Fuß vor den anderen setzen.

Es war Freitagmorgen. Am Sonntag sollte er zurück in seiner Zelle sein. Wie er da je wieder hineingelangen sollte, war ihm ein Rätsel. Er konnte sich nicht vorstellen, dass Baghdadi bis dahin nicht bemerken würde, dass ein anderer seinen Platz eingenommen hatte. Andererseits sah Jovan ihm wirklich ähnlich. Die Augenbrauen des Serben waren dichter und dunkler, sein Gesicht etwas männlicher, sonst mochte es schon hinkommen. Zumindest solange er den Mund nicht aufmacht, dachte Adolf.

Was sollte er nun tun? Am liebsten wäre Adolf nach Hause gefahren, hätte sich in sein Bett gelegt und die Decke über den Kopf gezogen. Doch das konnte er seiner Mutter nicht antun. Wenn sie erführe, dass er nun nicht nur eines Mordes verdächtigt wurde, sondern auch noch aus dem Gefängnis geflohen war, würde sie einen Nervenzusammenbruch erleiden.

Er beschloss, Dunja aufzusuchen. Sobald er an sie dachte, spürte er wieder die Wut im Bauch. Sie hatte ihm einiges zu erklären. Was gab ihr das Recht, sich in sein Leben einzumischen? Wenn ihr so langweilig war mit ihrem stumpfsinnigen Mann und dem phlegmatischen Sohn, dann musste sie sich ein Hobby suchen. Wassergymnastik oder Volkstanz waren zweifellos sinnvollere Freizeitbeschäftigungen, als ihre Nachbarn und Verwandten zu kriminellen Aktivitäten anzustiften.

Zornig schlug er aufs Lenkrad. Warum nur musste er

von Frauen umgeben sein, die eine Neigung zum Gesetzesbruch hatten? Emilia stahl wertvolle Münzen und jubelte sie ihm unter. Dunja zwang ihn, aus seiner Zelle auszubrechen, und machte ihn damit endgültig verdächtig. Und an Hanni wollte er gar nicht erst denken.

Adolf riss den stinkenden Wunderbaum vom Rückspiegel und warf ihn ins Stoppelfeld neben dem Wegrand. Dann knallte er die Tür zu und startete den Motor.

64

Ein Streifen Klopapier hing bis auf den Fliesenboden. Das Wasser rauschte, als sich der Spülkasten wieder füllte. Sie saß auf dem heruntergeklappten Klodeckel, den Kopf in die Hände gestützt, und rang nach Luft.

Zweimal hatte sie sich übergeben, und immer noch war ihr speiübel. Helga Zenz ekelte sich vor sich selbst. Ihre Mundwinkel waren eingerissen, sie hatte einen säuerlichen Geschmack im Mund und einen gelben Fleck auf dem Hemd direkt über ihrem Namensschild.

An das, was gestern vorgefallen war, konnte sie sich nur noch dunkel erinnern. Ente süßsauer. Pflaumenschnaps. Bier. Dietmar ohne Hose. Streit. Wodka. »Du bist alt und frustriert!«, hatte er geschrien. »Bald will dich niemand mehr!«

Die dröhnenden Kopfschmerzen waren unerträglich. Sie stöhnte leise.

Da hallten Schritte durch den Gang. Die Tür ging auf, und Helga hielt den Atem an. Jemand kam herein, ließ das Wasser laufen. Sie hörte ein Rascheln. Ein Zipp wurde geöffnet. Zwei Sprühstöße aus einem Zerstäuber. Maiglöckchenduft. Das musste Irina sein. Sie war seit einem knappen Jahr hier. Stets gut gelaunt und voll Begeisterung für den Beruf. Die Kollegen balzten wie verrückt, wenn sie des Weges kam. Irina genoss die Aufmerksamkeit. Obwohl Make-up im Präsidium unerwünscht war, schminkte sie sich heimlich. Erdbeerfarbener Lippenpflegestift und Rouge ließen ihr hübsches Gesicht noch mehr strahlen. Helga hätte sie gerne gewarnt. Ihr gesagt, sie solle sich gut überlegen, ob sie wirklich zur Polizei gehen wolle. Noch standen ihr alle Möglichkeiten offen.

Irina erinnerte Helga an ihre eigene Anfangszeit bei der Polizei. Jung war sie gewesen damals, voller Energie und voller Ideale. Überzeugt, sich in der Männerdomäne durchzusetzen und die Welt – oder zumindest Merk – zum Besseren zu verändern. Die Blicke der Kollegen verrieten ihr, dass sie ihre Attraktivität noch nicht ganz verloren hatte. Aber diese Art der Aufmerksamkeit schmeichelte Helga schon lange nicht mehr. Ja, sie hatte eine gute Figur – schlank mit weiblichen Formen an den richtigen Stellen. Doch was half ihr das, wenn sie den Glauben an die Menschen im Allgemeinen und an die Männer im Besonderen längst verloren hatte?

Erneut stieg eine Welle der Übelkeit in ihr auf. Brennende Säure in ihrer Speiseröhre. Solange Irina hier war, durfte sie sich nicht übergeben. Sie versuchte, tief durch die Nase einzuatmen, und betätigte die Spülung, um ihr Schnaufen zu übertönen.

Ich muss ihr zumindest sagen, dass sie sich nicht auf die Kollegen einlassen soll, dachte sie und lehnte den Kopf gegen die Trennwand. Wenn Irina sich eine Beziehung wünschte, sollte sie sich lieber außerhalb des Präsidiums umsehen. Ein Lehrer, ein Gärtner oder ein Tierpfleger. Nur kein Polizist.

Endlich hörte sie, wie sich die junge Polizistin entfernte. Die Tür fiel ins Schloss. Helga stand auf und riss den Klodeckel auf. Mit einer Hand hielt sie sich am Spülkasten fest, beugte sich über die Schüssel und würgte. Es kam nur wenig Magensaft, vermischt mit bitterer Galle. Keuchend riss sie ein Stück Klopapier ab und wischte sich damit über den Mund. Dann verließ sie die Kabine, stolperte zum Waschtisch und hielt ihr Gesicht unter das fließende Wasser. Als sie sich aufrichtete, erschrak sie über die alte Frau im Spiegel, die sie mit blutunterlaufenen Augen anstarrte. Was war nur aus ihr geworden? Sie spülte ihren Mund gründlich aus, nahm mehrere Papierhandtücher und versuchte, den gelben Fleck auf ihrem Hemd wegzuwischen. Erst trocken, dann feucht.

Sie durfte sich nichts anmerken lassen. Aubrunner hatte sie nicht angesehen, als er ihr im Flur mitgeteilt hatte, dass sie noch einmal nach Sonnleiten fahren sollte. Wenn sie ganz ehrlich war, fühlte sie sich nicht in der Lage, ein Fahrzeug zu lenken. Bereits auf dem kurzen Weg von ihrer Wohnung zum Präsidium hatte sie einige Male heftig auf die Bremse treten müssen, weil sie einen Fußgänger oder eine rote Ampel übersehen hatte. Wenn sie nur an die Fahrt durch die Hügel über der Stadt dachte, wurde ihr schwindlig.

Doch sie musste es schaffen. Sie würde die Befragung des schweigsamen Buslenkers so kurz wie möglich halten und dann sofort nach Hause fahren.

65

Er parkte schräg gegenüber der Wohnhausanlage und blieb im Auto sitzen. Soweit er wusste, begann Erwins Dienst bei der Müllabfuhr um Punkt sieben Uhr. Mutter saß vermutlich gerade beim Frühstück, hörte die Morgennachrichten im Radio und blätterte dabei in einer Illustrierten. Sie wusste über alles Bescheid, was in den letzten Königshäusern Europas so vor sich ging. Kein Prinz konnte sich scheiden lassen, keine Prinzessin ihren Fitnesstrainer ehelichen, kein Thronfolger konnte sich fortpflanzen, ohne dass Irmgard Schweiger nicht bis ins kleinste Detail darüber informiert war. Zwischen acht und zehn drehte sie dann üblicherweise ihre Einkaufsrunde durch die Stadt. Er musste ins Haus gelangen, bevor sie die Wohnung verließ.

Da kam Erwin Feichtinger auch schon aus dem Durchgang zum Hof. Mit seinem massigen Körper und dem langsamen Gang, der unterschwellige Aggression ausstrahlte, ähnelte er einem Pitbull Terrier. Adolf wartete, bis sein Lieblingsnachbar in den Opel mit der Deutschlandfahne auf der Rückscheibe gestiegen und weggefahren war. Dann schloss er den Wagen ab und ging auf das große Tor der Wohnhausanlage zu. Er wagte es nicht, den Blick zu heben. Auf der Flucht konnte er es sich nicht leisten, von einem der Bewohner erkannt oder in ein Gespräch verwickelt zu werden.

Als er an den alten Linden und der Wäscheleine vorbei zur Eingangstür eilte, fiel ihm ein, dass man ihm seinen Haustürschlüssel bei der Einweisung in die JVA abgenommen hatte. Für einen Moment überlegte er, solange zu warten, bis jemand das Haus verließ. Doch dann presste er seinen Zeigefinger so fest auf den Klingelknopf neben dem Namen *Feichtinger*, dass der Knopf fast stecken blieb. Wenige Sekunden später ertönte das Surren des Türöffners.

Im Treppenhaus war es still. Adolf lief los, nahm zwei Stufen auf einmal und erreichte den dritten Stock. Bevor er klingeln konnte, riss Dunja auch schon die Tür auf. Sie trug blauen Lidschatten zu einem türkisfarbenen Top mit tiefem Ausschnitt. Ihre Lippen waren ausnahmsweise noch ungeschminkt.

»Komm rein!«, rief sie und zog so heftig an seinem Ärmel, dass er in den Flur stolperte. Dunja schloss die Türe hinter ihm und winkte ihn in die Küche.

Ein einziges Mal war Adolf in Dunjas Wohnung gewesen. Damals war Erwin mit Blinddarmentzündung im Krankenhaus gelegen und das WLAN hatte nicht funktioniert. »Armin bringt mich um, wenn er von der Schule heimkommt«, hatte sie gejammert, während Adolf ihren Router untersucht hatte. Dunja hatte eine Vorliebe für kräftige Wandfarben, Stoffe mit Animal Prints und für aufdringliche Raumdüfte. Die Wand ihrer Küche war tiefviolett. Es roch nach Vanille, nach Kaffee und nach Zigarettenrauch.

»Greif zu.« Sie deutete auf den reich gedeckten Küchentisch und holte eine Kaffeetasse aus dem Schrank. Adolf blieb in der Tür stehen und starrte auf das üppige Frühstücksbüffet aus Schinken, Salami, Käse, Butter, Eiern, Marmelade und Nutella.

»Was soll das alles?« Seine Stimme bebte. Am liebsten hätte er seine gut gelaunte Nachbarin an den Schultern gepackt und geschüttelt.

»Musste einfach sein.« Dunja schenkte Kaffee in die Tasse und hielt sie ihm hin. »Milch und Zucker sind auf dem Tisch.«

»Weißt du eigentlich, in welche Schwierigkeiten du mich gebracht hast?!«, schrie er sie an.

Dunja stellte die Tasse ab und griff nach der Zigarettenpackung, die neben dem Herd lag.

»Ging nicht anders.« Sie zuckte mit den Schultern, zog eine Zigarette und das Feuerzeug aus der Schachtel. »Ich kann nicht zuschauen, wie du gehst ein.« Mit einem Klick zündete sie ihre Zigarette an. »Du hast aufgegeben dich.« Sie nahm einen tiefen Zug. »Habe ich mit Bertl geredet. Hat er gemeint, wir müssen was unternehmen.«

Adolf schnappte nach Luft. Jetzt verbündete sich Dunja hinter seinem Rücken auch noch mit seinem einzigen Freund.

»War großes Glück, dass mein Cousin arbeitet als Krankenpfleger im Gefängnis. Und dass er dir ähnlich schaut. Aber leider hat schlechte Manieren.« Sie kicherte vergnügt. »Hat ein bisschen gedauert, ihn zu überreden.« Dunja zwinkerte ihm zu. »Aber Jovan schuldet mir noch etwas.«

»Die haben bestimmt trotzdem längst gemerkt, dass da ein anderer in meinem Bett schläft. Das ist brandgefährlich! Verstehst du das denn nicht?« Adolf machte einen großen Schritt auf sie zu. »Dein Cousin kann seinen Job verlieren. Du bringst uns alle für Jahre hinter Gitter!«

Er hieb mit der Faust auf das Regal, auf dem die Kaffeemaschine stand. Die Tassen und die Untertassen klirrten. Adolf erschrak über sich selbst, doch Dunja ließ sein Ausbruch völlig kalt.

»Habe ich dem Aufseher mit die zweifarbigen Augen Bescheid gesagt«, erklärte sie, ohne mit der Wimper zu zucken. »Eine süße Typ, vielleicht ein bisschen jung.«

»Baghdadi macht auch mit?« Adolf schüttelte ungläubig den Kopf.

»Begeistert ist er nicht, aber mein Charme und meine Burka haben überzeugt«, meinte sie und zog an ihrer Zigarette. »Wir müssen hoffen, dass Polizei an Freitag keine Befragung macht.«

»Wozu die dumme Verkleidung?», hakte Adolf ein.

»Kapierst du denn nicht?« Dunja trommelte mit ihren langen, rot lackierten Fingernägeln auf den Tisch. »Wenn sie werden misstrauisch und kontrollieren Videobänder, sehen sie nur Frau in Burka. Können sie dir und Jovan nichts beweisen. Sagst du einfach, du hast geschlafen wie Murmelhase und Besucherin gar nicht bemerkt.« Sie lächelte stolz.

Adolf seufzte tief, ging zum Tisch und ließ sich auf den nächsten Küchenstuhl sinken. Dunja stellte die Kaffeetasse vor ihm ab und setzte sich zu ihm. Er goss sich Milch in die Tasse und trank Schluck für Schluck.

Das war der beste Kaffee, den er je probiert hatte. Stark, voll und angenehm weich im Mund. Kein Vergleich mit der hellbraunen Brühe, die sie in Sonnleiten ausschenkten. Er bestrich eine Semmel mit Butter und wunderte sich über das flaumig-frische Gebäck. Während er kaute, merkte er erst, wie hungrig er war.

Adolf aß, und Dunja rauchte. Sie schenkte ihm Kaffee nach und lächelte, wenn er aufsah. Langsam fiel die Anspannung der letzten Stunden von ihm ab. Nachdem er das letzte Stück Nutellabrot verzehrt hatte, lehnte er sich zurück.

»Was erwartest du von mir?«, fragte er und schaute ihr direkt in die blau umrahmten Augen.

Dunja drückte ihre Zigarette aus.

»Wir müssen Hannis Mann finden«, erwiderte sie. »Tot oder lebendig. Wie es aussieht, Polizei ist zu blöd dazu.«

Adolf schob die Krümel auf seinem Teller mit dem Buttermesser zusammen. Sie hatte also ihren Cousin angestiftet, ihm Freigang zu verschaffen, damit er seine Unschuld beweisen konnte. Mit einem Schlag war sein Groll verraucht. Dunja hatte schließlich keine Ahnung, dass er ganz genau wusste, was mit Dirk geschehen war.

»Das geht nicht«, sagte er leise.

»Er kann sich nicht in Luft gelöst haben.« Sie steckte sich die nächste Zigarette an. »Wenn wir ihn finden, bist du frei. Wir brauchen jetzt ein gutes Plan. Bertl hat gesagt, er ist dabei.«

Adolf betrachtete sie durch die Rauchschwaden. Wann war seine bunte, laute Nachbarin zu seiner engsten Vertrauten geworden? Denn das war Dunja. Sie hatte sich mit allen ihr zur Verfügung stehenden Mitteln für ihn eingesetzt. Sie hatte nicht lockergelassen, bis er nun hier in ihrer Küche saß. Er legte das Buttermesser zur Seite. Dunja glaubte offenbar fest an seine Unschuld. Ziel ihrer verrückten Aktionen war einzig und alleine, ihm zu helfen. Es war an der Zeit, ihr die Wahrheit zu sagen.

»Hanni ...«, begann er und räusperte sich, »sie ...«

Dunja sah ihn so aufmerksam an, dass Adolf nicht weitersprechen konnte. Ahnte sie längst, worauf er hinauswollte? Auf einmal war ihm unbehaglich zumute. »Ich muss erst noch etwas klären«, stammelte er und stand auf. »Dann können wir Pläne schmieden. Sag Mutter bitte nicht, dass ich hier war.«

Dunja blies eine Rauchwolke aus und lachte.

»Kein Wort erfährt dein Mama von mir. Auch wenn du nicht glaubst, aber ich kann schweigen wie Grab.«

66

Leni war einfach wie immer. Sie hörte ihm nicht zu. Spielte beim Mittagessen mit dem Handy herum. Alle paar Sekunden piepte es. Wahrscheinlich chattete sie mit Jo. Das war zurzeit ihre beste Freundin. Jo hieß eigentlich Johanna, doch für diesen langen altmodischen Namen war sie zu cool, hatte Leni erklärt. Jo hatte rosafarbene Haare und immer ihr Skateboard dabei. Damit konnte sie richtig hoch springen und tolle Kunststücke vollführen. Er hätte ihr gerne zugesehen, doch Leni fand das peinlich.

»Du bist zu klein für solche Sachen«, hatte sie ihn angefaucht. »Such dir eigene Freunde und kleb nicht ständig an mir wie eine Klette.«

Jeden Tag war sie jetzt mit Jo unterwegs. Dass Papa nicht hier war, fiel ihr gar nicht auf. Wahrscheinlich war sie froh darüber, denn er war in den letzten Wochen noch wütender auf sie gewesen als sonst. Vor dem Spiegel hatte sie sich mit der Kräuterschere die Zöpfe abgeschnitten. Da war er ausgerastet. Dabei standen ihr die kurzen Haare so gut. Sie sah ein bisschen aus wie Mama, nur nicht so hübsch. Doch Papa hatte gesagt, dass sie erst dann ihr Haar tragen durfte, wie sie wollte, wenn sie nicht mehr unter seinem Dach lebte. »Was kommt als Nächstes?«, hatte er geschrien. »Eine Tätowierung?«

Ausgerechnet als Mama zu Oma gefahren war, war

Leni so unvorsichtig gewesen. Er hatte sich längst unter den Stiegen versteckt. Aber sie war einfach vor Papa stehen geblieben, hatte ihr kurzes Haar geschüttelt und gelacht. Laut gelacht. Sie war selbst schuld. Sie wusste doch, was passierte, wenn man Papa auslachte. Statt sofort still zu sein und sich zu entschuldigen, hatte sie dann auch noch gesagt: »Ich bestimme selbst über meinen Körper.« So etwas darf man nicht sagen, das weiß sogar Mama. Woher hatte Leni überhaupt diesen dummen Satz? Sicher von Jo. Die konnte leicht reden, die hatte nämlich gar keinen Papa.

Er hatte unter der vorletzten Stufe gekauert und sich fest die Ohren zugehalten, als Papa Leni an den kurzen Haaren in ihr Zimmer gezerrt hatte. Es war lange laut gewesen.

Doch Leni hatte nichts gelernt. Schon am nächsten Nachmittag hatte sie sich einen Schlabberpulli angezogen und war aus dem Fenster geklettert. Er hatte von seinem Zimmer aus beobachtet, wie sie über den Rasen gelaufen war. Hatte gesehen, dass sie hinkte. Den linken Arm hatte sie fest an den Körper gepresst. Aber sie war nicht stehen geblieben.

So war Leni. Sie konnte Papa richtig böse machen. So böse, dass seine Augen ganz schwarz wurden. Und sie hatte es einfach immer wieder getan, obwohl sie doch wusste, was dann folgte. Leni war schuld daran, dass Papa fort war. Kein Wort hatte sie seither über ihn verloren. Sie tat einfach so, als wäre er nie hier gewesen.

Seit Neuestem kam Jo zu Besuch. Mit ihrem bunten Haar und dem Skateboard unter dem Arm spazierte sie durchs Wohnzimmer. Nicht einmal ihre Schuhe zog sie aus. Sie redete laut. Stellte das Saftglas auf den Holz-

möbeln ab und schaltete den Fernseher ein. Er machte sich dann ganz klein und hielt den Atem an. Wartete auf das Schreckliche. Doch nichts passierte.

Gestern hatte Jo Papas Stereoanlage aufgedreht. Da war sogar Leni kurz zusammengezuckt. Aber dann waren die beiden herumgehopst und hatten laut und falsch auf Englisch gesungen. Es war ihnen völlig gleich, dass so etwas strengstens verboten war.

Er war so wütend auf Leni. Sie hatte alles kaputt gemacht. Nur weil sie so stur und selbstsüchtig war. Jeden Tag hatte er sich angestrengt, nichts falsch zu machen. Und jeden Tag war ihm das besser gelungen. Auf Zehenspitzen gehen, keine schnellen Bewegungen machen und nichts Unüberlegtes tun oder sagen. Das war wichtig. Sie hatte das nie begriffen. Papa war explodiert wie eine Bombe, und Mama war immer nervöser und trauriger geworden.

Wo Papa hingegangen war, interessierte sie nicht im Geringsten. Und dass Mama nicht mehr schlafen konnte, bemerkte sie gar nicht.

67

An den Wegrändern blühten die Acker-Kratzdisteln. Hier und da hatten sich die lilafarbenen Blüten der majestätischen Pflanzen bereits in flauschige Fruchtstände verwandelt. In der Hitze des Sommers war das saftige Grün der Wiesen einem matten Braun gewichen. Adolf hatte das Fenster heruntergelassen. Ein warmer, trockener Wind durchkämmte raschelnd die Maisfelder. Es roch süß nach Heu und überreifen Pflaumen.

Hinter der nächsten Biegung tauchte Hannis Haus auf. Graubraun und lang gestreckt döste es wie eine Eidechse in der Vormittagssonne. Der azurblaue Pool zwinkerte ihm verschwörerisch zu. Mit einem mulmigen Gefühl im Magen nahm er die Abfahrt neben der Kapelle. Es war das erste Mal, dass er Hanni besuchte. Und er schwor sich, dass es auch das letzte Mal sein würde.

Er parkte den Mazda neben dem Carport, unter dem Hannis Auto stand. Falls sie im Büro war, dann musste sie den Bus genommen haben. Adolf spürte ein Ziehen in der Brust, als er an den Bus dachte, der um diese Uhrzeit an der Haltestelle in Fallenstein hielt. Mit schnellen Schritten stapfte er auf die kupferfarbene Haustür zu und hämmerte mit der Faust dagegen.

»Adolf!«

Wie immer ließ Hanni seinen Namen mit diesem betörenden Fauchen enden. Sie wirkte erschrocken, fast, als wolle sie die Tür gleich wieder schließen.

»Du! Du bist doch …«, stammelte sie und blinzelte ungläubig.

»… im Gefängnis«, vollendete er ihren Satz. Er genoss ihr Entsetzen. »Ja, du hast recht, ich sollte im Gefängnis sein.«

Hanni öffnete den Mund und schloss ihn wieder. Das sanfte Licht des Spätsommers ließ ihr rehbraunes Haar schimmern und die gelben Sprenkel in ihren Augen leuchten.

»Sie haben mich eingesperrt, obwohl ich nichts verbrochen habe. Ich war im Gefängnis, weil du das so wolltest.«

»Komm rein!« Sie trat einen Schritt zur Seite.

»Keinen Fuß setze ich in dieses Haus.« Er starrte sie verächtlich an. »Im Gegensatz zu dir gehe ich nicht über Leichen.«

Hanni wurde blass.

»Ich bleibe hier stehen, bis ich eine Antwort bekomme.«

»Adolf«, stammelte sie, »ich kann dir alles erklären.«

»Da bin ich aber gespannt«, sagte er. In seinen Ohren begann es zu rauschen. »Du warst es doch, die dieses verdammte Poloshirt in meinem Zimmer versteckt hat.«

Sie schluckte und senkte den Kopf.

»Du hast ganz genau gewusst, dass sie mich verhaften werden.«

Hanni schaute hinunter auf ihre nackten Füße und flüsterte: »Ich war mir sicher, dass du es irgendwie schaffst.«

»So, du warst dir sicher.« Jetzt zitterte er vor Wut. »Das ist kein Spiel!«, brüllte er mit einem Mal so laut, dass sie zusammenzuckte. »Ich bin kein Cowboy und du kein Indianer!«

Sie hob den Blick. Ein Lächeln huschte über ihr Gesicht. Zugleich hatte sie Tränen in den Augen.

»Weißt du eigentlich, wie es sich anfühlt, eingesperrt zu sein?«

Sie schüttelte den Kopf.

»Du bist allein. Den ganzen Tag. Jeden Tag.«

Eine Träne lief über ihre Wange.

»Du kannst ja nicht einmal ein paar Stunden alleine sein«, fuhr er sie an. Er verspürte den brennenden Wunsch, sie zu ohrfeigen.

»Da sind vier Wände. Die kommen immer näher. Ein vergittertes Fenster. Ein Bett. Ein Klo. Und wenn du Glück hast, kommt eine Fliege zu Besuch.«

»Ich war mir sicher, du hältst durch«, flüsterte sie. »Du hast immer alles ausgehalten. Wenn einer das schafft, dann du.«

Er machte einen Schritt auf sie zu. »Du hast genau gewusst, was passieren wird.« Seine Stimme bebte. »Du hast meine Verhaftung eiskalt geplant.«

Hanni wich zurück ins Haus.

Doch so einfach würde sie nicht davonkommen. Er folgte ihr in den Flur. »Wie hast du dir das eigentlich vorgestellt?« Adolf packte sie am Handgelenk.

»Du bist doch wieder frei.« Zum ersten Mal sah er so etwas wie Angst in ihren Augen. Ihr Arm war kühl und dünn.

»Von wegen frei! Abgehauen bin ich.«

»Abgehauen?« Plötzlich begann Hanni zu lachen und konnte sich gar nicht mehr beruhigen. Sie lachte und weinte zugleich. »Das hab ich dir gar nicht zugetraut«, brachte sie schließlich hervor.

Ihr dummes Gegacker ließ seine Wut ins Unermessliche

steigen. Ohne nachzudenken, packte er sie im Nacken und schüttelte sie. Immer noch lachte sie – laut und hysterisch.

»Damit hast du wohl nicht gerechnet«, knurrte er. Er hielt sie wie eine Puppe. Ihre Füße berührten den Boden kaum. Sie, die große, die starke Hanni, war plötzlich leicht. Zerbrechlich. Ein Spielzeug, das er auf den Boden schleudern und zertreten konnte, wenn er wollte. Er zerrte an ihrem feinen Haar. Sie schrie auf. Es machte ihm Spaß, sie zu erschrecken, ihr wehzutun. *Ich könnte ihr das Genick brechen*, dachte er. Ein Ruck – und sie wäre tot.

Er hörte sie wimmern und spürte, wie sich sein Puls beschleunigte.

»Das wird dir noch leidtun«, zischte er.

Kaum ausgesprochen, ließen ihn diese Worte erstarren. Es waren die Worte seines Vaters. Wann immer er eine schlechte Note nach Hause gebracht hatte, waren sie gefallen. Wann immer ein Schreiben des Direktors gekommen war, um die Eltern über sein unmögliches Betragen zu informieren. Dann Vaters raue Hände mit den ungepflegten Nägeln, die blutige Kratzer auf seinen Armen und in seinem Gesicht hinterließen. Der harte Besenstiel. Auf einmal wurde ihm eiskalt. Er ließ Hanni los.

Wie eine Katze landete sie auf allen vieren auf dem Holzboden. Blitzschnell stieß sie sich mit den Händen von den hellen Dielen ab und war schon wieder auf den Beinen. Sie wich zurück und ließ ihn dabei nicht aus den Augen. Schließlich setzte sie sich auf die Treppe, die ins Obergeschoss führte.

Adolf stand immer noch da, ein Büschel feiner brauner Haare in der Hand. Sonnenlicht fiel durch die Blätter eines

Baumes vor der großen Glasfront des offenen Wohnzimmers. Ließ ein Sprenkelmuster, das an das Fell eines Leoparden erinnerte, über den Boden und die Wände flimmern. Im Garten stieß ein aufgebrachter Vogel Alarmrufe aus.

»Das wollte ich nicht«, sagte Adolf tonlos.

Hanni hob den Kopf. Ihr Haar stand in alle Richtungen ab.

»Ich wollte das alles nicht.« Sie stand auf, blieb aber auf der untersten Stufe stehen und zeigte die weißen Schneidezähne. »Entschuldige, Adolf.«

Schritt für Schritt ging er auf sie zu. An ihrer Wange klebte eine Wimper. Sie roch nach Lavendel. Bevor er nach ihr greifen konnte, beugte sie sich zu ihm hinunter und küsste ihn. Kirschen und Salz. Hanni schob ihre Hände unter Jovans verschwitzte Arbeitskleidung. Ihr Haar kitzelte seine Nase, als sie ihre Lippen über seinen Nacken wandern ließ.

68

Da war jemand im Haus. Das fiel ihm sofort auf, als er mit beiden Händen die Eingangstür öffnete. Jemand, den er nicht kannte. Es roch anders als sonst. Statt dem süßen Duft von Milchreis mit Birnen oder Pfannkuchen mit Pflaumenmus hing ein schwerer, stechender Geruch in der Luft. Das rote Auto vor dem Eingang hatte er schon von Weitem gesehen. Wer war das? Was wollte er von Mama?

Sofort war das nervöse Ziehen im Magen wieder da gewesen. Er hatte versucht, ganz ruhig zu atmen. Der blöde Arm durfte nicht wieder zu zucken beginnen. Vor Aufregung hatte er ganz vergessen, Franziska zuzuwinken, als ihn ihre Mama vor dem Haus aussteigen hatte lassen.

Jetzt stand er im Vorraum und lauschte. Es war auf eine eigenartige Weise still. Eine Stille, die in den Ohren rauschte. Die Mauern, die Möbel, sogar die Zimmerpflanzen schwiegen. So als würden sie etwas verheimlichen.

Wie ein Storch auf einem Bein zog er die Sandalen aus und stellte sie in den Schuhschrank. Schön nebeneinander, nicht übereinander. Die Klettverschlüsse ordentlich verschlossen. Papa mochte keine herumstehenden Schuhe. Völlig lautlos schloss er die Schranktür. Das hatte er letzten Winter gelernt, nachdem Papa so böse geworden war.

Damals hatte er die Tür des Küchenschranks, in dem Mama die Weihnachtskekse aufbewahrte, zufallen lassen, dass man es bis ins Wohnzimmer gehört hatte. Da war Papa in die Küche gekommen, hatte ihn hochgehoben, an den Knöcheln gepackt und mit dem Kopf nach unten ins Badezimmer getragen.

Er hatte sich auf die Zunge gebissen. Die Kokosmakrone war ihm im Hals stecken geblieben. Papa hatte ihn fest geschüttelt und ihn in die Badewanne fallen lassen. Sein Kopf hatte gebrummt, und sein Mund war voll Kokosraspeln und Blut gewesen. Papa hatte das Wasser aufgedreht und die Badewanne halb voll laufen lassen. Er war ganz still geblieben, um ihn nicht noch mehr zu ärgern. Das war gar nicht so einfach gewesen, weil er von der eisigen Kälte so stark hatte zittern müssen. Immer wieder hatte Papa seinen Kopf unter das Wasser getaucht. Er hatte sich nicht gewehrt, nur jedes Mal nach Luft geschnappt, wenn er in die Höhe gezogen wurde. Bald hatte sich Papa beruhigt und war wieder zurück zum Fernseher gegangen. Er hatte sich übergeben. Kokosraspeln, Blut, Schokolade und Mandeln. Dann war er ganz still im kalten Wasser sitzen geblieben, bis Mama gekommen war. Sie hatte nicht geschimpft wegen der schönen Weihnachtskekse, sondern ihn warm geduscht und ihn mit ihren duftenden Zimthänden vorsichtig abgetrocknet.

Daran musste er denken, als er durch das stille Haus schlich, die Schultasche noch auf dem Rücken.

Die Küche war leer. Es roch nicht nach Essen. Keine Töpfe am Herd. Auf einem Schneidebrett neben der Spüle lagen geschälte Karotten und Brokkoliröschen. Mama war nicht im Wohnzimmer und auch nicht im Garten. Vor Angst wurde ihm schlecht. Wo war sie? Sie hatte sich doch freigenommen, weil er am Montag in die Schule gekommen war. Jeden Morgen brachte sie ihn in die neue Klasse. Zu Mittag nahm ihn Franziskas Mutter im Auto mit, und Mama wartete schon mit dem Essen auf ihn. Er mochte es, wenn sie zu Hause war. Sie fragte ihn viele Fragen und half ihm, seinen Namen auf die neuen Hefte zu schreiben.

Mit klopfendem Herzen schlich er die Treppe nach oben. Leni würde ihn auslachen. Sie sagte oft »Mamikind« zu ihm. Sie fand Mama spießig und verbrachte ihre Zeit lieber mit Jo.

Er lauschte an der Badezimmertür, ob Mama vielleicht auf dem Klo war oder duschte. Da hörte er einen Schrei aus dem Schlafzimmer. Papa war wieder da! Er bekam solche Angst, dass er sich beinah in die Hose gemacht hätte. Sein Arm begann zu zucken. Papa war gekommen, um es Mama heimzuzahlen!

Er wollte weglaufen, sich verstecken. Doch er konnte nicht. Er musste zu Mama. Fest presste er den Arm an die Rippen und tastete sich an der Wand vorwärts bis zur Schlafzimmertür. Ein ersticktes Quieken drang aus dem Zimmer.

Papa war sicher sehr böse und bestrafte Mama für das, was sie mit ihm gemacht hatte. Er musste ihr helfen! Aber wie? Gegen Papa hatte er keine Chance. Wenn doch nur Leni zu Hause wäre. Leni und Jo! Und er! Gemeinsam könnten sie es vielleicht schaffen.

Da war wieder Mamas Stimme. Er gab sich einen Ruck und zog leise die Türklinke herunter. Durch den Türspalt konnte er sie sehen. Mama saß auf dem Bett. Sie hatte gar nichts an. Und daneben, da war Papa. Vor Schreck wurde er ganz starr.

Papa hob den Arm, griff nach ihr.

Er hielt sich die Ohren zu. Dann sah er, dass Mama lachte. Sein Herz macht einen Sprung. Sie lachte so sehr, dass ihre Augen zu schmalen, blitzenden Schlitzen wurden. So wie sie immer lachte, wenn sie ihn kitzelte. Wie das Meckern der jungen Ziegen im Zoo klang ihr Lachen. Am liebsten wäre er zu ihr gelaufen und hätte sich an sie gekuschelt.

Das war gar nicht Papa!

Er stellte sich auf die Zehenspitzen und öffnete den Türspalt ein bisschen weiter. Die Riemen der Schultasche schnitten in seine Schultern. Der Mann war dicker und nicht so braun wie Papa. Er hatte einen weißen Schwabbelbauch und dünne Arme und Beine mit vielen dunklen Haaren darauf.

Der Buslenker!, *schoss es ihm durch den Kopf. Er war wirklich gekommen, so wie Mama es versprochen hatte. Jetzt sagte der Mann etwas. Und Mama kicherte wie Leni, wenn sie mit Jo telefonierte.*

Er schaute zu, wie Mama dem dicken Buslenker durchs Haar wuschelte. Wie der seine Finger an Mamas Rücken hochklettern ließ, wie sie das bei ihm manchmal machte, wenn er den Pyjama angezogen hatte. Jetzt hielt Mama dem Mann die Augen zu.

Er ließ sich von den Zehenspitzen zurück auf die Ballen sinken. Sein Arm hatte aufgehört zu zittern. Leise zog er die Schlafzimmertüre zu. Er war hungrig, doch er würde sich einen Müsliriegel aus der Schublade unter der Kaffeemaschine nehmen und in seinem Zimmer ein Puzzle legen. Wieder hörte er sie glucksend lachen. Wenn Mama lachte, war alles gut.

69

Das Flackern der Leuchtstoffröhren machte die Kopfschmerzen noch unerträglicher. In den langen Gängen der Justizvollzugsanstalt war es so finster, dass künstliche Beleuchtung notwendig war, selbst wenn draußen die Sonne vom Himmel brannte. Nachdem sie mehrere Gläser mit in Wasser aufgelösten Kopfschmerztabletten getrunken hatte, musste sie dringend aufs Klo. Doch daran war jetzt nicht zu denken. Sie waren ohnehin viel zu spät dran.

Mit einem flauen Gefühl im leeren Magen und einem unangenehmen Druck auf der vollen Blase eilte sie auf den Verhörraum zu und hoffte inständig, dass die Medikamente bald Wirkung zeigten. Ein kleiner Bauarbeiter stemmte mit einem Presslufthammer Löcher in ihre Schädeldecke. Das Dröhnen in ihrem Kopf war kaum auszuhalten. Sie musste die Befragung schnell hinter sich bringen. Zum Glück hatte sie die detaillierten Unterlagen mitgenommen, die Supercop Sackmeier artig abgetippt hatte.

Heute fiel es ihr so schwer, sich zu konzentrieren, dass sie sich weder an die Eckdaten des Beschuldigten noch an die Fragen, die sie ihm stellen sollte, erinnern konnte. Jeder Schritt verursachte ein schmerzhaftes Ziehen im Stirnbereich. Es kam ihr so vor, als befände sie sich an Bord eines Schiffes, das auf stürmischer See in den hohen Wellen schaukelte.

Vor der Tür des Verhörraums blieb Helga Zenz einige Sekunden lang stehen. Sie holte tief Luft und zog einen von Saschas Pfefferminzkaugummis aus der Tasche. Es fiel ihr schwer, das Papier abzuschälen. Die dünne Alufolie, in die der Kaugummistreifen gewickelt war, segelte zu Boden. Sie sah sich kurz um und ließ sie dann liegen. Wenn sie sich jetzt hinunterbücken würde, um die Verpackung aufzuheben, müsste sie sich bestimmt noch einmal übergeben. Gierig kaute sie auf dem zähen Streifen, spürte, wie sich das Menthol beruhigend über ihre Schleimhäute legte.

Sie strich ihren Zopf glatt, drückte auf die Klinke und trat ein. Der Wachmann nickte ihr zu. Er wirkte nervös, wie er von einem Bein aufs andere wechselte. *Wahrscheinlich muss er auch dringend aufs Klo*, dachte sie. Sie hatte ihn fast eine halbe Stunde warten lassen, doch das konnte sie jetzt nicht mehr ändern. Mit steifen Schritten ging sie auf den Tisch zu und ließ sich mit einem Stöhnen auf den Stuhl sinken. Eine Welle der Übelkeit stieg in ihr auf. Nein, sie konnte hier nicht sitzen bleiben. Helga atmete tief ein, stützte sich an der Tischplatte ab und erhob sich so abrupt, dass sie dabei beinahe den Kaugummi verschluckt hätte. Nie wieder würde sie auch nur ein Glas Wodka anrühren.

Der Häftling saß in sich versunken da, während sie in ihrer Heftmappe blätterte. Wann immer sie versuchte, die klein gedruckten Buchstaben zu lesen, begann sich der Raum zu drehen. Es musste auch so gehen, beschloss sie. Sie ließ die Unterlagen auf den Tisch fallen, räusperte sich und begann, im Raum auf und ab zu laufen. Sofort fühlte sie sich etwas besser. Nur nicht stehen bleiben. Wie hieß der Mann? Schweiger – richtig.

»Herr Schweiger«, sagte sie und versuchte, sich auf einen imaginären Punkt an der schmutzig-weißen Wand zu konzentrieren. »Wir untersuchen ja immer noch den Vermisstenfall …« Verdammt, jetzt wollte ihr der Name des Abgängigen nicht einfallen. »Es ist ja so, dass wir mittlerweile davon ausgehen, dass Herr … Herr Brandstätter ermordet wurde.«

Sie ärgerte sich über ihre schwere Zunge, die die Wörter nicht so recht formen wollte. Wenn sie ehrlich war, wusste sie gar nicht, was sie fragen sollte.

Links zwo, drei, vier. Einatmen. Wendung. Ausatmen. Links zwo, drei, vier.

Schweiger hockte einfach nur da, die Ellbogen auf den Tisch gestützt, die Stirn an eine Faust gelehnt. Wenn sie es richtig erkennen konnte, presste er etwas Blaues an sein Gesicht. Ihr Gestammel schien ihn völlig kaltzulassen.

»Ist Ihnen inzwischen eingefallen, wie Sie zur Lösung des Falles beitragen könnten?«

Sie versuchte, Zeit zu gewinnen. Der Gefangene sah sie nicht einmal an. Er schüttelte langsam den Kopf und stierte auf die zerkratzte Tischplatte.

»Sie könnten die Sache abkürzen. Ein Geständnis würde sich in jedem Fall positiv auf das Verfahren auswirken.«

Schweiger reagierte nicht. Er hielt den Kopf weiterhin gesenkt und machte einen verkrampften Eindruck.

Irgendetwas war mit dem Mann. Etwas, das sie nicht in Worte fassen konnte. Er war so anders heute. *Der hat es wohl gestern auch übertrieben*, dachte sie, obwohl sie wusste, dass er hier nicht an Alkohol herankam.

Wenn sie es sich recht überlegte, war das ein Segen. Vielleicht musste sie auch ins Gefängnis, um endlich von dem verdammten Wodka loszukommen. Draußen schaffte sie es einfach nicht. Sie ertappte sich bei dem Gedanken, dass so ein ganz kleiner Schluck diese quälenden Kopfschmerzen mildern würde. Entschlossen kehrte sie zum Tisch zurück und beugte sich über die Heftmappe.

Rennrad – Cervélo S5 stand hier zu lesen. Richtig! Die Kollegen hatten das Rad im Wald gefunden, an einer Stelle, die zuvor bereits mehrmals abgesucht worden war. Sie versuchte, sich zu konzentrieren. Welche Fragen sollte sie Schweiger stellen? Jemand musste das Rad lange nach Brandstätters Verschwinden dort entsorgt haben.

»Dieses Fahrrad«, begann sie aufs Geratewohl und schob ihm das Foto hin, »haben Sie das schon einmal gesehen?« Schwerfällig streckte Schweiger die Hand nach dem Bild aus und zog es zu sich heran. Sie stutzte. Irgendetwas stimmte nicht mit ihm. Er schien völlig neben sich zu stehen, presste sich das blaue Dings an die Wange und vermied es, ihr in die Augen zu sehen. Wahrscheinlich war er high. So unmöglich es auch war, sich hier zu besaufen, Drogen wurden in der Anstalt im großen Stil verkauft. Und bisher war es nicht gelungen, den Handel zu unterbinden.

»Na, was ist?«

Sie schlug mit der flachen Hand auf den Tisch, bereute die schnelle, ruckartige Bewegung aber sofort. Augenblicklich erhöhte der Presslufthammer in ihrem Kopf seine Frequenz. Helga unterdrückte ein Stöhnen. Weil der Häftling das Foto nur stumm anglotzte wie ein Ochse, nahm sie es wieder an sich.

Hier stand noch eine Bemerkung zu den Goldmünzen. Richtig! Jetzt war ihr die zweite Frage wieder eingefallen.

»Kennen Sie einen Dr. Christian Seefeld?« Sie las den Namen so langsam und deutlich wie möglich vom Blatt ab. Der Boden unter ihren Füßen schwankte bedrohlich. Sie setzte sich wieder in Bewegung. Links zwo, drei, vier.

Aus dem Augenwinkel sah sie, wie Schweiger den Kopf schüttelte. Jetzt reichte es aber!

»Die Münzen, die wir in Ihrem Zimmer gefunden haben, wurden besagtem Herrn am 3. Mai vor sieben Jahren gestohlen. Wo waren Sie zu diesem Zeitpunkt?«

Einatmen. Wendung. Ausatmen. Vorwärts.

Ihr war klar, dass der Mann diese Frage kaum beantworten konnte. Sie selbst hatte keine Ahnung, wo sie am dritten Mai des letzten Jahres gewesen war. Ihr Erinnerungsvermögen hatte in letzter Zeit so stark nachgelassen, dass sie meist nicht einmal mehr wusste, was sie in der Vorwoche getan hatte. Verdammter Wodka. Alleine der Gedanke an ihren Gegner ließ ihre Hände zittern. Wie gerne hätte sie jetzt nur ein ganz kleines Glas.

Sie ärgerte sich über den Mann, der nach wie vor vornübergebeugt dasaß und stumpfsinnig auf die Tischplatte starrte. Er stahl ihr die Zeit. Davon blieb ihr ja nicht mehr allzu viel, wenn sie Dietmars Worten Glauben schenken durfte. Nie wieder Wodka. Nie wieder Dietmar.

»Jetzt hören Sie mir einmal gut zu!«, zischte sie. »Wenn Sie die Kooperation verweigern, werde ich das in der Akte festhalten.« Im Vorbeigehen raffte sie die Unterlagen am Tisch zusammen. »Sie sollten zumindest so tun, als ob Sie nachdenken, sonst werde ich persönlich dafür sorgen, dass sich Ihr Verfahren endlos in die Länge zieht.« Sie warf ihm einen zornigen Blick zu. »Sagen Sie mir einfach …«

Plötzlich hielt sie inne. Das war doch nicht Schweiger! Das Gesicht dieses Mannes sah irgendwie anders aus. Er hatte einen breiteren Kiefer, ein eckigeres Kinn.

»Was ist hier eigentlich los?«, brüllte sie und verschluckte dabei ihren Kaugummi.

Der Mann hob kurz den Kopf, deutete auf das blaue Kissen, in dem er sein Gesicht vergrub, und murmelte etwas. Helga konnte ihn nicht verstehen, weil sie heftig husten musste. Sie schnappte nach Luft. Magensäure stieg ihre Speiseröhre hoch. Sie schluckte verzweifelt, atmete durch die Nase. Hoffentlich musste sie sich nicht übergeben. Sie hustete, keuchte, bis Tränen über ihre Wangen flossen. Zu allem Übel bekam sie jetzt auch noch Schluckauf.

Sie konnte nicht mehr. *Hick*. Der Mann, der auf einmal fremd aussah, krümmte sich, wimmerte. Helga wandte sich ab und stolperte zur Tür. *Hick*. Sie klopfte, und wenige Augenblicke später erschien der Wachebeamte. Sie wischte sich mit dem Handrücken über die Augen. *Hick*.

»Was ist mit dem Häftling?«, presste sie hervor. »Da stimmt doch etwas nicht.«

Der junge Beamte mit der blassen Haut und den dunklen Locken hob bedauernd die Schultern. »Er hat so furchtbare Zahnschmerzen, dass er ... gar nicht er selbst ist. Die ganze Nacht konnte er nicht schlafen. Ich habe ihm zwei Schmerztabletten und eine Kühlkompresse gegeben, aber das hilft nur bedingt.«

Es sah fast so aus, als würde er sich deswgen schuldig fühlen, dass sich der Gefangene in einem so miserablen Zustand befand. *Hick*. Helga spürte instinktiv, dass sie nachbohren sollte. Doch was, wenn sie sich das alles nur einbildete? Wahrscheinlich war ihr dieses Verhör so komisch vorgekommen, weil sie noch nicht nüchtern war. Wenn das herauskam, dann hätte Dietmar seinen Triumph und sie aller Voraussicht nach eine Dienstaufsichtsbeschwerde am Hals. *Hick*. Nein, sie hatte ihre Pflicht getan.

Mit einem missglückten Lächeln nickte sie dem hübschen Wachmann zu und wandte sich zum Gehen, als ihr Handy läutete. Weitner – am liebsten hätte sie nicht abgehoben und wäre direkt nach Hause gefahren.

»Ich hoffe, er bekommt vor dem Wochenende einen Zahnarzttermin. Sonst dreht er uns noch durch«, rief ihr der Wachmann hinterher.

Ehrlich gesagt, interessierten sie die Befindlichkeiten dieses Gefangenen nicht im Geringsten. Sie hatte genug mit ihren eigenen Problemen zu kämpfen. Mit einem Seufzen nahm sie den Anruf an.

70

Warmes Wasser prasselte auf seine Haut. Sein Leben lang hatte er nur geduscht, um sich zu reinigen. Kurz und zweckmäßig. Heute genoss er den Aufprall der Tropfen auf seiner Kopfhaut, auf den Schultern, am Rücken. Sie wuschen das schale Gefühl des Eingesperrtseins von ihm ab. Spülten die traumlose Stille, die Leere in den Abfluss. Er hielt sein Gesicht in den warmen Regen. Weißer Dampf und der Duft von Hannis Lavendel Duschbad hüllten ihn ein. Ihr Bad war größer als sein Zimmer. Sonnenlicht fiel durch zwei Fenster auf die Sandsteinfliesen, die den Boden und einen Teil der Wände bedeckten.

Plötzlich durchbrach ein Tarzanschrei das Plätschern der Brause. Adolf zuckte zusammen. Kaum war das lang gezogene Röhren verklungen, wiederholte es sich. Jovans Handy! Blinkend und vibrierend rotierte es auf dem Waschtisch, wo er es abgelegt hatte. Das war bestimmt einer der vielen serbischen Verwandten, die ja nicht ahnen konnte, dass dort, wo Jovan sich gerade aufhielt, Handys verboten waren. Adolf wartete, bis der aufdringliche Klingelton verstummte. Gerne wäre er noch eine Weile unter der Dusche geblieben, doch der Gedanke an Dunjas Cousin machte ihn unruhig. Also drehte er das Wasser ab und griff nach dem riesigen flauschigen Badetuch.

Da begann das Handy schon wieder zu röhren. Tropfend tappte Adolf zum Waschtisch und warf einen Blick auf das leuchtende Display. *Unbekannte Nummer.* Hektisch rubbelte er sich trocken und schlüpfte in die Jeans, die Hanni ihm hingelegt hatte. Sie war etwas zu lang und ziemlich eng am Bauch. Er verbat sich, darüber nachzudenken, wem die Hose gehört hatte. Als er gerade das dunkelblaue Poloshirt über den Kopf zog, läutete abermals Jovans Telefon. Adolf nahm ab.

»Wo bist du?«, rief eine aufgebrachte Stimme. »Das Ganze läuft gerade gewaltig schief.«

Das war Baghdadi! Adolfs frisch geduschter Körper begann zu schwitzen. Er presste das Handy an sein nasses Haar.

»Was ist passiert?«

»Die Polizistin hat Jovan verhört.«

Adolf öffnete den Mund und schloss ihn wieder. Das konnte nur bedeuteten, dass sie jetzt nach ihm fahndeten.

»Ich habe deiner Freundin gleich gesagt, dass das eine beschissene Idee ist«, schimpfte der junge Wachebeamte. »Hier kommt man nicht so einfach raus. Vor allem nicht so einer wie du.«

»Was soll ich tun?«, fragte Adolf.

In dem großen Spiegel sah er lächerlich aus, in Dirks teuren Kleidern, feucht von der Dusche. Er hätte da nie mitmachen dürfen. Das war doch nicht er selbst, der da verkleidet in Hannis modernem Bad stand.

»Keine Ahnung!«, schrie Baghdadi. »Komm so bald wie möglich zurück. Und halt mich da raus!«

»Haben sie Jovan festgenommen?« Adolf wollte sich Dunjas Reaktion lieber gar nicht ausmalen. Er musste sich stellen!

»Ich weiß nicht, ob die Frau Inspektor den Bluff durchschaut hat. Die war ziemlich hinüber«, drang Baghdadis Stimme an sein Ohr. »Ein Fall für die Ausnüchterungszelle, wenn du mich fragst.«

Adolf atmete erleichtert auf. Es gab also noch Hoffnung. Es musste ihm irgendwie gelingen, den größten Schaden abzuwenden. Baghdadi und Jovan mussten heil aus dieser Sache herauskommen.

»Ich überleg mir was«, murmelte er. »Wir schaffen das.«

»*Wir* schaffen gar nichts«, knurrte Baghdadi in sein Ohr. »Du musst es alleine schaffen, sonst können wir drei uns bald eine Zelle teilen.«

Er wollte schon auflegen, da fügte Baghdadi hinzu: »Ein wenig Luft hast du. Ich habe ein Telefonat mitgehört. Die wollen jetzt das Haus von der Ehefrau des Vermissten durchsuchen.«

Adolf ließ beinahe das Handy fallen – die Polizei war auf dem Weg zu Hannis Haus!

71

»Sie werden ihn finden.«

Hanni starrte ihn mit weit aufgerissenen Augen an, doch Adolf wollte nichts hören.

Er hatte sich mitten im Flur ausgezogen, Dirks Jeans und das dunkelblaue Poloshirt in die Ecke geworfen und schlüpfte zurück in Jovans stinkende Arbeitskleidung. Zuletzt steckte er das Handy in die Tasche. Er tat viel für Hanni. Aber das konnte er nicht tun.

»Wir müssen ihn in den Kofferraum schaffen.«

Er starrte sie an. War das wirklich die Frau, die sich noch vor einer halben Stunde lachend an ihn gekuschelt hatte? Die seine Muttermale gezählt hatte?

»Du kannst mich jetzt nicht alleine lassen«, flehte Hanni. »Wenn sie in den Keller schauen, bekomme ich lebenslang.«

»Da ist es natürlich besser, wenn ich an deiner Stelle im Gefängnis sitze.«

»Es geht hier nicht nur um mich.« Hanni griff nach seiner Hand. »Lukas braucht mich.« Sie suchte seinen Blick. »Und Leni tut zwar so erwachsen, aber sie kommt noch lange nicht alleine zurecht.«

Er wandte sich ab, entzog sich ihr. »Das hättest du dir überlegen müssen, bevor du den Vater deiner Kinder umbringst.«

Sie gab nicht auf. Stellte sich ihm in den Weg und versuchte, erneut nach seiner Hand zu greifen.

»Wenn du jetzt gehst, ist alles aus.«

Alleine der Gedanke an Dirks Leiche verursachte ihm Brechreiz. Er wich Hanni aus und eilte Richtung Treppe.

Da bemerkte er den Jungen in der Tür gegenüber. Er hatte etwas zu langes braunes Haar und sah ihn aus großen Augen an. Das Kind war schmächtig und blass. Es reichte ihm etwa bis zur Hüfte. Sein ernster Blick durchdrang Jovans weißen Kittel und traf ihn in seinem Innersten. Adolf blieb stehen. Er musste an die Nachmittage in seinem Zimmer denken. Mutter zog am Stadtrand Limonadenflaschen, Schnitten und abgepackten Käse über die Kasse. Im Wohnzimmer gegenüber lauerte sein Vater. Er sah ihn nicht, er hörte nur den Fernseher plaudern und lachen. Aber er wusste, Vater war da und wartete auf eine falsche Bewegung. Im Blick dieses Jungen sah er seine eigene Angst. Eine Angst, die sich erst legte, wenn Mutter abends nach Hause kam und ihm mit müden Augen eine Rolle Doppelkekse in die Hand drückte. »Was Süßes für dich.«

Hanni nahm ihn an der Hand. »Schnell«, sagte sie. »Schnell, sie müssen jeden Moment da sein.«

Da folgte Adolf ihr. Sie führte ihn die hellen Treppenstufen hinunter in den Keller. Dort öffnete sie eine weiße Metalltür zu einem gefliesten Raum, der bis auf zwei Aluminiumregale und eine große Gefriertruhe leer war. Hanni deutete auf die Tiefkühltruhe.

»Da drin ist er.«

Adolf erstarrte. Es war wie ein böser Traum.

»Ich rufe meine Mutter an. Sie soll Lukas abholen«, hörte er sie wie aus weiter Ferne sagen. »Dann helfe ich dir.«

Die Tür fiel ins Schloss, und er war mit Dirk alleine.

An die folgenden Minuten würde Adolf sich später nur noch bruchstückhaft erinnern. Erst stand er eine Weile mit hängenden Armen vor der Truhe und konnte sich nicht überwinden, den Deckel zu öffnen. Dann hörte er die Gummireifen auf dem Fliesenboden. Die Hände, die tappend über die Greifringe glitten. Eine Viertelumdrehung. Pause. Eine Viertelumdrehung. Pause. Adolf hielt den Atem an. Ihm wurde heiß, und er begann, unkontrolliert zu zittern. Von hinten näherte er sich. Langsam. Armlänge für Armlänge. Mit dem Besen auf dem Schoß. Er hörte sein Keuchen. Schon roch er den Schnaps. Seine Knie schlotterten. Gleich würde ihm schwarz vor den Augen werden. Mit beiden Händen hielt er sich am Griff der Tiefkühltruhe fest und klappte den Deckel hoch.

Ein Schwall eisiger Luft kam ihm entgegen. Adolf griff in die Truhe. Packte einen Karton mit Fischstäbchen. Die Kälte tat ihm wohl. Sie durchdrang seine verschwitzten Handflächen, wanderte durch die Blutbahnen bis in sein Herz. Ließ ihn ganz ruhig werden. Er nahm Behälter mit Speiseeis, Pizzakartons, Beutel mit jungen Erbsen und gemischten Beeren und warf alles auf die Fliesen. Dann spürte er Haare, ertastete Lippen, eine Nase, Wimpern und Augenbrauen. In der Truhe saß Dirk, die Beine angewinkelt und sah ihn an. Er trug ein weißes Unterhemd mit einem Blutfleck knapp unter dem Halsausschnitt. Adolf richtete sich auf und schaute sich um. Auf einem der Regale entdeckte er eine Hagelschutzplane. Er schob mit dem Fuß eine Packung Tiefkühlgemüse zur Seite und breitete die silbergraue Plane auf dem Boden aus, bevor er sich über den Rand der Kühlbox beugte, Dirk unter den Armen packte, die Bauchmuskeln anspannte und versuchte, den Körper hochzuziehen. Er zerrte und zog. Es war unmöglich. Hannis Ehemann war groß, breitschultrig und so steifgefroren, dass er sich in der Truhe verkeilt hatte.

Keuchend richtete er sich auf. Es musste ihm irgendwie gelingen, den Oberkörper ein Stück nach vorne zu kippen. Dann wäre es vielleicht möglich, Dirk herauszuziehen. Adolf trat an die schmale Seite der Gefriertruhe und holte tief Luft. Er stemmte sich gegen die Schultern des Toten, drückte und schob mit aller Kraft. Am Hinterkopf war das blonde Haar blutig. Endlich bewegte sich der Rumpf Zentimeter für Zentimeter vorwärts.

Jetzt kletterte er in die Truhe hinein, zwängte sich hinter Dirk, ging mit gegrätschten Beinen in die Knie und stemmte den Leichnam mit einem Schrei hoch. Der Körper kippte mit dem Kopf voran über die Seitenwand der Gefrierbox. Adolf packte ihn an den angewinkelten Beinen, und Dirk fiel mit einem lauten Geräusch auf die Hagelschutzmatte. Hastig stieg Adolf aus der Truhe und schlug die Plane über den Toten.

Er zuckte zusammen, als die Tür aufging. Doch es war nur Hanni. Mit hektischen Bewegungen begann sie, die Beutel und Packungen mit den gefrorenen Lebensmitteln einzusammeln, die über den Fliesenboden verstreut lagen. Dabei vermied sie es, zu Adolf und dem eingehüllten Körper herüberzusehen.

Ein letztes Mal nahm er seine ganze Kraft zusammen. Er ging in die Knie, schulterte die Leiche und kämpfte sich keuchend hoch. Dann trug er seinen toten Vater durch die Tür, die Treppe hinauf und aus dem Haus.

Warme Luft schlug ihm auf dem Kiesweg zur Einfahrt entgegen. Er zog den Schlüssel aus der Hosentasche und sperrte Jovans roten Mazda auf. Mit einer Hand öffnete er den Kofferraum, ließ die eiskalte Last hineinfallen und schlug den Deckel zu. Als er zur Fahrertür ging und sich hinter das Steuer setzte, fühlte er sich, als wäre er ein paar Zentimeter gewachsen. Adolf startete den Wagen und fuhr los. In den Hügeln zwischen Nonnendorf und Merk kamen ihm drei Polizeiautos entgegen.

Der Verkehr floss träge dahin. Hin und wieder hupte jemand. Auf den Gehsteigen tummelten sich große und kleine Kinder mit Schultaschen auf dem Rücken. Seit dreizehn Uhr fuhr Adolf ziellos durch die Stadt und überlegte fieberhaft, was er mit der Leiche im Kofferraum machen sollte. Erst nahm er sich vor, sie später zurück zu Hanni zu bringen und wieder in die Tiefkühltruhe zu verfrachten. Die Polizei würde das Haus bestimmt kein zweites Mal durchsuchen. Dann dachte er an den Jungen mit den ernsten Augen. Nein, er musste sich eine andere Lösung einfallen lassen.

Ohne es zu merken, fuhr er seine Busstrecke. Es fiel ihm erst auf, als er automatisch an einer Haltestelle hielt, um zwei alte Frauen mit vollen Einkaufstaschen einsteigen zu lassen. Die beiden bedachten ihn mit misstrauischen Blicken und wichen zurück. »Wenn ihr wüsstet, was ich im Kofferraum habe«, sagte er halblaut zu sich selbst, blinkte, reihte sich ein und ließ sich im Fließverkehr treiben. Umgeben von Autos konnte er am besten nachdenken. Der See! Er könnte den Toten im Wolfenreither See versenken. Doch früher oder später würde Dirk dort wieder auftauchen, aufgedunsen und von Fischen angefressen. Adolf sah die Schlagzeile im Bezirksblatt vor sich: *Wasserleiche im Badesee – Mord aus Eifersucht?*

Schließlich musste er sich eingestehen, dass er keinerlei

Erfahrung mit der fachgerechten Entsorgung von Leichen hatte. Er konnte nicht den ganzen Nachmittag in der Stadt herumkurven, sonst wäre der Tank bald leer. An den Tankstellen kannte man ihn, weil er dort regelmäßig Mutters Lottoscheine aufgab und die Illustrierten mit den bunten Bildern aus den Königshäusern Europas für sie kaufte. Außerdem hatte man ihm im Gefängnis seine Geldbörse und die Bankomatkarte abgenommen.

Ich muss zu Dunja, dachte er, als er an einer roten Ampel hielt. Er hatte zwar keine Ahnung, wie er sein Problem zur Sprache bringen sollte. Trotzdem wusste er, dass sie die richtige Adresse war.

Adolf parkte im Schatten der großen Linde schräg gegenüber der Wohnhausanlage. Er hoffte inständig, dass Dirk nicht allzu schnell auftauen würde. Zwei Stunden blieben ihm noch, bis Erwin von der Arbeit zurückkam. Er sah sich kurz um und lief dann dicht an der Hauswand entlang auf den Hofeingang zu. Auf Höhe der Wäscheleine stürmte ihm Samira mit ausgebreiteten Armen und fliegenden Zöpfen entgegen.

»Adolf! Adolf!«, juchzte sie und schlang die Arme um seine Hüfte. »Mein Papa sagt, du bist im Gefängnis.«

Er durfte auf keinen Fall mitten im Innenhof stehen bleiben. »Ich bin denen entwischt«, flüsterte er und zwinkerte dem Mädchen zu. »Das darfst du aber niemandem verraten. Auch nicht Achmed.«

Sie sah ihn mit kugelrunden Augen an.

»Versprichst du mir das?«

Samira nickte. Er beugte sich zu ihr hinunter. »Ich muss jetzt schnell weg.«

Sie schien beeindruckt. Winkte ihm mit der rechten Hand und legte den Zeigefinger der linken an die Lippen.

Zum Glück stand die Eingangstür offen, sodass Adolf unbemerkt die Treppen hinaufeilen und bei Dunja Sturm klingeln konnte. Sie riss die Tür so schwungvoll auf, dass er sofort in ihren Vorraum stolperte. Ihre Lippen glänzten, ein Teil ihrer Haare war in Alufolie gewickelt. Als er auf sie zukam, verzog sie das Gesicht.

»Du stinkst, Herr Chauffeur!«

Er zuckte mit den Schultern. »Ich laufe ja auch seit heute Nacht in der Arbeitskleidung deines Cousins herum.«

Ein lautes Krachen ließ ihn zusammenfahren. Aus dem Raum, der rechts vom Flur abging, drangen Schüsse und Schreie. Entsetzt wollte Adolf aus der Wohnung fliehen, aber Dunja hielt ihn am Ärmel fest.

»Ist nur Armin mit seine blöden Ballerspiele. Geht den ganzen Tag so.«

»Er darf mich nicht sehen«, beschwor er sie.

»Armin sieht niemanden.« Dunja hob resigniert die Schultern. »Ich könnte Wohnung anzünden – er würde nicht bemerken.«

Sie verschwand in einem Zimmer am Ende des Flurs und kam mit einem Stapel Kleider zurück.

»Zieh dreckiges Zeug aus«, befahl sie. »Ich mache uns Kaffee.«

Mit diesen Worten drückte sie ihm die Kleider in die Hand und schob ihn in ein dunkles Badezimmer, wo es süß nach Parfum und scharf nach Ammoniak roch. Wenig später trat Adolf in einer grauen Jogginghose und einem schwarzen T-Shirt, auf dessen Brust ein Bullterrier prangte, in die Küche. Auf dem Tisch standen zwei dampfende Kaffeetassen. Dunja saß mit dem Rücken an die violette Wand gelehnt auf einem Hocker und rauchte.

»Ich brauche deinen Rat«, begann Adolf.

Sie blies einen Rauchkringel aus und sah zu, wie er an die Decke stieg. »Erzähl.«

»Es geht um Dirk.« Er räusperte sich.

Dunja, die gerade die Asche ihrer Zigarette im Aschenbecher abstreifen wollte, hielt inne.

»Du hast Dirk gefunden?« Sie klatschte in die Hände, dass die Asche auf den Tisch fiel. »Das ist ja super. Dann sie müssen dich freilassen.«

Er trat von einem Bein aufs andere und schwieg.

»Wo ist er?« Sie beugte sich erwartungsvoll vor.

»Im Kofferraum von Jovans Wagen«, antwortete Adolf.

Einige Sekunden war es totenstill in der verrauchten Küche. Nur aus Armins Zimmer drangen weiter gedämpfte Gewehrsalven. Dunja drückte die halb gerauchte Zigarette aus und drehte an einer der in Alufolie gewickelten Haarsträhnen. Dann griff sie nach der Zigarettenpackung und fischte sich eine neue Zigarette heraus.

»Was ist passiert?«, fragte sie.

Er zuckte hilflos mit den Schultern. Sie schob die Zigarette zwischen die Lippen und studierte sein Gesicht.

»Manche Dinge passieren eben«, murmelte er.

Dunja nahm die Zigarette wieder aus dem Mund.

»Das warst doch nicht du.«

Ihr blau gerahmter Blick war ihm unheimlich. Er konnte spüren, wie sie sein Inneres abtastete, wie sie ihn durchschaute.

»Hat also deine Hanni ihr Mann umgebracht.« Mit einem leisen Klicken entfachte sie das Feuer.

»So einfach ist das nicht«, protestierte er, obwohl er doch wusste, dass es genau so einfach war.

»Warum hast du nicht gleich gesagt?«

Adolf war erstaunt über ihre Gelassenheit. *Sie muss im Krieg in ihrer Heimat einiges erlebt haben*, schoss es ihm durch den Kopf.

»Das ist ja nichts, was man herumerzählt«, sagte er und trank einen Schluck von Dunjas starkem Kaffee.

»Wir müssen irgendwo vergraben«, meinte sie und griff ebenfalls nach ihrer Tasse. Wir – sie war also auf seiner Seite. Eine unendliche Erleichterung machte sich in ihm breit.

Dunja trommelte mit ihren blutroten Nägeln auf den Tisch. »Gibt zwei Möglichkeiten.« Sie fixierte Adolf. Ihm war nie aufgefallen, dass ihre Iris fast so dunkel wie die Pupillen war.

»Du sagst denen einfach, was passiert ist. Dass sie war, die ihn umgelegt hat, und nicht du.«

Adolf trank seine Tasse leer und stellte sie ab.

»Nein. Das darf auf keinen Fall herauskommen.« Er dachte an Hanni im Bus. Die Knie am Vordersitz abgestützt, wandte sie ihm den Kopf zu und kicherte.

»Wenn wir toten Dirk so verstecken, dass keiner findet, dann musst du im Gefängnis bleiben. Niemand weiß, wie lang.«

Adolf dachte an Hannis Küsse, die über seine Brust flatterten. An ihre Kirschenzunge an seinem Hals.

»Hast du gut überlegt?«

Er spürte, wie Hanni sich an ihn schmiegte, ihre Haut warm von der Sonne. Der Geruch von Lavendel stieg ihm in die Nase. Adolf nickte.

»Ist dir die Frau das wirklich wert?« Dunja gab nicht so leicht auf.

Hatte Hanni ihn nur benutzt? Er zögerte. Da tauchte der Junge in seinem Kopf auf. Er stand in der Zimmertür mit furchtsamen Augen. Es waren Adolfs Augen. Es war seine Angst.

Er nickte. »Ja«, sagte er, »das ist es mir wert.«

Dunja schenkte ihm Kaffee nach. Der Blick, mit dem sie ihn dabei bedachte, war voller Bewunderung.

72

Der würzige Geruch der Lavendelsträucher dämpfte die Übelkeit. Helga Zenz saß auf der Terrasse im Schatten eines Sonnensegels und atmete die ätherischen Öle, die das silbrige Laub verströmte, ein. Sie ertrug das hektische Hin- und Herlaufen ihrer Kollegen nicht. Ihre schweren Schritte auf der Treppe. Das Hecheln der Hunde. Die Göttin der Jagd hatte sofort bemerkt, dass es Helga nicht gut ging. Hatte ihr ein großes Glas Wasser mit einer Zitronenscheibe gebracht. Jetzt saß Frau Brandstätter neben ihr auf der langen Holzbank und schaute hinunter auf die Dächer der Stadt. Falls sie nervös oder traurig war, ließ sie es sich nicht anmerken.

»Denken Sie, er ist hier irgendwo?«, fragte sie, ohne Helga anzusehen.

»Bei einem Gutteil der Verschwundenen handelt es sich um einen Suizid. Deshalb sind wir angehalten, Haus und Garten zu durchsuchen«, erklärte Helga und nippte an ihrem Zitronenwasser. »Im Fall Ihres Mannes deutet zwar nichts darauf hin, dennoch müssen wir ausschließen, dass sich seine sterblichen Überreste irgendwo auf dem Grundstück befinden.«

Da wandte sich die Artemis vom Ausblick über das Land ab.

»Ihre Kollegen denken doch, ich hätte ihn umgebracht.«

Das war keine Frage, das war eine Feststellung. Helga spürte die Augen eines Falken auf ihrem müden, verquollenen Gesicht. Sie wollte erwidern, dass es sich hier um reine Routine handelte. Dass eine gründliche Durchsuchung meist schon viel früher durchgeführt wurde. Doch sie war einfach zu erschöpft dazu.

»Das kann schon sein«, murmelte sie stattdessen, obwohl sie so etwas gar nicht sagen sollte.

»Was denken *Sie*?«, fragte Frau Brandstätter.

Helga trank noch einen Schluck. Das Wasser kühlte ihre Kehle, das Zitronenaroma tat ihr gut. Ja, was dachte sie selbst eigentlich?

Sie war davon ausgegangen, dass Brandstätter eine Affäre hatte. Doch deshalb verschwand niemand für mehrere Wochen. Vor allem nicht ohne jedes Lebenszeichen. Ohne seine Bankomatkarte, seine Kreditkarte oder sein Handy zu benutzen. Ohne Geld. Ohne Pass. Ohne Auto. Nein, der Mann war tot. Wenn er einen Unfall gehabt hätte, wäre seine Leiche längst aufgetaucht. Nach einem Selbstmord ebenso.

Blieb nur noch Mord. Nach dem, was sie wussten, hatte seine Gattin ihn betrogen, nicht umgekehrt. Alle Fakten deuteten darauf hin, dass dieser Schweiger seinen Konkurrenten beseitigt hatte. Aber daran konnte sie nicht so recht glauben. Helga hob den Kopf und musterte die Frau, die aufrecht neben ihr auf der Bank saß. Sie erschrak so heftig, dass sie beinahe das Glas fallen ließ. Ohne Vorwarnung traf sie der gelbe Blick einer Wölfin. Die Augen eines Luchses. Der Blick einer Eule. Sie spürte Zähne und Klauen, schnelle Läufe, kraftvolle Schwingen. Hoch über ihr der Rüttelflug eines Falken. Zu ihren Füßen das blitzschnelle Zustoßen einer Schlange.

Auf einmal begriff Helga: Diese Frau hatte ihren Mann getötet.

Bevor sie jedoch einen klaren Gedanken fassen konnte, zog sich das Raubtier in die Deckung zurück. Laub raschelte. Ein Ast knackte. Die Jägerin war im Dickicht verschwunden.

Frau Brandstätter schaute über den Garten hinweg, wo die Beamten mit Suchhunden im Kreis liefen, in den blauen Dunst am Horizont. Helga wollte etwas sagen, aber sie konnte nicht. Wie Balsam legte sich der Duft von Lavendel, der Geschmack von Zitrone auf ihre ausgetrockneten Schleimhäute, auf ihre müden Lider. Auf ihre schmerzenden Schläfen. Auf ihre erschöpfte Seele. Sie atmete ein und aus. Und schwieg.

Sascha Sackmeier kam mit zwei Kollegen von der Hundestaffel auf die Terrasse.

»Wir wären dann so weit. Nichts Auffälliges.« Er wirkte enttäuscht und kaute heftig auf seinem Kaugummi herum.

»Im Keller stinkt es so penetrant nach Benzin, dass wir die Hunde zurückpfeifen mussten«, meldete der junge Hundeführer.

»Das ist meine Schuld«, sagte Frau Brandstätter ruhig.

»Inwiefern?«, fragte Sackmeier eifrig.

»Mein Sohn wollte mit dem Benzin des Reservekanisters den Rasenmäher tanken. Damit sein Papa gleich mähen kann, wenn er nach Hause kommt.« Sie schluckte und senkte den Kopf. »Dabei ist es doch ein Akkumäher. Lukas weiß das. Aber …« Sie verbarg ihr Gesicht in den Händen. »Den ganzen Kanister hat er über dem Mähroboter ausgeleert … Ich muss besser auf die beiden aufpassen.«

Sascha Sackmeier legte ihr die Hand auf die Schulter.

»Das ist momentan nicht leicht für Ihre Kinder«, sagte

er freundlich. »Wir sind jetzt hier fertig, Frau Brandstätter. Wir werden Sie nicht weiter belästigen.«

Er winkte den Kollegen von der Hundestaffel zu, rief die Beamten im Haus zu sich. Ein letztes Mal trampelten sie mit schweren Schritten durch das lichtdurchflutete Haus und stiegen dann in ihre Dienstfahrzeuge. Helga erhob sich. Sie gab Hannelore Brandstätter das leere Wasserglas mit der Zitronenscheibe zurück. Die Göttin der Jagd umschloss es mit ihren schlanken Fingern. Hob das Kinn und zeigte ihre weißen Schneidezähne. Für einen Moment sah Helga erneut die Kraft in ihren Augen. Entschlossenheit, Ausdauer und Schnelligkeit. *Sie weiß, dass ich es weiß*, erkannte sie. *Und dass ich ihr nichts beweisen kann.*

73

»Wir brauchen ein saubere Lösung.«

Dunja hatte einen Teller mit Schnitten und Schokokeksen auf den Tisch gestellt, doch niemand rührte ihn an.

»Vergraben fällt weg. Kommen erst Wildschweine, dann Pilzesammler. Gibt ein großes Geschrei.«

»Was ist mit dem Wolfenreither See?«, fragte Adolf und kam sich vor wie in einem schlechten Film. Er saß in Joggingkleidung in der Küche seiner Nachbarin und diskutierte die Vor- und Nachteile der verschiedenen Methoden der Leichenentsorgung.

Dunja zog an ihrer Zigarette. »Zu unsicher. Bläht sich auf und kommt wieder nach oben.«

Adolf verzog angeekelt das Gesicht.

»Sind immer wieder Taucher, die was erforschen Fische und Pflanzen. Hab ich im Bezirksblatt gelesen.«

Er massierte seine Schläfen. Vom vielen Kaffee hatte er Kopfschmerzen. Da kam ihm eine Idee.

»Hast du eine Tiefkühltruhe?«

Dunja sah ihn entrüstet an. »Ein Toter kommt mir nicht in die Haus. Kann ich nicht mehr schlafen, wenn der zwischen meine Cevapcici liegt.«

Sie hatte ja recht. Die Vorstellung, dass Dirk die nächsten Jahre tiefgefroren ein Stockwerk unter Mutters Wohnung aufgebahrt läge, war alles andere als verlockend.

»Lange können wir nicht warten«, drängte Dunja, als er schwieg. »Ist viel zu warm im Auto. Spätestens übermorgen fängt an zu stinken.«

Sie hörten einen Schlüssel in der Wohnungstür und sahen sich erschrocken an. Erwin! Ihn hatten sie ganz vergessen. Schon durchquerten schwere Schritte den Flur.

»Ganz ruhig«, flüsterte Dunja, »ich mache das.«

Die Küchentür wurde aufgerissen, Erwin Feichtinger kam herein und steuerte direkt den Kühlschrank an. Mitten in der Bewegung hielt er inne und starrte Adolf an.

»Was zur Hölle ...!«

»Schuhe ausziehen, Schnuffi«, wies Dunja ihn zurecht. »Wie oft ich hab dir schon gesagt, dass du beim Heimkommen gleich Hausschuhe anziehen sollst.«

Schnuffi. Adolf unterdrückte ein Lachen.

Der bullige Mann deutete mit dem Finger auf ihn. »Was macht der in unserer Wohnung?«, schnaufte er. »Der hat mein T-Shirt an.«

»War kleiner Unfall«, flötete Dunja. »War er ganz nass. Hab ich ihm eben deine Sachen geborgt.«

Adolf sah, wie es in Feichtingers Gehirn arbeitete. Seine Kaumuskeln malmten, und unter seinem rechten Auge zuckte es.

»Sag mal, sitzt der nicht im Bau?«, fragte er, ohne den Blick von Adolf zu lösen.

»Hat Ausgang für Wochenende«, erwiderte Dunja. »Hat schöne Grüße von Jovan mitgebracht. Setz dich nieder. Mache ich Essen warm.«

Erwin musterte Adolf misstrauisch. Dann zog er sein Arbeitshemd aus und hängte es über die Stuhllehne. Er ließ die Muskeln seiner tätowierten Oberarme spielen.

»Sitz, Schnuffi«, wiederholte Dunja mit Nachdruck.

Tatsächlich gehorchte er ihr wie ein Kampfhund seinem Frauchen und ließ sich auf den Stuhl fallen.

Sie holte ein Plastikbehältnis aus dem Kühlschrank und stellte es in die Mikrowelle. Es piepte, als sie den Timer startete, und der Glasteller im Inneren des Geräts begann sich zu drehen. Adolf rückte möglichst unauffällig ein wenig von Erwin ab. Nur eine Armlänge von seinem unberechenbaren Nachbarn entfernt, konnte er sich nicht entspannen. Am liebsten hätte er die Wohnung verlassen, doch wo sollte er hingehen? Außerdem hatten sie noch keine Lösung für Dirk gefunden. Dunja hatte recht, im warmen Kofferraum konnte der Tote nicht länger bleiben.

Erwin lehnte sich so plötzlich vor, dass der Tisch wackelte. Sein lautes Schnaufen erinnerte tatsächlich an das Hecheln eines Bullterriers. Er glotzte Adolf unverwandt an.

»Was gibt's Neues in Sonnleiten?«, fragte er und ließ seine Nackenmuskulatur knacken. Soweit Adolf wusste, war Erwin mehrmals wegen Vandalismus festgenommen worden. Er hatte die Schaufenster des Beratungszentrums für Homosexuelle eingeschlagen und die Wände des Vereinslokals der kommunistischen Partei mit faschistischen Symbolen beschmiert. Als er vor ein paar Jahren rechtsradikale Parolen in den sozialen Medien verbreitet hatte, hatte Dunja so laut geschimpft, dass Adolfs Mutter die Polizei hatte rufen wollen. Die war jedoch bereits im Haus gewesen, um Erwin Feichtinger mitzunehmen.

»Alles beim Alten«, murmelte Adolf, der von der JVA nicht recht viel mehr als seine Zelle gesehen hatte. Doch er wollte Erwin nicht reizen.

Dunja stellte drei kleine Gläser auf den Tisch und nahm eine Flasche Schnaps aus dem Schrank. »Sliwowitz von meine Oma«, erklärte sie mit einem feierlichen Gesichtsausdruck. »Hilft gegen alles.«

Sie füllte die Schnapsgläser randvoll und zwinkerte Adolf zu. »Können wir heute gut gebrauchen.«

Zum ersten Mal, seit er Dunja kannte, wehrte er sich nicht gegen das Allheilmittel ihrer verstorbenen Großmutter. Dunja und Erwin hoben die Gläser und leerten sie in einem Zug. Adolf tat es ihnen nach kurzem Zögern gleich. Der Schnaps brannte in seiner Kehle. Er musste ein paar Mal husten, dann breitete sich eine angenehme Wärme in seiner Brust aus. Zu seiner Rechten saß Erwin Feichtinger und schaufelte ein undefinierbares Gericht, das Fleisch und Nudeln enthielt, in sich hinein. Zu seiner Linken saß Dunja und rauchte.

Mühselig war es, das Leben in Freiheit, mit all seinen Höhen und Tiefen. Und trotzdem war es tausendmal besser als die gleichförmige Leere in der Zelle. Das wurde Adolf bewusst, als er eingeklemmt zwischen seiner qualmenden Nachbarin und ihrem schmatzenden Ehemann saß.

Erwin leckte seine Teller sauber wie ein Hund seinen Napf. Dann schlug er mit den flachen Händen auf den Tisch, dass die Gläser klirrten.

»Ich geh duschen.« Er erhob sich und zeigte mit seinem Wurstfinger auf Adolf. »Und Hände weg von meiner Frau!«

Damit polterte er aus der Küche.

Kaum hatte er die Tür hinter sich zugezogen, beugte sich Dunja zu Adolf hinüber.

»Ist Wundermittel, das Schnaps von meine Oma«, raunte sie. »Genau in die Moment, wo ich getrunken habe, ist mir perfekte Lösung eingefallen für Hannis

Mann.« Sie hob die Flasche mit der klaren Flüssigkeit hoch und küsste sie überschwänglich. Dann steckte sie sich eine neue Zigarette an. Adolf wartete gespannt.

»Pass auf«, sie rückte ihren Stuhl ein wenig näher an seinen heran, »habe ich Cousin, der arbeitet in Müllverbrennung.« Dunja nahm einen Zug von ihrer Zigarette.

»Und was erzählst du diesem Cousin?«, fragte Adolf skeptisch.

»Na, dass Leiche muss weg.«

Als sie seinen alarmierten Blick bemerkte, lachte sie.

»Milan schuldet mir noch Gefallen. Er wird einfach machen, was ich sage, und keine Fragen stellen.«

Sie nahm ihr Handy, tippte kurz darauf herum und hielt es an ihr Ohr.

»*Zdravo, Milane, ja sam, Dunja*«, rief sie, sprang auf und begann, in der Küche auf und ab zu laufen. Einige Minuten lang redete sie laut und gestikulierte dabei wild. Es klang wie ein Streitgespräch, doch bei Dunja und ihren Verwandten war man sich da nie ganz sicher.

Adolf betrachtete ihren erdbeerroten Lippenabdruck auf der Schnapsflasche. Er wollte lieber nicht wissen, was für Gefallen es waren, die Dunjas zahlreiche Cousins so gefügig machten.

Zwei Zigaretten später beendete sie das Gespräch: »*Hvala Milane, poljubac!*«

Durch die Rauchschwaden, die in der violetten Küche hingen, konnte er sehen, wie sie ihren Daumen hob.

»Lässt du Auto über Nacht hier. Milan regelt die Sache.«

74

Wilde Astern leuchteten in der Abendsonne, als der Bus die Hügel hinter Merk erklomm. Hannis Haus zu seiner Linken sah friedlich aus. Wie ein Kieselstein in einem Bachbett umspült vom Grün des Gartens. Dunjas Sonnenhut tief ins Gesicht gezogen, sah Adolf zu den Staren auf, die sich zu Hunderten auf den Hochspannungsleitungen niedergelassen hatten. Dunja hatte ihm angeboten, auf ihrer Wohnzimmercouch zu übernachten, was er dankend abgelehnt hatte. Heute Nacht wollte er die Sterne sehen, bevor er in den frühen Morgenstunden in die JVA zurückkehren würde. Sie hatte es sich nicht nehmen lassen, ihm zwei Salamibrote, zwei Dosen Bier und eine warme Decke einzupacken.

»Kann ich dich bringen«, hatte sie ihn gedrängt, »ist zu riskant mit Bus.« Doch er hatte eine Sehnsucht nach einer Busfahrt verspürt, die sich mit Worten kaum beschreiben ließ.

Als der Bus schließlich in die Haltestelle eingefahren war, hatte Adolfs Herzschlag sich beschleunigt. Mit Hut und Sonnenbrille war er eingestiegen und hatte unerkannt beim jungen Kollegen ein Ticket gekauft. Um diese Uhrzeit war der Bus fast leer gewesen. Ganz hinten saß eine Gruppe junger Männer und unterhielt sich in einer Sprache, die er nicht verstand. Eine schöne Sprache, wie ein sanfter Singsang, begleitet von Lachen. Traktoren zogen Anhänger beladen mit erdigen Kartoffeln und rotwangigen Äpfeln vorbei. Eine Gruppe Rehe durchquerte mit hektischen Sprüngen ein Futterrübenfeld.

An der Haltestelle am Wolfenreither See stieg Adolf aus. Der Kiosk hatte mit Ende der Sommerferien geschlossen. Wer jetzt noch zum Schwimmen kam, brachte seine Verpflegung selbst mit. Anfang September, kurz vor Sonnenuntergang, war es hier menschenleer. Pappbecher, Bonbonpapier und eine zurückgelassene Schwimmbrille erzählten noch von den langen heißen Badetagen. Vor dem Tor zur Bootsvermietung hing eine Kette mit einem Schloss.

Er ging hinunter ans Ufer, wo ihn das Wasser mit einem leisen Schmatzen begrüßte. Das Abendlicht tauchte den See in tiefes Grün. Der Wind kräuselte die Wasseroberfläche. Jetzt, wo sie nicht durch Badende gestört wurden, hatten sich viele Wasservögel eingefunden. Verschiedene Entenarten, Haubentaucher, Schwäne. Drüben, wo tagsüber die Angler saßen, stand ein Graureiher auf einem Bein.

Adolf zog die Schuhe aus und folgte der geschwungenen Linie, wo das Wasser auf das Land traf. Kühler Schlamm. Sonnenwarme Steine. Hin und wieder blieb er stehen und hob einen feuchten Kiesel auf. Betrachtete ihn eine Weile, strich mit der Hand über die glatte, glänzende Oberfläche und warf ihn dann hinaus in den See.

Am Anglersteg angekommen, sah er sich die kleinen Fischerboote an, die hier vertäut lagen. Er entschied sich für das vorderste, weil sein Besitzer die Ruder im Boot gelassen hatte. Kurz entschlossen setzte er sich auf die Holzplanken und kletterte in den Kahn. Das Boot schwankte, als er den Knoten im rauen Seil löste. Vorsichtig ließ er sich auf der Bank nieder und nahm die Ruder zur Hand. Bisher hatte stets Hanni das Rudern übernommen. Heute war er allein. Er tauchte die Ruderblätter ins Wasser und bewegte die Arme. Der Bug des Bootes krachte gegen den Steg. Falsche Richtung! Er zog die Holzstangen an seinen Bauch, drehte die Blätter flach und schob die Hände von seinem Körper weg. Tatsächlich glitt das Boot rückwärts hinaus in den See.

Es war gar nicht so einfach, es zu lenken. Weil er die Arme nicht synchron bewegte, machte es eine Kurve nach links. Sobald er ein Ruder still hielt, rotierte der Kahn um die eigene Achse. Er schwitzte und fluchte, gondelte kreuz und quer übers Wasser.

Die untergehende Sonne tauchte den See bereits in helles Orangerot, als es ihm endlich gelang, das Wilde Ufer anzusteuern. Der harzige Duft der Föhren schlug ihm entgegen. Noch bevor er das Land erreichte, saß das Boot am Grund auf. Mit langsamen Bewegungen zog Adolf Erwins Jogginghose aus. Er wickelte Schuhe, Socken, Hose und seinen Proviant in Dunjas Decke. Den Hut und die Sonnenbrille ließ er im Boot liegen. Dann hob er ein Bein über die Seitenwand und stieg ins Wasser. Es war kalt und reichte ihm bis über die Knie. Mit angehaltenem Atem zog er das Boot noch einen Meter weiter zum Ufer hinauf. Dort entdeckte er eine Wurzel, die aus dem Boden herausragte, und band es daran fest.

Ein spitzer Stein bohrte sich in seine Fußsohle, als er an Land kletterte. Er bahnte sich einen Weg durchs Unterholz. Griff in Brennnesseln und trat auf Föhrennadeln. Schließlich erreichte er den flachen Felsen, auf dem er mit Hanni am Anfang dieses Sommers gepicknickt hatte. Er breitete die Decke aus und ließ sich darauf nieder. Die

Sonne war bereits in den See getaucht und hatte ihn in glühende Lava verwandelt. Der Himmel leuchtete in tiefem Pink. Über seinem Kopf jagten Fledermäuse Mücken und Nachtfalter.

Mit Einbruch der Dunkelheit war es empfindlich kühl geworden. Adolf zog seine Socken und Erwins Hose wieder an. Er wollte sich gerade auf den Rücken legen und auf die Sterne warten, als er ein Rascheln hinter sich im Gebüsch hörte. Vielleicht ein Hase? Ein Reh? Ein größeres Tier bewegte sich ganz in seiner Nähe durchs Dickicht. Er lauschte. In der Ferne rief ein Waldkauz sein zittriges *Huh* in die Nacht.

Da war es wieder – schnelle Schritte direkt hinter seinem Rücken. Er fuhr herum. Etwas Großes, Helles huschte vorbei. Verschwand hinter dem Stamm einer Eiche. Was war das? Für ein Reh oder einen Hund war es eindeutig zu groß. Adolf spürte ein Prickeln im Nacken und auf der Kopfhaut. So leise wie möglich stand er auf. Hob einen Ast vom Boden auf und schlich auf Socken näher an den Baum heran. Ein Schnuppern. Das Tier sog die Luft durch die Nüstern ein. Es witterte ihn! Sein Herz klopfte heftig. Sollte er umkehren und zum Boot laufen? Entschlossen machte er einen Schritt auf die Eiche zu. Da ertönte ein heiseres Knurren, das ihm durch Mark und Bein ging. Adolf spürte, wie sich die Härchen an seinen Armen aufstellten. Doch so einfach würde er sich nicht vertreiben lassen. Er hob den Ast und umrundete den Baumstamm.

Dahinter stand, Gesicht und Brust an die rissige Rinde gedrückt, die Knopffrau. Sie zitterte am ganzen Körper und gab ein lang gezogenes Fauchen von sich.

Adolf ließ den Ast sinken.

»Emilia, ich bin's nur!«

Langsam sah sie über die Schulter zu ihm. Hinter wirrem Haar sah er das Weiß ihrer Augen aufflackern. Jetzt erst schien Emilia ihn zu erkennen. Sie ließ den Baum los und wandte sich zu ihm um. »Du bist gekommen, um mir Lebewohl zu sagen.«

Adolf fragte sich, wie sie ans Wilde Ufer gelangt war. Sie musste geschwommen sein. Kein Wunder, dass sie seit Wochen niemand mehr gesehen hatte.

»Ich schau mir die Sterne an«, sagte er. »Leisten Sie mir Gesellschaft?«

Er warf den Stock ins Gebüsch und kehrte zu seinem Sitzplatz auf dem flachen Felsen zurück. Die Knopffrau folgte ihm. Als er sich auf Dunjas Decke niederließ, kauerte sie sich in sicherer Entfernung neben ihn auf den Boden. Hinter dem Wald stieg ein großer gelber Erntemond empor. Hoch über ihnen funkelten bereits einige Sterne.

»Sie sind meine Freunde«, wisperte sie, zog die Beine an den Körper und umschlang ihre Knie mit beiden Armen. »Die Sterne sehen mir zu, jede Nacht. Sie wollen nichts von mir. Sie lassen mich sein. Ich mag ihr kühles Licht.«

Adolf griff nach den Broten, die Dunja in Alufolie gewickelt hatte. Er packte sie aus, beugte sich weit vor und reichte Emilia eines. Ein kehliger Laut entfuhr ihr, als sie das Salamibrot an sich riss. Mit einer schnellen Drehung kehrte sie ihm den filzigen Rücken zu und verschlang es mit wenigen Bissen. Sie musste seit Tagen nichts Ordentliches gegessen haben. Solange der Kiosk offen und die Liegewiese im Sommer gut besucht gewesen waren, fielen am See bestimmt eine Menge Essensreste an. Jetzt sah es diesbezüglich mager aus. Obwohl Adolf selbst hungrig war, teilte er das zweite Brot. Die Aussicht auf einen weiteren Happen nahm Emilia die Scheu. Sie rückte näher an ihn heran, und er gab ihr die Hälfte.

»Wieso sind Sie hier?«, fragte er kauend. In der Stadt gab es ein größeres Nahrungsangebot und mehr Unterschlupfmöglichkeiten.

»Er ist gekommen.« Sie starrte ihn mit aufgerissenen Augen an. »Er hat mich aufgespürt. Da bin ich weggelaufen. Er wollte mich holen.«

Was machte ihr nur solche Angst?

»Wer?«

»Alle kennen ihn. Alle mögen ihn.« Sie fletschte die Zähne. »Mir hat er die Flügel gebrochen. Viele Jahre hat er mich eingesperrt. Er ist der Teufel!«

Ihre Worte jagten ihm einen Schauer über den Rücken. Die Knopffrau war verwirrt. Das durfte er nicht vergessen.

Er holte die Bierdosen hervor, öffnete beide mit einem Zischen, das Emilia zusammenzucken ließ, und hielt ihr die eine Dose hin. Sie saßen Seite an Seite auf der Decke, schlürften ihr Bier und schauten auf den dunklen See hinaus, in dem sich der Vollmond spiegelte. Die Grillen zirpten. Es roch nach Kiefernnadeln, nach Harz, nach Wasserpflanzen und ein wenig nach der Knopffrau. Auf lautlosen Schwingen glitt eine Eule aus dem Wald, hinüber zum anderen Ufer. Obwohl er es gar nicht vorgehabt hatte, begann Adolf zu erzählen. Er erzählte von seinem Vater im Rollstuhl. Vom Fernseher, der den ganzen Tag lief. Vom Schnaps und vom Besenstiel. Er erzählte von seiner abwesenden Mutter, die spätabends müde nach Hause kam, mit hängenden Mundwinkeln und rauen Händen. Die Ringelblumensalbe auf seine blauen Flecken rieb und ihm Schnitten zusteckte. Er erzählte vom Aushalten. Vom Luftanhalten. Vom Durchhalten. Vom Müssen.

Er erzählte von Hanni. Von ihrem Lachen. Von ihrer Wildheit und ihrer Klugheit. Davon, wie sie all das Furchtbare einfach weglachen konnte. Wie sie Busse zum Stehen brachte, in schwindelnder Höhe Kirschen pflückte, wie sie Doppelkekse teilte.

Er berichtete von all den Jahren mit Mutter. Von der Stille. Vom Brummen des Kühlschranks. Von der schwarzen Erde und von den grellen Primeln auf Vaters Grab. Davon, wie er Hanni wiedergetroffen hatte. Von ihren Händen, von ihren tiefroten Kirschenküssen.

»Sie hat ihren Mann ermordet, Emilia. Einfach so.«

Die Knopffrau schaute auf den See hinaus und lächelte.

Er erzählte von seinem Entsetzen. Von seinem Ekel. Von Mutters Schweigen. Von den Fliegen. Vom Gefängnis. Von der Leere. Vom Nichts. Wie er geflohen war. Von dem Jungen. Und davon, wie er nach all den Jahren seinen Vater geschultert und aus dem Haus getragen hatte.

Adolf redete und redete. Die Knopffrau schaukelte ihren Oberkörper vor und zurück und hörte ihm zu. Dabei saugte sie an ihrer Bierdose wie ein Jungtier an der Zitze seiner Mutter. Über ihnen flimmerte die Milchstraße.

Als er müde wurde, legte er sich auf die Decke. Neben ihm wiegte sich Emilia hin und her und sang ein französisches Lied. Ihre Stimme war hell – durchdringend und wehmütig wie eine Klarinette. Irgendwo im Unterholz blinkte ein verspätetes Glühwürmchen.

Er erwachte, weil er am ganzen Körper fror. Hoch über ihm stand blass der Mond. Adolf setzte sich auf und sah sich um. Emilia war verschwunden. Er rief nach ihr. Keine Antwort. Nur die leere Bierdose lag noch auf der Decke. Hatte er das alles etwa nur geträumt?

Adolf rieb sich die Augen und zog das Handy aus seinem Hosenbund. Kurz vor zwei. Um vier Uhr sollte er wieder bei Dunja sein. Dann hätte Milan »Sache erledigt«, wie sie es nannte. Er schauderte. Kurz entschlossen wählte er Bertls Nummer. Seit es Mobiltelefone gab, hatte sein Kollege seine Telefonnummer nicht geändert, sodass Adolf sie auswendig kannte. Es war spät für einen Anruf, doch der Bus-Bertl nahm es ihm nicht übel, dass er ihn aus dem Schlaf gerissen hatte.

»Ich dachte schon, du meldest dich gar nicht!«, gähnte er und versprach, in einer halben Stunde bei der Bushaltestelle am See zu sein. Adolf faltete die Decke zusammen und rief noch einmal nach der Knopffrau. Sie blieb wie vom Erdboden verschluckt.

Er bahnte sich einen Weg durchs Dickicht. Tastete sich durch die Dunkelheit. Blieb an Zweigen hängen, stolperte über Baumstümpfe. Brombeerranken zerkratzten seine Arme. Am Ufer zog er Schuhe und Hose aus und löste den Knoten im Seil. Dann watete er zum Boot, schob den Kahn in den See hinaus und kletterte hinein. Das Rudern fiel ihm diesmal schon leichter. Als er über das nachtschwarze Wasser glitt, fragte er sich, ob er jemals wieder hierherkommen konnte. Er spürte ein Ziehen in der Brust und schob den Gedanken rasch beiseite. Noch war er frei. Später, in seiner Zelle, würde ihm genug Zeit zum Nachdenken bleiben. Er vertäute das kleine Fischerboot ganz vorne am Anglersteg, wo er es gefunden hatte.

75

Der Bus-Bertl wartete bereits auf der Bank an der Haltestelle, eine Apfelsaftflasche in der Hand. »Wie läuft es mit der Wahrheitsfindung?«, erkundigte er sich, als Adolf sich neben ihn setzte.

»Ganz gut«, murmelte Adolf. Er hatte beschlossen, vorerst nichts von Dirks Leiche zu erwähnen. Vielleicht würde er Bertl irgendwann einmal alles erzählen. Noch konnte er sich nicht dazu durchringen. Noch war alles zu frisch. Momentan wusste er selbst noch nicht, was er von Hanni denken sollte.

»Heute früh gehe ich zurück«, sagte er stattdessen.

Der Bus-Bertl schluckte einen Mundvoll Apfelsaft hinunter. »Wohin?«

»In die JVA.«

Sein Kollege schüttelte den Kopf. »Aber du hast die Sache doch noch längst nicht geklärt. Wer weiß, wann die dich wieder laufen lassen.«

Adolf musste zugeben, dass ihm dieser Punkt ebenfalls Sorgen bereitete. Aber darüber wollte er jetzt nicht sprechen.

»Es war trotzdem nicht umsonst.« Seine Stimme klang ungewohnt laut und tief, als wollte sie ihm Mut zusprechen. »Ich war bei Hanni.«

Da lachte Bertl und trommelte mit der Apfelsaftflasche

gegen seine Oberschenkel. »Die Liebe soll man nicht aufschieben!« Er schraubte den Verschluss ab, trank einen Schluck vom aufgeschäumten Fruchtsaft und fragte: »Und, was wird mit euch beiden?«

»Das steht in den Sternen.«

Gleichzeitig schauten sie zum Himmel hinauf, wo die Milchstraße funkelte. Adolf fröstelte. Es war kühl geworden. Er konnte den Herbst riechen und presste die Decke auf seinen Schoß.

»Wenn du aufstehst in der Früh, obwohl es doch gerade so schön warm ist im Bett«, begann der Bus-Bertl. »Wenn du dich anziehst und auf die halbdunkle Straße taumelst. Wenn du losläufst, um den Bus zu erwischen, dann denkst du, dass es das Allerwichtigste ist, schnell dein Ziel zu erreichen.«

Er machte eine Pause, um erkennen zu können, ob seine Worte auch bei seinem Nachbarn ankamen. Diesmal hörte Adolf ohne Widerwillen Bertls kleiner Bus-Philosophie zu.

»Du willst endlich wissen, ob sich die Überwindung, die Mühe und die Eile gelohnt haben. Doch wenn du dann einmal im Bus sitzt, verliert das Ziel seine Bedeutsamkeit. Wenn da draußen das Land vorbeizieht, die Wälder, die Flüsse, die Dörfer, die Städte – dann ist es plötzlich die Reise, die zählt.« Er rülpste leise. »Und auf einmal ist es ganz gleich, ob du am Ende am Meer oder in den Bergen ankommst.« Er klingt wie ein Priester, dachte Adolf amüsiert. Und dennoch berührten ihn die Worte seines Freundes.

»Warum gehst du schon zurück?«, fragte Bertl, nachdem sie eine Weile schweigend nebeneinandergesessen hatten.

»Ich will nicht, dass Dunjas Cousin oder der Wachebeamte Schwierigkeiten bekommen«, erwiderte Adolf. »Und erst Hanni!«

»Dann weiß sie also auch nicht mehr über das Verschwinden ihres Mannes?«

Adolf ignorierte die Frage und stand auf. »Komm, Bertl, es ist Zeit. Lass uns fahren. Mach dir um mich keine Sorgen.«

76

Nachts um halb vier war Merk wie ausgestorben. Außer einer schwarz-weiß gefleckten Katze und einem Dachs, der die Biotonnen hinter dem Chinarestaurant durchwühlte, begegnete ihnen niemand.

»Sie suchen jetzt übrigens in der ganzen Stadt nach deiner Knopffrau.« Der Bertl trommelte mit den Fingern aufs Lenkrad. »Mir haben sie Fotos von ihr aus der Überwachungskamera eines Supermarktes gezeigt. Die ist einfach weg. Vielleicht ist sie gestorben.«

Adolf wollte ihm gerade mitteilen, dass die Knopffrau vor nicht einmal zwei Stunden äußerst lebendig neben ihm auf der Decke gesessen und mit ihm Bier getrunken hatte. Doch sein Freund ließ ihn nicht zu Wort kommen.

»Sie soll die Frau vom Seefeld sein. Stell dir das mal vor. Die dreckige Pennerin ist die Gattin von diesem Schnösel!«

»Dr. Christian Seefeld?«, fragte Adolf ungläubig. »Meinst du den Wirtschaftsminister?«

»Ja, der hat doch vor Kurzem hier eine Rede gehalten. Ein aalglatter Typ.«

Adolf nickte ungeduldig. Dass sein Freund von Politikern nicht viel hielt, war ihm hinlänglich bekannt. Endlich setzte Bertl seinen Bericht fort: »Auf jeden Fall ist ihm vor sieben Jahren die Frau weggelaufen. Sie soll vorher einige Wochen in der Psychiatrie verbracht haben. Der Seefeld ist jetzt total aus dem Häuschen. Der dachte wohl, sie lebt irgendwo in der Karibik. Bis sie ihm ein Foto von ihr unter die Nase gehalten haben – es ging um gestohlene Goldmünzen oder so. Und da soll der geschniegelte Minister doch tatsächlich erklärt haben, dass es sich bei der ungewaschenen Obdachlosen um seine Gemahlin handelt. Da wäre ich zu gerne dabei gewesen. Ich wette, die hat genug von seiner Arroganz und schläft lieber unter der Brücke, als sich mit ihm ein Bett zu teilen.« Bertl lachte leise vor sich hin.

Adolf sah zum Fenster hinaus auf die schlafende Stadt. Er dachte an Emilia. Wie sie in ihrer filzigen Weste durch die Straßen, durch die Wälder huschte. Eine Füchsin, die sich nicht anlocken, nicht einfangen ließ.

»Jetzt verspricht der Seefeld dem, der sie findet, eine Belohnung von zehntausend Euro.« Bertl schubste Adolf mit dem Ellbogen an. »Das wäre doch leicht verdientes Geld für dich. Und die Arme müsste nicht länger auf der Straße leben.«

Adolf sah Emilia tanzen. Er hörte sie singen und fauchen. Nein, sie wollte nicht zurück. Sie wollte nicht gefunden werden. Ein Auto, aus dem wummernde Bässe drangen, raste vorbei. Disco-Heimkehrer.

»Die ist doch längst über alle Berge«, murmelte er. »Ich habe das Gefühl, wir sehen sie nie wieder.«

Dieser Satz versetzte ihm einen Stich ins Herz, denn er wusste, dass das die Wahrheit war.

77

Dunja erwartete Adolf bereits auf dem Gehsteig vor der Wohnhausanlage. Sie streckte ihm den Schlüssel von Jovans Mazda entgegen.

»Bitteschön, Herr Chauffeur«, begrüßte sie ihn. »Kofferraum ist leer. Hat Milan Full-Service gemacht.«

»Ist er …«, stammelte Adolf, »ist Dirk …«

»Nur noch Staub und Asche«, versicherte ihm Dunja. »Den wird garantiert niemand mehr finden.«

So makaber das auch sein mochte, Adolf war erleichtert.

»Kleider liegen auf Rückbank. Vergiss nicht anzuziehen«, ermahnte sie ihn. »Baghdadi wartet zehn Minuten vor vier in Wäscheraum. Muss alles schnell gehen, sagt er.«

Sofort kehrte das flaue Gefühl in seinem Magen zurück. Adolf bereute, nicht einfach am See geblieben zu sein. Doch er nickte tapfer.

»Tust du mir einen Gefallen?«, fragte er, als Dunja ihn zum Abschied umarmte. »Passt du weiter auf meine Mutter auf?«

»Dein Mami ist bei mir in gute Hände.« Sie lachte. »Hat mir sogar von große Liebe erzählt«, flüsterte sie ihm ins Ohr.

Adolf stutzte. Mutter hatte Vater gehasst. Er dachte an ihr verbittertes Gesicht. Zu leidenschaftlichen Gefühlen war sie gar nicht fähig. »Was hat sie dir gesagt?«

»Ich behalte Geheimnis immer für mich.« Dunja zwinkerte ihm zu. »Darüber solltest du froh sein.«

Er öffnete die Autotür.

»Jetzt bist du mir Gefallen schuldig«, rief sie ihm zu, als er einstieg.

Während er durch die schlafende Stadt fuhr, grübelte er, was dieser Satz wohl für seine Zukunft bedeutete.

In die Justizanstalt hineinzugelangen, war deutlich einfacher, als herauszukommen. Adolf parkte den roten Mazda auf dem Parkplatz für die Gefängnismitarbeiter. In den Hügeln über Merk hatte er Jovans frisch gewaschene Dienstkleidung angezogen. Mit gesenktem Kopf marschierte er nun auf den Hintereingang zu. Er schob die Schlüsselkarte in den Schlitz. Die Tür ging auf, und schon eilte er den Gang entlang, vorbei an einem Wachmann, der Sudokus löste.

»Tür vier«, murmelte er vor sich hin, »Tür vier.«

Erst bog er falsch ab, bemerkte jedoch seinen Irrtum sofort und kehrte um, bevor ihm irgendwer begegnete. Da war sie, die Tür Nummer vier. Er schlüpfte hinein, blieb im Dunkeln stehen und wartete.

Als die Tür mit Schwung aufgerissen wurde, zuckte er zusammen. Das Licht ging an, und Jovan stürmte herein, gefolgt von Baghdadi. Dass der Serbe üble Laune hatte, war nicht zu übersehen.

»Hast du dir ganz schön Zeit gelassen«, knurrte er zur Begrüßung und hob knapp vor Adolfs Gesicht drohend die Faust. »Hätte ich gute Lust, dir auf Maul zu hauen.«

»Schluss jetzt«, zischte Baghdadi. »Wir haben es echt eilig. Umziehen, los!«

Murrend ließ der Serbe von Adolf ab und begann, die

Anstaltskleidung auszuziehen. Adolf atmete auf. Er schlüpfte aus Jovans Sachen und reichte sie ihm. Als er sein altes Oberteil überzog, stieg ihm wieder der penetrante Schweißgeruch von Dunjas Cousin in die Nase.

»Du gehst jetzt in die Kantine«, befahl Baghdadi, »du trinkst einen Kaffee und trittst danach wie gewohnt deinen Dienst an. Erzähl allen vom Begräbnis deiner Tante in Serbien, ob sie es hören wollen oder nicht.«

Jovan zog eine Grimasse und verließ ohne ein weiteres Wort den Wäscheraum. Jetzt ruhten Baghdadis zweifarbige Augen auf Adolf.

»Ich bin echt froh, dass du wieder da bist.«

Das konnte Adolf von sich selbst nicht behaupten. Doch so war es nun einmal.

»Dieser Jovan hat einfach null Humor«, fuhr Baghdadi fort und seufzte. »Er hat mich in einer Tour beschimpft und mir mit seinem Bruder gedroht. Der ist schlimmer als die Insassen hier.«

Er öffnete die Tür einen Spalt. »Pass auf, ich bringe dich jetzt in deine Zelle. Wenn die Polizei dich fragt, dann sagst du, dass du richtig arge Zahnschmerzen hattest. Und dass es dir heute schon viel besser geht.«

Baghdadi klopfte ihm aufmunternd auf die Schulter. Adolf nickte ergeben.

78

Sie strich mit den Fingerspitzen über den schuppigen Leib. Aus der Nähe betrachtet sah der Drache gar nicht böse aus. Es schien fast so, als bereite ihm das Feuerspeien großen Spaß. Er tanzte und winkte ihr mit seinen scharfen Krallen zu. Helga Zenz drückte dem Untier einen Kuss auf den Bauch.

Lisi hatte das chinesische Fabelwesen jedenfalls nicht beeindruckt. Sie war jetzt mit einem Kindergärtner zusammen, wie Sascha ihr gestern Abend erzählt hatte. »So was von uncool«, hatte er sich empört. »Und mir hat sie immer gesagt, sie steht auf Cops.«

»Der macht ihr jetzt den Kindergarten-Cop«, hatte Helga gewitzelt und ihrem betrübten Kollegen doch noch ein Lächeln abgerungen.

Ihr war es ganz recht, dass Lisi sich anderweitig umgesehen hatte. Für die junge Frau war es zweifellos gesünder, sich nicht an einen Polizisten zu binden. Und Helga selbst profitierte auch davon. Seit einigen Wochen verbrachte Sascha fast seine gesamte Freizeit mit ihr. Sie lud ihn nach Dienstschluss zum Burger-Essen ein. Er hatte sie auf seine letzte Motorradtour vor dem Winter mitgenommen. Vor einigen Tagen waren sie im Zoo gewesen. Dort hatte ihr Kollege die Affen gefüttert, und sie hatte ihn dabei fotografiert.

Sascha war zwar nicht der Hellste, aber er hatte Humor, und er bewunderte sie. Helga bewunderte vor allem seinen athletischen Körper. In seiner Gegenwart musste sie immerzu an Sex denken und nie an Mord. Zumindest bislang.

79

Die Tage zogen vorüber, ohne dass Adolf viel davon mitbekam. Lediglich wenn Baghdadi ihm aus der Zeitung vorlas, realisierte er, dass bereits mehr als ein Monat seit seiner Rückkehr in die JVA Sonnleiten vergangen war. Adolf lächelte freundlich, ohne dem jungen Wachmann zuzuhören. Das schmutzige Weiß der Wände hüllte ihn ein wie der Nebel, der jetzt immer öfter über den Hügeln lag. Licht und Schatten kamen und gingen. Stimmen. Schritte. Das Klirren der Schlüssel. Das Rattern des Speisewagens. Der Geruch nach Kohleintopf und nach Bohnerwachs. Er schlief viel. Träumte helle Träume vom Schnee. Von Emilias Fährten in den verschneiten Wäldern. Von Hanni auf dem Schlitten. Mit einer Pelzhaube auf dem Kopf und roten Wangen. Von dem Jungen, der versuchte, Schneeflocken mit dem Mund zu fangen. Wie er damals, vor vierzig Jahren. Von Mutter, die am Fenster saß und Briefe schrieb, während der Wind durch den Hof pfiff. Briefe, die sie nie abschickte. Zwei Mal war sie zu ihm gekommen. Den frisch gebackenen Kirschkuchen und die selbst gestrickten Wollsocken hatte man ihr abgenommen. Ihr stummes Weinen im kahlen Besucherraum hatte Adolf so hilflos zurückgelassen, dass er sie schließlich gebeten hatte, vorerst zu Hause zu bleiben.

Dann, eines dunklen Nachmittags, brachte ihn Baghdadi in den Verhörraum. In den langen Gängen konnte er hören, wie der Regen auf das Dach der Justizvollzugsanstalt prasselte. Kaum hatte er Platz genommen, kam die Polizistin mit dem blondierten Zopf herein. Sie wirkte ungewohnt ausgeruht. Die dunklen Schatten unter ihren Augen waren verblasst, und der harte Zug um ihren Mund war verschwunden.

»Wie geht es Ihren Zähnen?«, begann sie. »Sind die Schmerzen weg?«

Er konnte spüren, wie sie ihn aufmerksam betrachtete, und lief dunkelrot an.

»Alles wieder gut«, murmelte er.

»Dann machen wir es kurz, Herr Schweiger. In den letzten Wochen sind wir noch einmal allen Indizien nachgegangen. Die Verdachtsmomente gegen Sie haben sich nicht bestätigt.« Sie stützte die Ellbogen auf den Tisch und formte mit ihren Händen ein Dreieck. Ihr Blick wanderte über sein Gesicht. Von den Brauen, über Nase und Wangen bis hinunter zu seinem Mund und seinem Kinn. Sie räusperte sich.

»Dirk Brandstätter ist bisher nicht wieder aufgetaucht. Wir haben auch keine weiteren Spuren gefunden, die auf Sie als Täter hinweisen.«

Die Polizistin zog die Zeigefinger ein Stück auseinander und presste sie dann in einem schnellen Rhythmus immer wieder zusammen. »Interessanterweise haben Ihnen gleich vier Personen für den Tag von Herrn Brandstätters Verschwinden ein Alibi gegeben: Hannelore Brandstätter, Ihr Arbeitskollege Hubert Obermoser, Ihre Nachbarin Frau Feichtinger und Ihre Mutter. Wer lügt und wer die Wahrheit sagt, lässt sich nicht eruieren – jeder der Zeugen beharrt auf seiner Version. Aus Mangel an Beweisen erübrigen sich weitere Nachforschungen unsererseits.«

Bildete er sich das nur ein, oder lächelte ihn die Beamtin über ihre Fingerspitzen hinweg an?

»Was die Münzen betrifft, so werden Sie wohl auch in diesem Punkt freigesprochen.« Sie räusperte sich. »Wir haben nach der von Ihnen beschriebenen Obdachlosen gefahndet und sind zu dem Schluss gekommen, dass es sich dabei um Dr. Emilia Seefeld handeln muss. Die Dame ist seit sieben Jahren abgängig. Wir vermuten, dass sie die Münzen bei ihrem Verschwinden aus der ehelichen Wohnung mitgenommen hat.«

Adolf horchte auf. Dann stimmte es also, was ihm der Bus-Bertl erzählt hatte. Emilia war die Frau des Wirtschaftsministers. Wenn sie vor ihrem Mann auf der Flucht war, mussten ihr die Wahlplakate und Seefelds Auftritt in Merk einen gewaltigen Schrecken eingejagt haben.

»Da die Goldmünzen aus dem Familienbesitz der Ehegattin stammen«, fuhr die Polizistin fort, »und die Frau sie Ihnen allem Anschein nach freiwillig gegeben hat, kann es vielleicht sogar sein, dass sie sie behalten dürfen. Herr Seefeld hat vor dem Untertauchen seiner Frau zwar eine Entmündigung beantragt, ist damit aber nach unserem Wissensstand nicht durchgekommen.«

»Dann ist es Ihnen nicht gelungen, sie aufzuspüren?« Adolf merkte, wie erleichtert er war.

Die Polizistin schüttelte den Kopf. »Unseren Recherchen zufolge scheint die Dame aus einer gewalttätigen Ehe geflohen zu sein. Dr. Seefeld hat den Einbruch offensichtlich nur vorgetäuscht, damit die Exekutive nach seiner Frau sucht. Unser werter Herr Minister wird nun einiges erklären müssen.«

Adolf sah Emilia vor sich, wie sie ihm blitzschnell die Faust entgegenstreckte und die Münzen in seine Hand fallen ließ. Er würde sie zurück in den Schuhkarton zu den Plastik-Chips und den Knöpfen legen. Damit er wieder vollständig war, der Schatz der Knopffrau.

80

Ein rotes Lichtermeer empfing sie. Zitternde Flammen, so weit das Auge reichte. Ihr Flackern ließ sie lebendig wirken. An diesem späten Nachmittag Anfang November war der graue Friedhof zu einem einzigen großen Organismus geworden, durch dessen Adern kirschrotes Blut pulsierte. Adolf bemühte sich, langsam zu gehen, damit seine Mutter mit ihm Schritt halten konnte. Sie hatte wieder einmal die guten Halbschuhe mit den Absätzen anziehen müssen, obwohl die ihr doch längst zu eng waren. Alle hundert Meter blieb sie stehen, bückte sich mühsam und nestelte an ihrer Strumpfhose herum. Wahrscheinlich hatte sie Blasen an den Fersen. Jetzt stand sie dort hinten und hielt sich an einem Grabstein fest. Warum sie nur immer so stur sein musste! Er trat von einem Bein aufs andere. Es war unangenehm nasskalt, und Mutter trödelte immer noch. Aus dem Augenwinkel sah er, wie sie sich über das fremde Grab beugte. Verärgert machte er kehrt, um sie zu holen. Was trieb sie da nur wieder? Er hatte keine Lust, den ganzen Abend zwischen den Toten zu verbringen.

Mutter hatte ihre Handtasche auf der Steinumrandung abgestellt. Sie kramte eine Weile darin und nahm dann eine kleine rote Kerze und eine Packung Streichhölzer heraus. Er blieb hinter einem großen Holzkreuz stehen und beobachtete sie. Sie zog ihre Handschuhe aus und entfachte mit zittrigen Händen ein Streichholz. Zündete die Kerze an, schraubte sorgfältig den Deckel darauf und setzte das Licht behutsam wie einen jungen Vogel auf das Grab.

Adolf kniff die Augen zusammen, versuchte, die Schrift auf dem Grabstein zu entziffern. *Karl Maratschek* stand da zu lesen, *1942 bis 2016*.

»Dein Mama hat mir von große Liebe erzählt«, hörte er Dunja flüstern.

All die Jahre hatte seine verbitterte Mutter still und heimlich ihren Nachbarn geliebt. Der Gedanke war befremdlich, gleichzeitig stimmte er ihn froh. Kein Wunder, dass Frau Maratschek Mutter nicht leiden konnte.

Adolf ließ sie in Ruhe und machte sich alleine auf zu Vaters Grab. Eine Krähe flatterte hoch, als er sich näherte. Sie krächzte, flog eine Runde und ließ sich dann einige Grabsteine weiter nieder.

Die Vase war wieder einmal umgefallen. Adolf hob sie auf, steckte die künstlichen Mistelzweige, die daneben im Kies lagen, wieder hinein. Dann zog er die beiden Grablichter aus seinen Manteltaschen. Auf dem einen war ein Engel abgebildet, auf dem anderen betende Hände. Er schaltete die Lichter ein und stellte sie auf das mit Tannenreisig abgedeckte Grab.

»Ich hab mir überlegt, im Frühjahr eine Steinplatte über den Vater zu machen«, sagte Mutter, als er sich wieder aufrichtete.

Epilog

Gestern Nacht hatte sich gefrierender Nebel über die Hügel gelegt. Heute trugen die Wiesen einen Mantel aus Reif. Wie Bleistiftzeichnungen ragten verblühte Disteln, die Samenstände der wilden Möhren und vertrocknete Königskerzen aus dem matten Weiß. Ein Bussard saß auf einer kahlen Buche und wartete, ob ihm der Morgenverkehr ein Frühstück bescheren würde.

Der Bus kletterte die kurvige Straße hinauf, die direkt in den tief hängenden Himmel zu führen schien. Immer wieder schaltete Adolf die Scheibenwischer ein, um den feinen Film aus Wassertröpfchen, den die dichte Nebeldecke auf der Scheibe hinterließ, wegzuwischen.

Seit einer Woche war er zurück im Dienst. Dunja, die jetzt sowohl im Büro der Verkehrsbetriebe als auch bei seinem Chef zu Hause putzte, hatte dem Vorgesetzten klargemacht, dass es sich bei Adolfs Verhaftung lediglich um ein bedauerliches Missverständnis gehandelt hatte.

Als er so übers Land fuhr, musste Adolf zugeben, dass es das Busfahren war, das er im Gefängnis am meisten vermisst hatte. Mehr noch als die Gespräche mit Bertl oder die Begegnungen mit Dunja im Stiegenhaus. Er mochte das Brummen des Motors, das Vibrieren der Karosserie, wenn sich der Bus die Steigung hinaufquälte. Den freien Blick auf die Stadt. Die Ampeln, den Stau. Den Regen, den

Schnee und den Wind. Er mochte das Lärmen der Kinder und das Nörgeln der Alten. Und wenn er es schon zu sonst nichts brachte in diesem Leben, dann konnte er doch sagen, dass er Busfahrer war.

An der Haltestelle in Nonnendorf leuchtete ein neongelber Anorak im Grau. Adolf stieg auf die Bremse. Blinkte. Hielt. Mit einem Zischen ging die Türe auf. Der Junge trug eine braune Mütze mit einem Bärengesicht und Bärenohren. Er streckte Adolf seinen Schülerausweis entgegen.

»Mama macht heute Abend Bratkartoffeln.« Er sah ihn mit ernsten Augen an. »Ich soll dir sagen, wir essen um sieben.«